Patrick Quentin

Puzzle für Puppen

Roman

Aus dem Amerikanischen von Ulrike Wasel und Klaus Timmermann

Diogenes

Titel der 1944 bei Simon and Schuster, New York,
erschienenen Originalausgabe: ›Puzzle for Puppets‹

Umschlagzeichnung von
Tomi Ungerer

Deutsche Erstausgabe

100/94/43/1
ISBN 3 257 22760 4

I

Matrosen, Tausende von Matrosen schoben sich die Market Street hinauf und hinunter, wie ein gigantischer blauer Heuschreckenschwarm. Zweifellos verliehen sie der Szenerie Farbigkeit und sinnliche Lebenskraft und all die anderen Dinge, die Matrosen gemeinhin verkörpern. Aber ich war nicht nach San Francisco gekommen, um mir Matrosen anzusehen. Nach drei wildbewegten Monaten in einem Ausbildungslager der Marine im Norden des Landes hatte ich soviel maritime Farbigkeit und Lebenskraft abbekommen, daß es für den Rest meines Lebens reichte. Die Matrosen, die Iris und mich anrempelten, als wir uns unseren Weg bahnten, zählten neben überfüllten Hotels und nicht vorhandenen Taxis zu den vielen Dingen, die sich gegen unser Wochenende verschworen hatten.

Ich hielt über hüpfende weiße Mützen hinweg nach einem Taxi Ausschau, von dem ich wußte, daß es nicht dasein würde. Meine Frau hatte in starrköpfiger Befolgung der Regel, daß Marineoffiziere die rechte Hand freihalten sollten, darauf bestanden, ihren Koffer selbst zu tragen. Sie wechselte ihn von einer Hand in die andere. Er schlug gegen meinen. Ich zog meinen abrupt weg und erlegte dabei fast einen Maschinistenmaat zweiter Klasse.

Mit betont munterer Stimme sagte meine Frau: »Ich könnte ja Eulalia anrufen.«

»Welche Eulalia?« fragte ich.

»Eulalia Crawford.«

»Wer ist Eulalia Crawford?« Ich befreite meine Frau geduldig aus den Armen eines jungen Leutnants zur See. Der Leutnant schien nicht befreit werden zu wollen.

»Eulalia Crawford ist eine Cousine von mir. Ich habe sie nicht mehr gesehen, seit wir Kinder waren. Aber sie wohnt in San Francisco. Vielleicht hat sie ein Zimmer frei.«

»Kommt gar nicht in Frage«, sagte ich, »daß wir auch nur eine von unseren kostbaren sechsunddreißig Stunden im freien Zimmer deiner knickerigen, altjüngferlichen Cousine verbringen.«

Meine Frau war verärgert. »Eulalia ist weder knickerig noch altjüngferlich. Sie ist strahlend schön und verrufen. Sie hat Liebhaber und so.«

»Jungfer oder Hure«, sagte ich, »nein, Eulalia.«

»Was für eine Ausdrucksweise für einen Oberleutnant zur See«, murmelte Iris, und dann sagte sie: »Hoppla«, als sie frontal mit einem Sergeant zusammenstieß.

Ich hatte nur einen einzigen simplen Gedanken im Kopf. Ich war seit drei Monaten nicht mit meiner Frau allein gewesen. Ich wollte allein mit ihr sein. Und obwohl wir schon am Bahnhof von siebzehn Hotels eine telefonische Absage erhalten hatten, war ich in dem Glauben, daß ein Ehemann noch immer das Recht auf ein Zimmer mit seiner Frau hatte, Krieg hin oder her. Durch ein Wunder fiel Iris' Geburtstag genau in meinen ersten Landurlaub seit meiner vorübergehenden Versetzung vom Dienst zur See ins Ausbildungslager. Ein weiteres Wunder hatte es meiner Frau ermöglicht, ein freies Wochenende von den

Dreharbeiten zu dem Film zu bekommen, mit dem Hollywood sie zum Star machen wollte. Falls Wunder irgendeine funktionale Bedeutung haben, würde ein drittes geschehen müssen, um uns in die Lage zu versetzen, die Früchte der ersten beiden zu ernten.

»Wenn wir doch nur Zeit gehabt hätten, telegraphisch ein Zimmer zu reservieren«, seufzte Iris. Sie blieb stehen, setzte ihren Koffer ab und starrte mich unglücklich an. »Liebling, wir können nicht einfach so drauflosrennen. Du hast einen Orden bekommen, weil du irgendwo vor den Karolinen besonders einfallsreich warst. Sei jetzt mal einfallsreich.«

Der Strom von Matrosen flutete zu beiden Seiten an uns vorbei. Iris trug ein enganliegendes schwarzes Kleid mit einem Silberfuchscape und war so schön, daß es fast weh tat, sie anzusehen. Ich hatte sie erst einmal geküßt, seit unsere verschiedenen Züge uns beinahe gleichzeitig in dem Tollhaus des Bahnhofs abgeliefert hatten. Alles in mir lechzte nach ungestörter Ruhe, um sie richtig küssen zu können. Wir waren an der Mündung der Stockton Street angelangt. Ich nahm Iris' Arm und führte sie aus dem Matrosengewimmel auf der Market Street in eine fast ebenso dichte Masse gehetzter Menschen, die ihre Einkäufe tätigten.

»Wir sind nur einen Block vom St. Francis und dem St. Anton entfernt«, sagte ich. »Wir versuchen es dort.«

»Aber die haben doch schon gesagt, daß sie ausgebucht sind.«

»Das war am Telefon. Wir werden unseren persönlichen Charme spielen lassen.«

Iris schob ihre freie Hand in meine, womit sie gegen ihre Lieblingsregel bezüglich der rechten Hand von Marineoffizieren verstieß. »Wessen persönlichen Charme? Deinen oder meinen?«

»Deinen«, sagte ich. »Und wenn sie darauf nicht reagieren, versuche ich's mit einem stumpfen Gegenstand.«

Als wir uns die Stockton Street hinaufbewegten, mußte ich niesen. Schon im Zug hatte ich gemerkt, daß ich eine Erkältung ausbrütete. Noch ein Kreuz mehr, das ich zu tragen hatte. Iris sagte: »Gesundheit.« Auf halber Höhe des Blocks kamen wir an einem Schild vorbei, auf dem ein türkisches Bad angepriesen wurde. Mit unbändigem Optimismus sagte meine Frau: »Kann es nicht sein, daß in türkischen Bädern Zimmer an gemischte Paare vermietet werden – ich meine, wenn du ihnen erklärst, daß wir verheiratet sind?«

»Das ist äußerst unwahrscheinlich«, sagte ich und nieste erneut.

Ich schniefte noch immer, als wir uns bis zum Union Square geschleppt hatten.

Das St. Francis Hotel und das St. Anton Hotel starrten sich gegenseitig über die symmetrischen Blumenbeete des Parks an – wie zwei rivalisierende und mächtig aufgedonnerte Witwen bei einem Gartenfest. Wir versuchten es zuerst im St. Francis. Sie wollten weder von Iris' Charme noch von meinem stumpfen Gegenstand etwas wissen. Nachdem wir durch den kleinen Park getrottet waren, schoben wir uns durch die Schwingtüren des St. Anton und betraten die protzige Eingangshalle.

Obwohl das St. Anton sich alle Mühe gab, so auszusehen, als habe es vor dem großen Feuer Bankette für Mr. Sutro und die Großen Vier gegeben, war es erst nach dem Ersten Weltkrieg erbaut worden. Von seiner Atmosphäre her machte es jedoch ganz auf Alt-San-Francisco: Blattgold, roter Plüsch mit Pompons, große Spiegel und Kronleuchter. Die Wirren der Kriegszeit hatten seine Würde ein wenig angegriffen. Die wuchtigen Sessel, die zu Friedenszeiten für die ausladenden Gesäße von Matronen gedacht waren, wurden nun von Soldatenfrauen mit schreienden Kindern oder hageren Frauen in Arbeitsanzügen besetzt, die frisch von den Schiffswerften kamen. Die unvermeidlichen Franzosen, verstärkt durch zahlreiche Armee- und Marineoffiziere, lungerten unter Topfpalmen und gaben dem Ganzen einen rüden Feldküchencharakter.

Wir schoben uns durch Gepäck und das allgemeine Chaos hindurch auf den Empfang zu. Ein Pulk von Zimmersuchenden hatte sich dort versammelt. Da die Schlacht sich offensichtlich dem Höhepunkt näherte, brachte ich Iris mit den Ellbogen in eine strategisch günstige Position. Zwei dünnhalsige Angestellte mit Kneifern versuchten, die Situation zu meistern. Einer von ihnen war von einer Frau zu Iris' Linken in die Ecke gedrängt worden, von einer Blondine in Rot mit einem Hut wie ein Staubwedel und einem ehrfurchtgebietenden Blick, die einen dunkelhäutigen griechischen Zivilisten im Schlepptau hatte. Sie schnatterte in einem fremdländischen Akzent gestikulierend auf den Angestellten ein und brach zwischendurch in kehliges Lachen aus, das wohl ihrer Vorstellung von Charme entsprechen sollte.

Ich hörte ihr nicht zu. Der zweite Angestellte flatterte

vorbei wie ein Strohhalm im Wind. Ich rief ein ominöses »Heh«, und Iris warf ihm, mit hervorragendem Timing, ein hinreißendes Lächeln zu, das ihn mitten aus seiner Flugbahn riß.

Als er zögernd vor uns stehenblieb, sagte sie: »Bitte, mein Mann und ich suchen ein Zimmer. Es ist schrecklich...«

»Tut mir leid, gnädige Frau.«

»Wir würden egal was nehmen.« Während ich finster dreinblickte, streckte Iris die Hand aus und legte sie auf seinen Ärmel. »Wir sind nur ein Wochenende hier. Ich habe meinen Mann seit sechs Monaten nicht mehr gesehen. Ich bin extra von weit her angereist. Ich...«

Die Blonde mit dem Staubwedelhut ließ eine weitere Lachkaskade erschallen. Sie mußte Erfolg gehabt haben. Ich verabscheute sie dafür.

»Es tut mir sehr leid, gnädige Frau.« Der Angestellte versuchte vergeblich, seinen Ärmel aus Iris' Griff zu befreien.

»Aber verstehen Sie doch.« Ihre Geschichte wurde von Minute zu Minute mitleiderregender und zweifelhafter. »Mein Mann muß bald wieder zur See. Das ist unsere letzte Gelegenheit zusammenzusein. Wir haben gerade erst geheiratet. Wir haben es in jedem Hotel in der ganzen Stadt versucht. Uns ist alles recht. Ein Einzelzimmer. Ein Zimmer ohne Bad, ein Bad ohne Zimmer...«

Die Augen des Angestellten wurden hinter dem Kneifer ein wenig weicher. Einen verrückten Augenblick lang dachte ich, Iris würde damit durchkommen. Dann murmelte er in einer Mich-schmerzt-es-mehr-als-Sie-Stimme:

»Es tut mir ehrlich leid, gnädige Frau. Ich würde Ihnen ja so gern helfen. Aber...«

Undeutlich nahm ich wahr, daß die Blonde mit dem Hut sich umwandte und Iris anstarrte.

»Hören Sie«, sagte ich.

»Es tut mir leid, Sir«, sagte der Angestellte.

Die Blonde tippte Iris auf den Arm. Das Federbüschel wogte auf den gewaltigen blonden Locken.

»Sie wollen ein Ziimmer, niicht?« fragte sie.

Sowohl Iris als auch ich fuhren herum.

»Ja, ja«, antwortete Iris.

»Ja«, sagte ich und mußte niesen.

Die Blonde strahlte zuerst den Griechen, dann uns an. Sie legte beide Hände auf Iris' Arm.

»Ihr armen Kiinder. Ich höre, was ihr gesagt habt. Ihr müßt euch trennen, und ihr liiebt euch. Ich wiill gerade mein Ziimmer aufgeben. Ihr sollt es haben.«

Ich konnte es nicht glauben. Iris stammelte: »Sie meinen...?«

Die Blonde wandte sich majestätisch an den Angestellten. »Diieses reizende Kiind und ihr Matrosengatte... geben Sie ihnen mein Ziimmer.«

Der Angestellte sah verwirrt aus. »Aber, Mrs. Rose, es ist zwar Ihr Zimmer, ja. Doch wenn Sie jetzt die Absicht haben, es aufzugeben, gibt es eine lange Warteliste mit Leuten, die...«

Die Augen der Blonden blitzten. »Wenn die beiden es niicht bekommen, gebe ich mein Ziimmer nicht auf. Dann behalte ich es.«

Der Grieche verfiel in einen aufgeregten fremdsprachigen Monolog. Die Blonde achtete nicht auf ihn und starrte weiter den Angestellten an. Iris und ich taten es ihr gleich.

Der Angestellte zögerte einen endlosen Augenblick, und dann sagte er verdrießlich: »Wenn das *so* ist, Mrs. Rose, werde ich das Zimmer, damit es nicht leer steht, Ihren – eh – Freunden geben.«

»Das ist gut.« Mrs. Roses lärmendes Lachen erschallte erneut.

Ich grinste sie an. Ich hätte sie inklusive Staubwedel und allem an mein Herz drücken können. Iris sagte: »Wir danken Ihnen, Mrs. Rose. Wir danken Ihnen mehr, als wir sagen können.«

»Ach nein. Das iist nichts. Mein Kiind, ich sehe Sie da stehen, und Sie eriinnern mich so sehr an ein reizendes Mädchen, das ich früher kannte. Und ich sage mir, diese beiden armen Kiinder lieben sich.« Mrs. Roses breites freundliches Gesicht war vor Rührung feucht. »Auch ich bin verliebt.« Sie zog ihren großen, schüchternen Griechen nach vorn. »Diies ist Mr. Annapoppaulos. Heute abend heiraten wir. Deshalb gebe iich mein Zimmer auf.«

Mr. Annapoppaulos verbeugte sich. Wir auch.

Mrs. Rose zwinkerte frivol und stieß Mr. Annapoppaulos in die Rippen. »Heute abend heirate ich. Heute brauche ich kein Schlafziimmer für miich allein, niicht?«

Mr. Annapoppaulos blickte noch schüchterner drein. Mrs. Rose, diese anbetungswürdige Frau, wandte sich mit wogendem Staubwedel vom Empfang ab, warf uns noch eine Kußhand zu und zog ihren Bräutigam hinter sich her.

Als die beiden in der wimmelnden Menschenmenge der

Empfangshalle verschwanden, ertönte noch einmal ihr stürmisches Lachen.

Der Angestellte sah ihnen wütend nach und schob uns dann einen Anmeldeblock zu. »Tragen Sie sich bitte hier ein. Ihre Zimmernummer ist 624.«

Ich schrieb schwungvoll: Leutnant Duluth und Gattin. Der Angestellte rief einen alten Hoteldiener, der unsere Koffer nahm.

Das dritte Wunder war schließlich doch noch eingetreten. Ich war wieder obenauf.

Ein Fahrstuhl im Zuckerbäckerstil brachte uns, den alten Hoteldiener und ein Dutzend andere Gäste hinauf in den sechsten Stock. Der Hoteldiener schlurfte mit den Koffern voraus und schloß die Tür zu Zimmer 624 auf. Während er keuchend Fenster und Türen öffnete, bestaunten Iris und ich Hand in Hand das Wunder.

Was für ein Zimmer. Die Hauptattraktionen des üppigen Louis-quinze-Mobiliars waren ein riesiges Doppelbett mit einer knallroten Tagesdecke, eine Récamier-Liege und ein gewaltiger Spiegel, der mit vergoldeten, nackten Putten verziert war. Bei diesem Anblick mußte man unwillkürlich an die Strumpfbänder und wilden Nächte der neunziger Jahre denken. Eine offene Tür gab den Blick auf ein modern gekacheltes Badezimmer frei. Ich gab dem Hoteldiener fünfzig Cents, um ihn loszuwerden. Er schloß die Tür hinter sich.

»Darling«, Iris schaute sich begeistert um. Sie legte ihren Hut und den Silberfuchs ab und kam auf mich zu, ihr schwarzes Haar nach hinten geworfen. »Darling, was für eine Eleganz – und ein Badezimmer.«

Ich nahm sie in die Arme. Ich küßte sie. Ich küßte sie erneut und ließ meine Hände sich an sie erinnern. Sie zu berühren war wie Weißbrot nach Monaten in einem japanischen Gefangenenlager.

Mit den Lippen dicht an ihrem Mund sagte ich: »Schatz, ich liebe Mrs. Rose.«

»Darling, ich liebe Mr. Annapoppaulos.« Ihre grünen Augen flackerten unter den getuschten Wimpern. »Mrs. Rose hat gesagt, daß ich sie an jemanden erinnere. Wen sie wohl gemeint hat?«

»Ist doch egal, oder?«

»Ja, ja. Ich habe nur eben daran denken müssen. Ich... Ach Peter, es ist so schön, daß du da bist.«

Ich hob sie hoch und trug sie zu dem fürstlichen Bett. Ich legte sie auf die knallrote Decke und streckte mich neben ihr aus. Sie legte die Hände auf den Aufschlag meiner Uniformjacke.

»Peter, heute abend kleiden wir uns ganz schick und benehmen uns furchtbar romantisch. Wir gehen essen und hinterher tanzen, und dann kommen wir hierher zurück und verlassen das Bett nie mehr. Nie mehr, bis du wieder fort mußt.«

Ich beugte mich über sie und ließ meine Hand über ihre Wange gleiten.

»Wir könnten doch das Essen- und Tanzengehen auslassen, Schatz.«

Mein Finger berührte ihre Lippen. Sie küßte ihn, zog mich dann zu sich herunter und umarmte mich.

»Lassen wir alles aus«, hauchte sie.

Sie rollte weg und lächelte mich an.

»Was hab' ich nur für verruchte Gedanken. Irgendwas in diesem Zimmer macht mich ganz schamlos. Ich glaube, es sind die nackten Hintern der Putten.«

Sie lag einen Moment still, blickte mich zärtlich an. »Deine Ohren. Sie schmiegen sich so an deinen Kopf an. Flach und weich. Wenn du nicht bei mir bist, träume ich von deinen Ohren.«

Ich beugte mich über sie. »Wenn ich nicht bei dir bin, träume ich von deinen ...«

»Darling!« Sie verzog das Gesicht. »Willst du mir nicht zum Geburtstag gratulieren?«

Fast hätte ich den Geburtstag vergessen; mir gingen so viele andere Dinge durch den Kopf. Ich krabbelte aus dem Bett zu meinem Koffer und holte meine hyperelegante, maßgeschneiderte Reserveuniform heraus, die ich für besondere Anlässe aufbewahrte. Ich legte die Uniform auf einen Sessel, zog eine braune Papiertüte hervor und warf meiner Frau drei Paar Damenstrümpfe zu.

»Herzlichen Glückwunsch, Liebling.«

Iris hob ein Paar auf. Sie starrte es an. Sie stieß gurrende Laute aus. »Nylonstrümpfe! Peter, wie – wie um alles in der Welt hast du die denn gekriegt?«

Ich küßte sie aufs Ohr. »Indem ich meinen Körper an die richtigen Leute verkauft habe.«

Sie schlang die Arme um meinen Hals. »Das ist der schönste Geburtstag meines Lebens.«

Der Duft ihres Parfüms setzte sich aus all jenen Dingen zusammen, die ich vermißt hatte. Nicht nur Iris wurde durch das Zimmer ganz schamlos – bei mir lag es jedoch nicht an den Hintern der Putten.

Einen langen Augenblick lag sie entspannt in meinen Armen, dann setzte sie sich auf. Ziemlich atemlos sagte sie: »Darling, laß uns mal einen Moment miteinander reden. Wie ist's im Ausbildungslager? Angenehm und friedlich nach dem Pazifik?«

»Angenehm und langweilig. Und anstrengend.« Ich zögerte. »Aber es gibt Neuigkeiten. Kurz bevor ich losfuhr, hat mir der Kommandant gesagt, daß ich, wenn ich brav sei und keinen Ärger mache, bald Kapitänleutnant werde.«

Iris lächelte stolz. »Wunderbar. Diese Familie hat noch mehr goldene Tressen nötig.«

Ich wünschte, sie hätte nicht vom Lager angefangen. Das war nicht der geeignete Moment, ihr zu sagen, daß ich, falls die Beförderung durchkam, mit ziemlicher Sicherheit wieder zur See gehen mußte. Es ist unglaublich schwer, der eigenen Ehefrau zu erklären, daß man sie mit jeder Faser seines Herzens lieben und es trotzdem kaum erwarten kann, möglichst bald wieder an die Front zu kommen.

Um das Thema zu wechseln, fragte ich: »Wie läuft's in Hollywood?«

Früher, bevor ich bei der Marine war, hatte ich meinen Lebensunterhalt als Regisseur am Broadway verdient, und Iris hatte sich als Bühnenschauspielerin einen Namen gemacht. Als ich jedoch zum Pazifik versetzt wurde, hatte sie alles im Osten aufgegeben und sich von einem Filmstudio engagieren lassen, um in meiner Nähe zu sein. Es war ein großer Verzicht für sie, denn sie liebte das Theater und haßte Hollywood.

Iris runzelte die Nase. »Darling, laß uns nicht von Hollywood reden. Ich arbeite noch immer an dem ersten Film. Ich bin die andere Frau. Letzte Woche habe ich ein paar Vorabkopien gesehen. Darauf sehe ich aus wie die schwachsinnige Schwester von Hedy Lamarr.«

Sie sammelte die Strümpfe auf, strich sie mit der Hand glatt, stieg aus dem Bett und ging hinüber zur imitierten französischen Kommode. Ich wollte ihr folgen und bekam einen Niesanfall.

Iris wandte sich um. »Du bekommst wirklich eine Erkältung.«

»Scheint so.«

Sie runzelte die Stirn. »Darling, du darfst nicht erkältet sein, nicht an meinem schönen Geburtstag.« Sie warf einen Blick auf ihre Uhr und setzte eine geschäftsmäßige Miene auf. »Bei Erkältungen gibt es nur eins.«

»Und das wäre?« fragte ich mißtrauisch.

»Ein türkisches Bad. Es ist erst fünf. Ich brauche ohnehin stundenlang, um mich richtig schön zu machen. Du hast also jede Menge Zeit. Geh doch runter in das türkische Bad, an dem wir auf dem Weg hierher vorbeigekommen sind.«

Sie legte ihre Hände auf meine Arme. »Nimm ein Dampfbad, Darling. Laß dich von einem Masseur durchwalken. Danach fühlst du dich prima. Und dann gehen wir aus.«

Der Gedanke an ein türkisches Bad war mir zuwider. Jeder Augenblick, den ich nicht mit Iris verbrachte, war verlorene Zeit. Aber meine Frau lag nicht ganz verkehrt. Ich hatte kein Recht, ihr einen schniefenden Gatten zuzumuten.

»Okay«, sagte ich mißmutig. »Das heißt – falls du keine Bedenken hast, mich allein in ein türkisches Bad zu schicken.«

In diesem Augenblick klingelte das Telefon. Meine Frau krabbelte aufs Bett und griff über die knallrote Decke zum Hörer.

»Um Himmels willen«, sagte ich, »triff bloß keine Verabredung.«

Iris nickte. »Hallo«, sagte sie in die Sprechmuschel. Und dann: »Welches Zimmer wollten Sie? ... Ja, das hier ist Zimmer 624. Aber ich bin Iris Duluth, Mrs. Peter Duluth... Ach, vielleicht möchten Sie mit Mrs. Rose sprechen. Das war ihr Zimmer. Sie hat das Hotel gerade verlassen... Was? ... Eulalia wer? ... Eulalia Crawford?«

Ihr Körper verkrampfte sich sichtbar.

»O nein, ich bin nicht Eulalia Crawford. Aber ich bin ihre Cousine. Ja, man hat mir schon öfter gesagt, daß ich ihr sehr ähnlich sehe... Ja, das war mein Mann. Leutnant Duluth... Nein, ich habe Eulalia aus Hollywood geschrieben, aber wir bleiben nur so kurz in der Stadt, daß wir keine Zeit haben werden, sie zu treffen... Ich würde Sie ja gern heraufbitten, aber... tja, ich – ich bin gerade beim Auspacken, und mein Mann will ins türkische Bad... O nein, ganz und gar nicht... Danke. Auf Wiederhören.«

Sie legte auf. Auf ihrer Stirn standen Falten.

»Das ist komisch«, sagte sie.

»Wer war denn das?«

»Ein Mann – unten in der Halle. Er hat uns mit dem Hoteldiener raufgehen sehen. Er dachte, ich wäre Eulalia Crawford.«

»Schon wieder diese öde Cousine.«

»Sie ist nicht öde«, sagte Iris. »Ich habe dir schon gesagt, daß sie verrufen und bezaubernd ist. Und man hat mir gesagt, daß sie mir sehr ähnlich sieht. Natürlich ist sie einige Jahre älter. Aber...« Meine Frau sah mich mit ihrem Agatha-Christie-Blick an. »Das ist merkwürdig. Selbst wenn er gedacht hat, daß ich Eulalia bin, wieso ruft er dann an? Er hat gesagt, er sei ein Freund von ihr, aber...«

Die unersättliche Neugier meiner Frau treibt sie ständig dazu, irgendwelchen imaginären Geheimnissen nachzujagen. Um sie zu bremsen, sagte ich: »Wahrscheinlich hat er gedacht, er habe Eulalia dabei ertappt, wie sie zu einem Stelldichein mit einem x-beliebigen Marineleutnant die Treppe hinaufschleicht. Du hast doch gesagt, daß sie einen Hang zu Liebhabern und so hat. Vielleicht war er ein Nebenbuhler, der ihr nachspioniert.«

»Peter, hör auf, so schlecht über Eulalia zu reden. Du kennst sie noch nicht mal.« Sie zögerte. »Aber dieser Mann hat auch gesagt, daß er gut mit Mrs. Rose befreundet ist. Er schien raufkommen zu wollen. Und... und, na ja, ich hatte den Eindruck, daß er gern wissen wollte, ob ich Eulalia besuchen würde. Sie hat mir tatsächlich vor ein paar Wochen geschrieben. Sie macht Puppen, oder so was Ähnliches, und sie hatte gelesen, daß ich nach Hollywood gegangen bin. Es war ein lieber Brief, und sie schrieb, daß sie sich genau erinnerte, wie ich damals, mit vier Jahren, in Jamaica Plains immer Kaulquappen in ihre Schubladen getan hätte. Ich habe zurückgeschrieben, wie es sich für eine gute Cousine gehört, und ihr versprochen, sie irgendwann zu besuchen. Aber... Peter, wie kann der Mann ein

Freund von Eulalia *und* von Mrs. Rose sein? Und warum hat er sich so für unsere Pläne interessiert?«

»Ich weiß es nicht, und es ist mir auch egal.« Ich fügte entschlossen hinzu: »Und dir auch.«

»Aber, Darling, es ist mir nicht egal.«

»Wieso?«

Sie zögerte, und dann sagte sie todernst: »Irgendwas war da, irgendwas an seiner Stimme. Peter, er hat furchtbar gelispelt. Er sagte: ›Ass so‹ und ›Natürlis‹ und ›Ihre Coussine‹. Er klang unheimlich.«

»Hör mal«, sagte ich. »Falls du vorhast, in eine deiner grüblerischen Stimmungen zu verfallen, gehe ich nicht in dieses blöde türkische Bad. Dann bleibe ich einfach hier sitzen und niese.«

Iris sah trotzig aus. »Aber es war merkwürdig.«

»Blödsinn«, sagte ich.

Genau das sagte ich. Blödsinn.

Um es mit einem vielgeschriebenen Satz aus Kriminalromanen auszudrücken: »Hätte ich damals nur gewußt...«

2

Die Eingangshalle des Hotels St. Anton war noch belebter, als ich mir meinen Weg durch die Menge hindurch zur Schwingtür und nach draußen bahnte. Auch auf der Straße wimmelte es von Leuten. San Francicso hat etwas Unbestimmbares, das keine andere Stadt besitzt. Vielleicht liegt es an den Blumenständen, deren Blumen an jeder Straßenecke blühen. Vielleicht liegt es an den verrückten steilen Straßen, die die Straßenbahnen zu Achterbahnen machen. Oder vielleicht liegt es ganz einfach an der Luft. In San Francisco sehen Menschen, die mit den eintönigsten Sachen beschäftigt sind, so aus, als erlebten sie gerade den Höhepunkt eines aufregenden Abenteuers. Ich war zwar mürrisch, weil ich nicht mit Iris zusammensein konnte, doch während ich den Hügel hinunter zum türkischen Bad ging, wurde ich von dieser unerklärbaren Stimmung erfaßt. Ich kaufte eine üppige Gardenie und gab einem ziemlich ehrlich aussehenden Jungen einen Vierteldollar, damit er sie meiner Frau bringen würde.

Das türkische Bad war nur einen Block entfernt. Das Haus war außen frisch in Schwarzweiß gestrichen, doch das eigentliche türkische Bad lag in der ersten Etage, die über ein Treppenhaus erreicht wurde, das jene freud- und farblose Atmosphäre verbreitete, die den Aufgängen zu türkischen Bädern und Sportvereinen im ganzen Land eigen ist.

Durch eine gläserne Schwingtür gelangte man in einen kleinen Raum, der nahezu vollständig von einem Drahtkäfig mit Sehschlitz ausgefüllt war. Im Innern des Käfigs saß ein knochiger Mann mit einem grünen Augenschirm, der mir ein Register zuschob und dabei leierte: »Dollar-fünfzig-einschließlich-Alkohol-Massage-Höhensonne-extra-Wertsachen-hier-abgeben.«

Ich setzte meine Unterschrift in das Buch, gab ihm das Geld und stopfte meine Brieftasche, meine Ausweispapiere und meine Uhr in den braunen Umschlag, den er mir gegeben hatte. Er gähnte, leckte an der Umschlaglasche, klebte sie fest und schob den Umschlag erneut zu mir rüber, zusammen mit einem Tintenstift.

»Quer-über-der-Lasche-unterschreiben-wenn-Sie-rauskommen-gegenzeichnen.«

Ich unterschrieb. Der Angestellte nahm den Umschlag und schob ihn in eines der vielen Fächer hinter ihm. Er wies mit dem Daumen auf eine grünbeschichtete Tür und versank dann in die Träumerei eines Mannes im mittleren Alter.

Die grüne Tür führte in den sogenannten Gesellschaftsraum des türkischen Bades. Wolken künstlich erzeugter Wärme schlugen mir entgegen. Links von mir erstreckten sich mehrere Reihen grüner Metallschränke. Zu meiner Rechten rekelten sich mehr oder weniger entkleidete Männer in Korbstühlen; sie rauchten, plauderten, tranken und lasen zerknitterte Zeitschriften. An einem Tisch spielten vier ernste, wie leitende Angestellte wirkende Herren splitternackt eine Partie Bridge.

Ein junger schwarzer Angestellter mit einem großen Schlüsselbund führte mich durch den Gang zwischen den Metallschränken. Die schon benutzten Schränke waren abgeschlossen, die leeren standen offen. Der Junge, der eine undurchschaubare Auswahlmethode hatte, wies mir einen Spind zu, öffnete die Tür, gab mir einen Schlüssel mit einem elastischen Armband und zog von dannen.

In diesem Gang waren mehrere andere Männer, Soldaten und Zivilisten, dabei, sich auszuziehen. Ich achtete nicht auf sie, als ich den Schlüssel auf den für mich bestimmten dreibeinigen Hocker neben mir warf und anfing, mich aus meiner Uniform zu schälen. Nach der langen

Fahrt im überfüllten Zug sah sie beschämend ungebügelt aus, und unten am linken Hosenbein, wo ich an einem Nagel hängengeblieben war, befand sich ein dreieckiger Riß. Ich war froh, daß ich für unsere Geburtstagsfeier am Abend meine Ausgehuniform dabei hatte.

Der schwarze Junge kam mit einem weiteren Kunden im Schlepptau zurück. Als er an mir vorbeiging, ließ er ein Handtuch für mich auf meinen Hocker fallen. Ich hängte Uniform und Hemd auf die Innenhaken im Spind, zog meine Socken aus und warf meine Unterhose hinterher. Ich dachte noch an die Zigaretten in meiner Uniformtasche, warf mir das Handtuch über die Schulter, knallte die Tür so fest zu, daß das Schloß einrastete, nahm den Schlüssel vom Hocker und schob mir das elastische Band über das Handgelenk. Ich drängte mich an Ellbogen und Hinterteilen sich ausziehender Männer vorbei aus dem Gang hinaus und ging um das Bridge spielende Nudistenquartett herum in das eigentliche Bad.

Seit der Zeit, in der ich als Zivilist so manchen verkaterten Morgen erlebt hatte, war ich nicht mehr in einem türkischen Bad gewesen. Es war Freitag abend, und meine Geschlechtsgenossen drängten sich in den warmen Räumen mit den feuchten Wänden. Ich war zwar in der Marine einem Übermaß an männlicher Nacktheit ausgesetzt, aber zumindest waren die Körper, die mich dort umgaben, jung. Ich hatte vergessen, welch unerfreuliche Variationen der männlichen Gestalt durchs Alter hervorgebracht werden. Während ich mich griesgrämig umschaute, dachte ich, daß die Natur einen Hang zum Paradoxen hatte. So viele Schultern, die eigentlich breit sein sollten, waren schmal, und so viele Hüften, die eigentlich schmal sein sollten, waren breit. So viele Bäuche, die eigentlich flach sein sollten, wölbten sich, und so viele Brustkörbe, die sich eigentlich wölben sollten, waren flach.

Ziemlich stolz auf meine relativ orthodoxen Proportionen nahm ich zusammen mit einem Bauch eine Dusche und folgte dann einigen Hüften in den drückendheißen Schwitzraum, wo ich mich und meine Erkältung auf einem glühenden Holzliegestuhl niederlegte. Ich entspannte mich und dachte darüber nach, wie bald ich meine Rückkehr zu Iris und den Putten im Zimmer 624 rechtfertigen konnte.

Die Körper um mich herum plauderten und schwitzten friedlich, hatten für mich aber keinerlei Individualität. Unbekleidete Menschen in Massen verlieren jegliche persönliche Identität. Als sich die Hitze ihren Weg durch meine Poren brannte, begann mich das elastische Band an meinem Arm zu stören. Ich schob den Schlüssel vom Handgelenk und legte ihn auf die Armlehne meines Liegestuhls. Ein dunkler, geschmeidiger junger Bursche kam näher, kauerte sich auf die Fußstütze meines Stuhls und fragte, ob er mich nicht beim Ballett gesehen habe. Ich sagte, das habe er nicht und daß er es wahrscheinlich auch nie tun werde. Dann nahm ich meinen Schlüssel und stakste in den Dampfraum davon.

Ich blieb circa fünf Minuten im stickigen, undurchdringlichen Nebel, eingeengt zwischen den wimmelnden klebrigen Körpern der anderen Männer. Als ich es nicht mehr aushalten konnte, ging ich hinaus, sprang in das eiskalte Schwimmbecken und war bereit für meine Massage.

Vor dem Krieg war eine Massage für mich immer eine Folter, jetzt jedoch stellte ich erfreut fest, daß mich meine Ausbildung bei der Marine abgehärtet hatte. Als mich der schwergewichtige schwarze Masseur nun durchwalkte und knetete, bereitete mir meine Muskulatur keinerlei Schwierigkeiten. Nach beendigter Massage schlenderte ich zurück in den Aufenthaltsraum und fühlte mich wie neugeboren und ohne den Anflug einer Erkältung im Körper.

Eine Uhr an der Wand über dem nackten Bridgequartett zeigte an, daß mich das Ganze weniger als eine Stunde gekostet hatte. Alle meine Gedanken drehten sich um Iris. Ich zündete mir eine Zigarette an und ging, ohne mich in den ächzenden Korbstühlen auszuruhen, zu den Metallschränken.

Zwei andere Männer waren im Gang damit beschäftigt, sich anzuziehen. Ich ging zu meinem Spind, zog den Schlüssel vom Handgelenk und steckte ihn ins Schloß. Ich drehte ihn um, aber nichts geschah.

Ein paar Sekunden lang mühte ich mich mit dem Schloß ab, bevor ich zum Schluß kam, daß ich am falschen Schrank sein mußte. Ich versuchte es mit dem grünen Spind zur Rechten, dann mit dem zur Linken, erfolglos. Als ich mich leise fluchend wieder mit dem ersten Schrank abmühte, kam der Mann, der am nächsten bei mir stand, herübergeschlendert.

»Probleme, mein Freund?«

Ich sah auf. Er war etwa Ende Dreißig, mit angegrautem schwarzem Haar, melancholischen Augen und dem sardonischen Mund eines Philosophen, der sich keinerlei Illusionen mehr über die Intelligenz seiner Mitmenschen macht. Er trug nichts außer einem auffälligen rot-weiß gestreiften Hemd, unter dem ein Paar endlos lange Beine hervorragten.

»Ja«, sagte ich. »Krieg' meinen Spind nicht auf.«

Die schwermütigen schwarzen Augen musterten mich einen Moment lang. Als ich den Schlüssel aus dem widerspenstigen Schloß zog, streckte er mir seine Hand entgegen. Ich war so aufgeregt und wütend, daß ich auf sein verdrießlich-geschäftiges Auftreten einging. Als ich ihm den Schlüssel gab, sah er zuerst ihn, dann den Spind an und bedachte mich mit einem langen melancholischen Blick – als ob ich ein zurückgebliebenes kleines Mädchen wäre, das sich die Schleifen seiner eigenen Zöpfe nicht selber binden kann. Er warf mir den Schlüssel zu.

»Schlüssel Nummer 312. Spind Nummer 168«, sagte er lakonisch. »Sie haben den Spind verwechselt, mein Freund.«

Ich starrte die Zahl auf dem Schlüssel an, dann die Zahl am Spind. Er hatte vollkommen recht. Ich kam mir töricht vor und sagte: »Ich bin sicher, daß dies der Schrank ist, in den ich meine Sachen verstaut habe. Aber – vielleicht haben Sie recht. Ich probier's mal bei Nummer 312.«

Ich wickelte mir mein Handtuch um die Hüften, ging hinüber zur anderen Schrankreihe und suchte den Spind, dessen Nummer mit jener des Schlüssels übereinstimmte. Mein Nachbar starrte mir nach und folgte dann gemächlich, wobei ihm die rot-weißen Schöße seines Hemdes um die wuchtigen Oberschenkel wippten. Ich fand Nummer 312. Mein Nachbar stellte sich neben mich und beobachtete mich skeptisch. Es war nur allzu offensichtlich, daß sich seine niedrige Auffassung von der menschlichen Natur im allgemeinen zu einer niedrigen Auffassung von mir im besonderen verdichtet hatte.

»Machen Sie auf, mein Freund«, sagte er. »Sie werden feststellen, daß Sie sich ganz einfach geirrt haben.«

Ich steckte den Schlüssel ins Schloß. Die grüne Metalltür schwang auf. Im Innern des Spinds baumelten ein hennabrauner Anzug, ein schmuddeliges weißes Hemd, Boxershorts und ein Paar abgelaufene Straßenschuhe an den Haken.

»Na bitte!« sagte der Mann im Hemd mit trauriger Genugtuung. »Sie hatten sich geirrt. Sehen Sie?«

»Ich habe mich nicht geirrt«, fauchte ich. »Das sind nicht meine Sachen.«

In diesem Augenblick kam der schwarze Junge mit dem Schlüsselbund vorbei. Ich packte ihn.

»Das ist nicht mein Spind. Sie haben mir den falschen Schlüssel gegeben.«

Der Junge rollte in gequältem Erstaunen die Augen. »Ne, Sir. Ich hab' noch nie nich' 'nem Kunden 'nen falschen Schlüssel gegeben. Die ganze Zeit, die ich hier bin, noch nich'.«

»Tja, dann haben Sie's eben jetzt getan.« Allmählich packte mich die Wut, und zwar sowohl auf den Jungen als auch auf den Mann im rot-weißen Hemd, der mich noch immer mit seinem enervierend neunmalklugen Gesichtsausdruck anstarrte. »Haben Sie einen Hauptschlüssel?« fragte ich den Jungen.

Er leckte sich über die vollen Lippen. »Aber klar, Sir.«

Ich packte ihn am Arm. »Dann kommen Sie mit, und

ich zeige Ihnen den Spind, in den ich meine Sachen getan habe. Sie machen ihn für mich auf. Ich will hier weg.«

Alle drei gingen wir wieder zum ersten Schrank. Mein Nachbar schlenderte zurück zu seinem Spind, hob eine kesse lavendelfarbene Unterhose auf und kam zurück.

Ich starrte ihn streitlustig an und sagte zum Jungen: »Der da.«

Der Junge öffnete den Spind mit seinem Hauptschlüssel. Mein Nachbar reckte den Hals.

»Und...?« fragte er.

Ich konnte nichts erwidern, denn der Spind war leer.

Ich wurde meiner Sache plötzlich unsicher und stammelte: »Na ja, vielleicht war es einer von den anderen Schränken hier in diesem Bereich. Aber ich weiß genau, daß es diese Reihe war.«

Der Junge öffnete auf beiden Seiten des Spinds jeweils zwei Türen. Dann schloß er sämtliche Schränke der Reihe auf. Er brachte Anzüge verschiedener Formen und Größen zum Vorschein, eine Sergeantenuniform und die Uniform eines Hauptmanns. Aber keine Spur von meinen Sachen.

Der Mann im Hemd stieg in seine Unterhose und knöpfte sie über seiner schlanken Taille zu. »Tja«, sagte er triumphierend, »jetzt sind Sie wohl mit Ihrem Latein am Ende.«

Ich unterdrückte den Impuls, ihn zu würgen, und wandte mich wutschnaubend an den schwarzen Jungen.

»Ich bin mir sicher, daß der erste Spind, den Sie aufgeschlossen haben, meiner ist. Falls ich am Anfang den richtigen Schlüssel erhielt, hat jemand die Schlüssel vertauscht und sich mit meiner Uniform davongemacht. Holen Sie den Geschäftsführer.«

»Jawohl, Sir.« Der Junge eilte von dannen.

Während ich schweigend vor mich hin grollte, starrte mein Nachbar in das leere Innere meines Spindes. Er kratzte sich am Kopf. »Wahrscheinlich hat wirklich jemand Ihre Sachen geklaut, mein Freund.«

»Nett, daß Sie das einsehen«, sagte ich hämisch.

»Uniform, haben Sie gesagt. Sind Sie in der Armee?«

»Marine.«

»Das ist hart. Die eigene Uniform zu verlieren ist hart. Das kann Sie ganz schön in Schwierigkeiten bringen, nicht?«

»Ich werde wohl nicht gleich im Morgengrauen erschossen.« Ich hielt Ausschau nach dem Geschäftsführer. »Aber ich bin nicht gerade begeistert darüber. Diese Uniform hat mich achtzig Dollar gekostet.«

»Hart.«

»Und was mich wirklich ärgert, ist, daß es, auch wenn der Junge die Schlüssel aus Versehen vertauscht hat, vorsätzlicher Diebstahl ist. Kein noch so betrunkener Zivilist wäre, ohne es zu merken, in meiner Uniform statt in diesem braunen Anzug hier rausmarschiert. Gott sei Dank habe ich noch eine andere im Hotel.«

»So eine Uniform zu stehlen, das ist schon was.« Mein finsterer Freund hatte seine eigene Hose aus dem Spind genommen. Sie war aus leuchtendblau kariertem Tweed, und grellrote Hosenträger baumelten von ihr herab. »Vielleicht ein Bursche, der die Polizei auf den Fersen hat. Ganz schön raffiniert, sich hier als Zivilist reinzuschleichen und als Seemann wieder rauszukommen. Aber andererseits«, fügte er mit vielsagendem Nachdruck hinzu, »waren es vielleicht auch feindliche Agenten. Könnte mir denken, daß ein feindlicher Agent eine ganze Menge mit einer amerikanischen Marineuniform anfangen könnte.«

Das klang zwar etwas melodramatisch, aber es verschlechterte meine ohnehin schon aufgebrachte Stimmung. Der Verlust einer Uniform war schlimm genug, doch wenn sich dahinter etwas Schlimmeres als bloß ein simpler Diebstahl verbarg, dann war der Zeitpunkt dafür verflucht ungünstig – meine Beförderung hing an einem seidenen Faden.

Mein Nachbar hatte seine Hose angezogen und knöpfte sie zu. »Wollen mal ganz ruhig überlegen. Angenommen, der Junge hat Ihnen den richtigen Schlüssel gegeben, dann hat der Bursche von Nummer 312 die Schlüssel vertauscht. Wann könnte das passiert sein?«

Mir fiel ein, daß ich den Schlüssel im Schwitzraum kurz abgenommen und ihn auf die Armlehne des Liegestuhls gelegt hatte. Ich dachte an den dunklen jungen Mann, der zu mir gekommen war, aber ich war ziemlich sicher, daß sein Interesse nicht meinem Schlüssel gegolten hatte. Aber jemand anders hätte im Schwitzraum die Schlüssel leicht unbemerkt vertauschen können. Außerdem fiel mir ein, daß ich den Schlüssel auf dem Hocker liegen ließ, als ich mich auszog. Jeder, der vorbeiging, hätte ihn nehmen können. Es war völlig offensichtlich, daß jeder Versuch, den Täterkreis einzugrenzen, zum Scheitern verurteilt war.

Ich sagte: »Wahrscheinlich hätte fast jeder die Schlüssel austauschen können – jeder hier im Bad.«

»Das ist schlecht.« Mein Nachbar knotete eine prachtvolle rot-weiße Krawatte über dem rot-weißen Hemd. Jetzt, da er angezogen war, sah er in seiner feschen Kleidung, die mit seinem abgezehrt trübseligen Gesicht kontrastierte, wie ein Offizier der Heilsarmee aus, der sich als Tipgeber bei Pferderennen verkleidet hat. Er streckte mir seine rauhe Hand entgegen. Offenbar war er der Ansicht, unsere Beziehung sei mittlerweile so eng, daß es an der Zeit war, der Form Genüge zu tun, dann sagte er: »Nennen Sie mich Hatch.«

»Okay, Hatch«, erwiderte ich. »Ich bin Peter Duluth.«

In diesem Augenblick kam der Geschäftsführer mit dem schwarzen Jungen angerauscht. Ich lieferte ihm eine durch und durch übellaunige Darstellung des Geschehens. Irgendwann hatte ich in der Aufregung mein Handtuch verloren, so daß ich mir etwas seltsam vorkam, wie ich mich da splitternackt bei der Geschäftsleitung beschwerte – aber es war nicht zu ändern. Der Geschäftsführer versuchte, mich zu besänftigen, doch in der Hauptsache ging es ihm darum, die anderen Gäste vor unliebsamen Störungen zu bewahren. Bevor nicht alle Schränke durchsucht worden waren, weigerte er sich höflich, mir zu glauben, daß meine Uniform gestohlen wurde. Nach kurzer Verwirrung fand die Durchsuchung statt.

Meine Uniform tauchte natürlich nicht auf.

Der Geschäftsführer murmelte: »Äußerst unangenehm. Äußerst unangenehm, Leutnant. Der Mann, der Ihre Uniform – eh – mitgenommen hat, muß offensichtlich schon fort sein. Was kann ich da machen? So etwas ist hier noch nie vorgefallen.«

»Es ist mir egal, was hier schon vorgefallen ist oder auch nicht«, sagte ich. »Sie müssen etwas unternehmen. Ich will hier weg, und falls Sie denken, ich würde mit nacktem Hintern die Stockton Street entlangspazieren, dann sind Sie nicht ganz bei Trost.«

Hatch hatte kaugummikauend zugesehen.

»Wollen mal ganz ruhig überlegen«, sagte er. »Der Bursche, der die Uniform des Leutnants gestohlen hat, hat seinen Anzug in Nummer 312 zurückgelassen. Okay. Durchsuchen Sie den Anzug. Vielleicht ergibt sich da ein Anhaltspunkt. Wollen mal ganz ruhig überlegen.«

Trotz seiner ermüdenden Angewohnheit, einen Satz zu Tode zu reiten, war Hatch, das wurde mir allmählich klar, ganz schön clever. Wir trabten alle zurück zu Spind Nummer 312. Eine gründliche Untersuchung des braunen Anzugs und der Unterwäsche ergab nichts. Selbst das Herstelleretikett an der Innenseite des Jacketts fehlte.

Hatchs Kiefer bearbeiteten den Kaugummi. »Tja, zumindest kann der Leutnant die Sachen anziehen, um zurück zum Hotel zu kommen. Er marschiert mit Ihrer Uniform davon. Sie tragen seinen Anzug. Besser als nichts.«

Dieser Anzug und das schmuddelige weiße Hemd widerten mich zwar an, aber ich hatte keine andere Wahl. Unter den aufmerksamen Blicken der drei anderen zwängte ich mich in die Sachen. Der Anzug paßte gar nicht so schlecht. Auch die Schuhe waren tragbar.

»Der Bursche muß ungefähr die Größe des Leutnants haben«, grübelte Hatch. »Wollen mal ruhig überlegen.« Er wandte sich an den Jungen. »Du kannst dich nicht mehr an den Burschen erinnern, dem du Spind Nummer 312 gegeben hast, oder?«

Der Junge schüttelte den Kopf.

Zögernd sagte der Geschäftsführer: »Ich habe mich immer bemüht, jeden Ärger mit der Polizei zu vermeiden, aber...«

»Die Polizei.« Hatch unterbrach ihn mit spöttischer Stimme. »Die Polizei macht ein Riesentheater, hält den Leutnant bis morgen früh auf der Wache fest und stellt dumme Fragen. Aber würde sie sich wirklich bemühen, die Uniform wiederzufinden? Wohl kaum.«

Obwohl ich keinen Grund hatte, mich derart zynisch über die Polizei von San Francisco zu äußern, hatte Hatch wie gewöhnlich recht. Nichts, schon gar nicht eine Uniform, würde mich dazu bringen, mir an Iris' Geburtstag auf einer Polizeiwache die Beine in den Bauch zu stehen.

»Nein«, sagte ich. »Polizei kommt nicht in Frage.«

Ich hatte achtzig Dollar verloren und wollte nur noch weg. Ich würde den Vorfall später melden. Okay. Ich war bereit, es dabei zu belassen.

Das sagte ich dem Geschäftsführer, als Hatch mir seine Hand auf den Arm legte.

»Nicht so hastig, Leutnant. Dieser Bursche muß sich beim Kassierer eingetragen haben, als er reinkam. Und er muß wieder am Kassierer vorbeigekommen sein, als er rausging. Jetzt liegt alles beim Kassierer. Er könnte uns einen Hinweis geben. Wollen mal ruhig überlegen.«

Beim Gedanken an den Kassierer erinnerte ich mich mit Schrecken daran, daß ich meine Brieftasche bei ihm gelassen hatte. Es war schon beschämend genug, daß ich in einem türkischen Bad meiner Uniform verlustig ging, aber wenn jetzt auch noch meine Papiere weg waren... Schon bei der Vorstellung darüber lief es mir kalt den Rücken hinunter.

»Dann mal los. Fragen wir den Kassierer.«

Ich eilte in den kleinen Vorraum, der Geschäftsführer und Hatch hinter mir her. Der knochige Kassierer lümmelte sich noch immer im selben Sessel seines Käfigs.

Ich sagte: »Leutnant Duluth. Meine Wertsachen.«

Er blinzelte. Mit unerträglicher Langsamkeit machte er sich an den Fächern zu schaffen. »Leutnant Duluth«, murmelte er. »Duluth. Ah, da sind Sie ja.«

Er schob den braunen Umschlag durch den Schlitz im Gitter.

»Gegenzeichnen«, fing er wieder an zu leiern. »Genauso-wie-Sie-unterschrieben-haben-als-Sie-reingekommen-sind.«

In diesem Augenblick fiel ihm meine Zivilkleidung auf, und er grabschte nach dem Umschlag.

»*Leutnant* Duluth. Sie sind kein Leutnant.«

»Ist schon in Ordnung«, warf der Geschäftsführer rasch ein. »Es hat ein kleines Versehen gegeben.«

Ich riß den Umschlag auf. Zu meiner maßlosen Erleichterung waren alle meine Sachen drin.

Hatch, die Daumen unter den knallroten Hosenträgern, starrte den Kassierer mit der ihm eigenen finsteren Autorität an.

»Hören Sie«, sagte er. »Jemand hat dem Leutnant die Uniform gestohlen. Das heißt, daß irgendein Bursche in diesem Anzug hereingekommen ist« – er wies auf mich –

»und vor kurzem in der Uniform eines Marineleutnants wieder hinausging. Wenn Sie Augen im Kopf haben, müßte Ihnen so etwas doch auffallen.«

Der Kassierer starrte auf meinen braunen Anzug und sah verwirrt aus. »Ich glaube nicht, daß ich... Warten Sie. Vielleicht doch. Jawohl. Gerade eben, vor noch nicht mal fünfzehn Minuten, ist ein Marineleutnant rausgekommen. Er hielt sich irgendwie ein Taschentuch vors Gesicht, als ob er Schnupfen hätte oder so. Er geht direkt an mir vorbei, und ich schrei' hinter ihm her: ›Heh, was ist mit Ihren Wertsachen?‹ Offiziere, die haben doch immer ihren Urlaubsschein und so Sachen dabei – alle Soldaten lassen immer ihre Wertsachen bei mir. Aber dieser Bursche, dieser Leutnant, ruft einfach über die Schulter: ›Ich habe keine Wertsachen. Nur, was ich dabei habe.‹ Und weg ist er, wie der Blitz.«

Hatch fragte: »Wie hat er ausgesehen?«

»Kann ich nicht genau beschreiben. Wie gesagt, er hat sich ein Taschentuch vors Gesicht gehalten. Ich glaub', er hatte ungefähr die gleiche Statur wie der Leutnant hier und...«

»War nichts Auffälliges an ihm? Seine Stimme? Gar nichts?«

»Seine Stimme.« Der Kassierer zögerte. »Ja. Ich glaube, seine Stimme ist mir tatsächlich aufgefallen. Sie war irgendwie sanft und merkwürdig, als ob er gelispelt hätte oder so.«

Ich war so froh, meine Brieftasche wiederzuhaben, daß ich kaum zuhörte. Ich wandte mich an den Geschäftsführer.

»Hören Sie, ich habe nicht die Zeit, hier einen großen

Wirbel zu machen. Sie wissen, wie ich heiße. Ich wohne weiter oben an dieser Straße im St. Anton. Rufen Sie mich an, falls sich was Neues ergibt. Ansonsten, vergessen Sie die Sache.«

Der Geschäftsführer sah erleichtert aus. Doch Hatchs finsterer Blick ruhte auf meinem Gesicht.

»Nicht so hastig«, sagte er. »Achtzig Dollar sind achtzig Dollar. Ich hab's nicht gern, wenn jemand so reingelegt wird.«

»Vergessen Sie's.«

Hatch kaute nachdenklich auf seinem Kaugummi und zog mich beiseite. »Hören Sie, Leutnant, normalerweise befasse ich mich nicht mit so was. Das ist Kleinkram für mich. Aber gerade jetzt – na ja, ich bin hierhergekommen, weil ich in einem Fall ermittle. Hab' aber nicht die erhofften Hinweise bekommen. Jetzt habe ich einen freien Abend. Ich hielt Sie für einen Trottel, und ich glaube, Sie sind kein Trottel, und deshalb werde ich versuchen, Ihnen Ihre Uniform wiederzubeschaffen.«

Ich starrte ihn an. »Was zum Teufel...?«

Mit zurückhaltendem Stolz zog er eine Visitenkarte aus der Tasche und überreichte sie mir.

Ich las:

›HATCH‹ WILLIAMS UND ›BILL‹ DAGGET
VERTRAULICHE ERMITTLUNGEN

»Aha!« sagte ich. »Ein Privatdetektiv. Kein Wunder, daß Sie so clever waren.«

Hatch Williams schlug bescheiden die Augen nieder.

»Mit etwas Glück kann ich die Namen in dem Register auf ein Minimum reduzieren. Es gibt noch jede Menge Anhaltspunkte. Ich habe meine Kontakte. Ich habe meine Methoden. Ich kann nichts versprechen, wohlgemerkt. Aber – also, abgemacht?«

Ich betrachtete sein finsteres Gesicht mit den dunklen, verbitterten Augen. Hatch Williams, so dachte ich, hatte bestimmt eine echte Chance, alles zu erreichen, was er sich in den Kopf gesetzt hatte.

»Okay«, sagte ich. »Und, was das Honorar betrifft...«

»Es wird kein Honorar anfallen.« Hatch zwang sich aus seiner Zurückhaltung heraus zu einem schüchternen Grinsen. »Ich habe selbst einen Jungen in der Marine.«

»Aber...«

»Es wird kein Honorar anfallen. Sagen Sie mir nur, wo Sie wohnen, und ich melde mich bei Ihnen. Denken Sie einfach nicht mehr dran. Amüsieren Sie sich. Überlassen Sie die Sache von nun an ruhig mir.«

Mrs. Rose. Hatch Williams. San Francisco beherbergte einen sehr netten Menschenschlag. Ich klopfte ihm auf die Schulter und sagte: »Das ist verflucht anständig von Ihnen, Hatch.« Ich nannte ihm meine Zimmernummer im St. Anton und eilte voller Vorfreude auf Iris auf die Straße hinaus.

Ich befand mich auf halbem Wege zum Hotel und fühlte mich in dem anrüchigen braunen Anzug töricht und schuldig, als ich plötzlich daran denken mußte, was der Kassierer gesagt hatte.

Er erwähnte nämlich, daß der Hochstapler, der sich in meiner Uniform aus dem Staub gemacht hatte, mit einer

Stimme sprach, die ›irgendwie sanft und merkwürdig war, als ob er gelispelt hätte‹. Ich sah deutlich Iris vor mir, wie sie auf dem Bett saß und mir von dem Unbekannten erzählte, der sie aus der Hotelhalle angerufen hatte. ›Irgendwas war mit seiner Stimme. Er hat furchtbar gelispelt.‹

Als diese beiden Erinnerungen in meinem Kopf zusammenkamen, hatte ich das Gefühl, daß etwas unbestimmbar Bedrohliches in der Luft lag.

Dann setzte sich wieder mein gesunder Menschenverstand durch, und ich sagte mir, daß es in San Francisco Tausende von lispelnden Männern geben mußte.

»Blödsinn«, sagte ich zu mir.

Das war das zweite Mal innerhalb weniger Stunden, daß ich das gesagt hatte: Blödsinn.

3

Im St. Anton angekommen, klopfte ich an die Tür von Zimmer 624 und rief: »Liebling, ich bin's.«

Die Tür ging auf. Meine Frau hatte sich bereits wieder dem Toilettentisch im französischen Rokokostil zugewandt und tat irgendwelche exotischen Dinge vor dem Spiegel. Folglich sah sie nicht, wie ich hereinkam.

Iris sieht einfach schöner aus als irgend jemand sonst, aber an diesem Abend übertraf sie sich selbst. Sie hatte ein langes, schwarzes Abendkleid angezogen, das ihren Körper oberhalb der Hüfte äußerst knapp bedeckte. Ihr Rücken und ihr Busen schimmerten matt wie Elfenbein. Sie trug keinerlei Schmuck – bis auf die satt-cremefarbene

Gardenie, die an einem schwarzen Samtband befestigt war, das ihren Hals umschloß.

»Vielen Dank für die hübsche Gardenie, Darling. Sie paßt hervorragend zum Kleid.« Sie veränderte die Position der Blume um einen Millimeter. »Und, bist du deinen Schnupfen los?«

»Ja«, antwortete ich.

In diesem Augenblick drehte sie sich um. Ihre Augen weiteten sich erstaunt, als sie den scheußlichen Anzug sah.

»Meine Güte!« rief sie. »Ist der Krieg aus?«

Ich blickte schuldbewußt drein. Ich sagte: »Ich bin im türkischen Bad nicht nur meinen Schnupfen losgeworden.«

Dann erzählte ich ihr alles – das heißt, alles, außer daß der Uniformdieb zufälligerweise lispelte. Bei ihrer unberechenbare Vorliebe für Geheimnisvolles hätte dieses Lispeln, verknüpft mit dem lispelnden Anrufer, mehr als gereicht, um sie zu wilden Spekulationen zu verleiten. Und ich war nicht gewillt, unser Wochenende spekulierend zu verbringen. Ich hatte noch immer nur das Eine im Kopf.

Glücklicherweise fand Iris meine Geschichte einfach nur lustig. Sie lachte unverschämt bei der Vorstellung, wie ich in meiner verletzlichen Nacktheit dem Geschäftsführer Vorhaltungen machte. Dann streifte ein Anflug von Besorgnis ihr Gesicht.

»Darling, du wirst doch hoffentlich keinen Ärger bekommen? Gibt es nicht eine Marinevorschrift, Seite 42, Paragraph 17b, mit gräßlichen Strafandrohungen bei Verlust einer Uniform? Und deine Beförderung und…«

»Soweit ich weiß, komme ich nicht gleich vors Kriegsgericht. Jedenfalls kümmert sich Hatch um diese Sache. Mein eigener privater Privatdetektiv.«

Meine Frau gab einen Tropfen Parfüm auf ihren Finger und rieb ihn sich nachdenklich hinters Ohr.

»Männer haben einfach mehr Glück«, seufzte sie. »Ginge ich in ein türkisches Bad, würde ich niemals so etwas Aufregendes wie einen nackten Privatdetektiv erleben – nicht in einer Million Jahren.«

»Wahrscheinlich wirst du Hatch noch kennenlernen. Er sagte, er wolle sich später bei mir melden.«

»Ich kann ihn mir gut vorstellen«, sagte Iris verträumt. »Ein hübscher, schriller, karierter Anzug und ein Mund, der zum Nuscheln wie geschaffen ist und in den eine Zigarre gehört.«

»Für die Zigarre kann ich nicht garantieren. Ansonsten ist das Hatch, wie er leibt und lebt.«

Iris seufzte. Ich konnte mir diese Schönheit nicht länger tatenlos ansehen. Ich nahm sie in die Arme und küßte sie unterhalb der Gardenie.

»Du bist wunderbar, Schatz. Du bist jemand, den jeder Privatdetektiv liebend gerne in einem türkischen Bad kennenlernen würde.«

»Findest du wirklich? Versuchst du nicht bloß, mich zu trösten?«

»Dummkopf.«

»Das Kleid, Peter. Ich habe es extra für deinen Urlaub gekauft.«

Ich ließ meine Lippen über ihre Schultern gleiten. Sie gab einen kleinen wohligen Laut von sich. Dann wand sie sich aus meinen Armen.

»Darling, dieser Anzug! Das ist, als würde ich vom Gasmann geküßt.« Sie runzelte die Nase. »Du hättest dir ruhig einen besser gekleideten Dieb aussuchen können. Zieh ihn aus und stürz dich in deine Uniform. Ich habe sie in den Schrank gehängt.«

Es war das reinste Vergnügen, mich vom Anzug zu trennen. Ich riß ihn mir förmlich vom Leib, und dann auch das Hemd und die Schuhe. Ich warf alles auf den Boden und nahm eine Dusche, um jegliche mit dieser Bekleidung verbundene Erinnerung abzuspülen. Als ich zurückkam, hatte Iris das Jackett aufgehoben und war daran, verstohlen die Taschen zu durchsuchen.

»Was hast du vor?« fragte ich.

»Ach, ich guck' nur mal nach, ob irgendwas drin ist. Irgendein Hinweis.«

»Das haben wir schon gemacht«, sagte ich.

Ich kleidete mich von Kopf bis Fuß in meine eigenen Sachen. Ich war ziemlich stolz auf meine Ausgehuniform. Als ich fertig war, hatte ich das Gefühl, ganz fesch auszusehen. Glücklicherweise hatte ich auch neue Schuhe und eine neue Mütze.

Während ich mich anzog, hatte Iris sich am ausrangierten Anzug zu schaffen gemacht. Mir gefielen die Symptome nicht. Ich nahm sie am Arm und lenkte sie von der Versuchung ab. »Hör mal, Schatz«, sagte ich. »Du mußt mir etwas versprechen.«

Sie blickte unschuldig und geistesabwesend drein. »Aber gern, Darling.«

»Komm nicht auf den genialen Einfall, Uniformdiebe fangen zu wollen.«

Iris blickte noch unschuldiger drein. »Aber natürlich nicht. Wie absurd. Wieso, um Himmels willen, sollte ich hinter einer Uniform herjagen wollen?«

»Schwörst du?«

Ihre Finger kamen hoch und liebkosten die Abzeichen an meinem Revers.

»Donnerwetter, was bist du mißtrauisch.« Sie wand sich erneut aus meinen Armen, beugte sich vor, nahm ihr Kleid in beide Hände und zog es hoch bis zu den Hüften. »Sehen Sie mal, Leutnant, Nylonstrümpfe.«

Ich starrte sie an und sagte: »Willst du zum Abendessen gehen?«

»Ja, ich bin halb verhungert.«

»Dann laß das Kleid runter, sonst kommen wir nie hier raus.«

Ergeben ließ meine Frau die schwarzen Taftfalten zu Boden gleiten. Sie hakte sich bei mir ein, und wir gingen zur Tür.

Auf der Türschwelle blieb sie stehen und warf einen Blick über ihre nackte Schulter zurück auf das vergoldete Fries um den Spiegel.

»Seid nicht traurig«, sagte sie leise zu den Putten. »Wir sind bald wieder da.«

An einem Tisch neben der Tanzfläche im Speisesaal des Hotels tranken wir unsere Cocktails. Falls dies überhaupt möglich ist, war der Speisesaal des St. Anton mit seiner altertümlichen Täfelung und den riesigen Kristallüstern noch mehr auf Alt-San-Francisco getrimmt als die Eingangshalle. Doch auch hier hatte man eine Konzession an das zwanzigste Jahrhundert gemacht, und zwar durch die

Anheuerung eines Rumba-Orchesters, das dazu noch gut war. Iris und ich tanzten zwischen zwei Cocktails und, hin und wieder, zwischen den Gängen unseres Menüs, das aus den herrlichsten und teuersten Dingen bestand, die wir bestellen konnten. Es waren eine Menge Leute da, die tanzten und aßen, aber ich nahm sie gar nicht wahr, außer vielleicht, um sie dafür zu bemitleiden, daß sie nicht mit Iris zusammen waren. Zum Kaffee tranken wir Brandy. Danach tanzten wir erneut.

»Schöner Geburtstag?« fragte ich, während ich Iris an einer Matrone vorbeisteuerte, die auf der Rumbatanzfläche eigentlich ohnehin fehl am Platze war.

»Himmlisch«, sagte sie. »Darling, wir tanzen eine ganz schön gewagte Rumba, nicht?«

»Sehr gewagt.«

»Sechsundzwanzig«, murmelte Iris. Plötzlich sah sie mich an. Ihre getuschten Wimpern schienen den Duft der Gardenie zu verströmen. »Peter, seh' ich aus wie sechsundzwanzig?«

»Bist du nicht siebenundzwanzig?«

»Scheusal.« Iris schob sich dicht an mich heran, und unsere Rumba wurde sehr intim.

In diesem Augenblick sah ich den Mann mit dem Bart.

Ich sah ihn über Iris' Schulter hinweg. Er saß allein an einem Tisch neben der Tanzfläche; ein massiger, imposanter Herr, in elegantem Grau gekleidet und mit einer roten Nelke im Knopfloch. Allein seine würdevolle Erscheinung reichte aus, um auf ihn aufmerksam zu werden, aber das Auffälligste an ihm war ein schwarzgelockter Bart, der mit üppiger Pracht über der roten Nelke wucherte.

Neben ihm stand eine leere Champagnerflasche auf der weißen Tischdecke. Er sah so aus, als ob das nicht seine erste Champagnerflasche an diesem Abend war. Er starrte sie mit großem Ernst an, während er in seinem Sessel leicht hin und her schwankte. Iris und ich hatten einen Freund in New York, der ein nüchterner und renommierter Psychiater war. Dieser Mann hätte Dr. Lenz' lasterhafter Bruder sein können.

Wir waren nur etwa einen Meter von ihm entfernt, als er von seiner Champagnerflasche aufblickte und uns ansah. Zumindest sah er Iris an. Ein wenig oberhalb des Bartes leuchteten seine Augen auf. Der Bart wackelte in einem schurkisch-geilen Lächeln. Eines seiner schweren Augenlider senkte sich zu einem vieldeutigen Zwinkern.

Das Gewimmel der Tanzenden drängte uns noch näher an ihn heran. Noch immer schaute er Iris an. Plötzlich verschwand das lüsterne Grinsen von seinem Gesicht. Ein anderer Ausdruck trat an dessen Stelle, eine Art Verblüffung, als ob ihn an Iris etwas so schockierte, daß er vorübergehend nüchtern wurde.

»Sie...!« sagte er.

Der Ton seiner Stimme ließ uns vor ihm innehalten. Ich sah ihn an. Iris sah ihn an.

Ich war streitsüchtig aufgelegt und fragte: »Iris, kennst du diesen unattraktiven Herrn?«

Iris spähte tief in seinen Schnurrbart. »Nein, es sei denn, der Bart ist falsch, und es ist Mr. Finklestein.« Sie strahlte ihn an. »Sind Sie der verkleidete Mr. Finklestein von den Magnificent Studios?«

Entweder ignorierte er uns bewußt, oder er war unfähig, die Bemerkung zu verstehen. Er versuchte, sich zu erheben, sank zurück und schaffte es, dann doch noch aufzustehen. Er lehnte sich quer über den Tisch zu uns vor. Sein großer Finger schwebte bedrohlich nah über der leeren Champagnerflasche, als er auf Iris zeigte. Sehr langsam sagte er: »Sin' Sie denn verrückt, ausgerechnet heut' aben' unterwegs ssu sein – wo Ihr Bild g'rade im *Chronicle* is'? Ich hab' Sie gewarn', auf Seite vierundachtzig. Sie gewarn', Sie kleine Närrin.«

Für einen Fremden – selbst einen völlig betrunkenen Fremden – war das eine seltsame Bemerkung. Offensichtlich stand ihm der Champagner bis zur Halskrause, und ein vernünftiger und pflichtbewußter Gatte hätte seine Frau in diesem Augenblick im Rumbarhythmus von ihm weggesteuert. Aber ich tat es nicht. Er hatte irgend etwas Besonderes an sich. Ich glaube, es war das Erlkönighafte des wuchernden schwarzen Bartes und hypnotischen Blickes.

Er schwankte leicht. Ein deutliches kleines Hicksen ließ den Bart wippen. Unter enormer Anstrengung brachte er heraus: »Die weiße Rose! Die rote Rose!« Er hielt inne. »Die Rosen bedeuten – Blut.«

Die Musik spielte: Pomtipomtipom*pom*pom. Die Tänzer schlängelten sich an uns vorbei. Niemand schien auf uns zu achten. Der ›Bart‹ starrte noch immer auf Iris. Sie starrte zurück, mit fasziniertem Blick.

Versuchsweise sagte sie: »Die weiße Rose und die rote Rose bedeuten Blut. Das ist bestimmt schön für sie. Und weiter?«

»Die weiße Rose.« Der ›Bart‹ griff nach seinem leeren

Champagnerglas und hob es an die Lippen. Ich glaube, er bemerkte gar nicht, daß es leer war. »Die weiße Rose un' die rote Rose – raus. Sie sin' raus. Sie wissen, daß sie raus sin'. Hab' Sie gewarn'.«

Er ließ das Glas fallen und hob die eine seiner großen Hände. Diese Geste ließ ihn beinahe nach vorn auf die Champagnerflasche kippen. Wieder deutete er mit seinem sendungsbewußten Zeigefinger und sagte: »Leben oder Tod für Sie, kleine Dame. Merk'n Sie sich das. Leben oder Tod.« Er taumelte. »Sie haben's vergessen. Der Elefant hat es nich' vergessen. Niemals – der Elefant.«

Rätsel sind äußerst unterhaltsam. Die Sphinx hat es mit ein paar davon ziemlich weit gebracht. Aber allmählich wurde mir klar, welche Reaktionen dieser weinerliche sentimentale Alte bei meiner Frau in ihrer jetzigen Stimmung auslösen würde. Ein geheimnisvoller Telefonanruf und eine gestohlene Uniform waren nichts dagegen. Ich versuchte, mit Iris wegzutanzen, aber es war zu spät. Aufgeregt machte sie sich los und ging hinüber zum ›Bart‹.

»Die rote Rose und die weiße Rose bedeuten Blut«, sagte sie. »Und der Elefant vergißt nie. Wessen Elefant?«

Der ›Bart‹ blickte geistesabwesend drein. »Leben oder Tod.«

»Leben oder Tod für mich?« fragte Iris. »Oder Leben oder Tod für den Elefanten?«

Der ›Bart‹ blickte noch geistesabwesender drein. »Leben oder Tod«, murmelte er. »Soll'n nich' sterben, junge Dame. Ssu schön, um ssu sterb'n.«

Ganz langsam sank er zurück in seinen Sessel, wie ein Berghang, der nach einem Erdbeben zur Ruhe kommt.

Seine Augen blickten traurig und leer. Er hickste erneut, dezent.

»Sagen Sie's mir.« Iris' Stimme klang jetzt flehentlich. »Worum geht's? Was versuchen Sie, mir zu sagen?«

Der ›Bart‹ wippte auf und ab. Ein Auge, das sich wie bei einem Basilisken listig öffnete, starrte sie unverwandt an. Er hatte uns offensichtlich vergessen.

Ich ergriff die Gelegenheit. Ich packte Iris, schob sie auf die Tanzfläche hinaus und steuerte sie zwischen einem Marineleutnant und einer Blonden sowie einem Major und einer Brünetten hindurch vom ›Bart‹ fort.

Einen Moment lang überließ sie sich widerspruchslos meiner Führung. Ich drückte sie fest an mich und versuchte, mich voll auf ihren Geburtstag und unseren herrlichen Abend einzulassen. Doch irgendwie hatte der miese alte Mann mit dem Bart den Zauber gebrochen.

Plötzlich sagte Iris: »Ich weiß, was du denkst.«

»Was denn?«

»Du denkst, daß ich den Mann kenne.«

»Tust du das?«

»Natürlich nicht. Was soll ich wohl in meiner Vergangenheit mit einem solch bärtigen Mann zu tun gehabt haben? Er muß mich mit jemandem verwechseln.« In Iris' grünen Augen funkelte jetzt ein unheilverheißendes Licht: »Peter! ›Die rote Rose und die weiße Rose bedeuten Blut. Ich habe Sie gewarnt, auf Seite vierundachtzig. Der Elefant hat es nicht vergessen. Leben oder Tod.‹ Klingt das nicht wunderbar? Das ist die Sorte Film, in der ich gern spielen würde. Darling, laß uns zurückgehen, damit wir noch etwas mehr erfahren.«

»Nein«, sagte ich.

»Aber Peter, Darling, bitte...«

Ich drückte sie fester an mich. »Kein Bart, keine Rosen.« Der Duft ihrer Gardenie war wundervoll. »Heute nacht gehörst du mir. Erinnerst du dich? Außerdem war das alles nur betrunkenes Geschwätz.«

Daraufhin schüttelte Iris den Kopf. »Er war blau, Darling. Natürlich war er das. Er war stinkbesoffen. Aber es war nicht bloß der Champagner. Das konnte man merken. Das Ganze hatte etwas zu bedeuten. Da bin ich mir sicher. Leben oder Tod.«

»Hör auf, so zu reden«, sagte ich gereizt.

»Ich höre bestimmt nicht auf, wenn ich nicht will«, antwortete meine Frau.

Ich versuchte eine andere Methode. »Da haben wir's wieder«, sagte ich. »Du bist unverbesserlich. Sobald irgendein Mann bei dir zu landen versucht...«

»Bei mir zu landen. Wer soll das versucht haben, das möchte ich gerne mal wissen?«

»Dieser alte Bock.«

»Bei mir zu landen, also so was!«

»Tja, so war's nun mal. Er dachte, du wärst eine von der wunderlichen Sorte. Er dachte, so kann man bei einer wunderlichen Frau landen. Und offensichtlich hatte er recht.«

Extrem herablassend sagte Iris: »Ich werde mich nicht soweit erniedrigen, auch nur eine Sekunde länger darüber zu diskutieren.«

Wir tanzten einige Augenblicke lang in eisigem Schweigen. Allmählich kehrte der unheilvolle Schimmer in ihre Augen zurück.

»Die weiße Rose und die rote Rose«, murmelte sie. Und dann scharf: »Rosen. Mrs. Rose!«

»Was ist mit Mrs. Rose?«

»Die Frau, die uns ihr Zimmer gegeben hat. Mrs. Rose. Sie hat Rot getragen.«

»Na und?«

»Ach, ich weiß nicht. Nur so ein Gedanke.«

Die Musik hämmerte unermüdlich. Iris machte sich ganz offensichtlich weiterhin Gedanken.

Schließlich sagte sie: »Er sagte, mein Bild sei im *Chronicle*.«

»Ja.«

»Vielleicht ist das die Lösung. Es könnte sein, daß mein Bild in der Zeitung ist. Das Studio hat begonnen, Werbefotos zu veröffentlichen.« Sie warf mir einen betörenden Blick zu. »Peter.«

»Ja?«

»Peter, Darling, wenn wir schon nicht zurück zum ›Bart‹ gehen und weiter mit ihm reden, können wir dann wenigstens einen *Chronicle* kaufen – nur um nachzusehen?«

Düster mußte ich mitansehen, wie sich der von mir geplante Abend in Luft auflöste. Ich machte einen vergeblichen Versuch, ihn an den Rockschößen festzuhalten.

»Iris, Liebling …«

»Darling, sei doch nicht so schrecklich steif. Komm schon.«

»Okay.«

Triumphierend schob Iris ihre Hand in meine und zog mich von der Tanzfläche.

Mit schwelendem Haß auf alle Bärte begleitete ich meine Frau die mit dicken Teppichen ausgelegten Gänge entlang in die Eingangshalle. Die strahlenden Kronleuchter und die zugezogenen roten Plüschvorhänge hatten einiges zur Milderung der derben Atmosphäre des Nachmittags beigetragen, doch die Halle war so voll und hektisch wie eh und je. Ohne auf die Salve männlicher Blicke zu achten, die so eindeutig waren wie Pfiffe, ging Iris zwischen den Topfpalmen hindurch zum Zeitschriftenstand, der unauffällig in einer Ecke versteckt war.

Eine etwas verlebte Blondine machte sich hinter der Theke zu schaffen, auf der Zeitschriften und Zigaretten auslagen. Iris nahm eine Ausgabe des *San Francisco Chronicle* und überließ es mir, ein Fünf-Cent-Stück hinzulegen.

Meine Frau hatte begonnen, die Seiten der Zeitung durchzublättern, als mir jemand auf die Schulter tippte.

»Wie geht's, Leutnant?«

Ich drehte mich um und sah Hatch Williams vor mir stehen. Er trug denselben karierten Anzug und, um Iris' imaginäres Porträt von ihm zu komplettieren, hing eine dicke kalte Zigarre von seinen Lippen. In dieser festlichen Umgebung sah er sogar noch melancholischer aus als im türkischen Bad.

»Ich habe gerade Ihr Zimmer angerufen, und niemand war da. Hab' mir gedacht, daß Sie unten im Speisesaal zum Essen sind. Und dann habe ich Sie gesehen.«

Iris hatte aufgehört, die Zeitung zu studieren, und musterte Hatch. Er starrte mit einem Ausdruck zurück, der in seinem Fall verzückter Bewunderung gleichkam.

Ich sagte: »Iris, das ist Hatch Williams, der Herr, der so nett war, die Sache mit meiner Uniform in die Hand zu nehmen. Hatch, das ist meine Frau.«

Iris streckte ihm die Hand entgegen: »Ich konnte es kaum erwarten, Sie kennenzulernen.«

Hatchs rauhe Finger umschlossen ihre. »Wenn ich gewußt hätte, was mich erwartet, Lady, wäre es mir ebenso ergangen.« Er warf mir einen seiner sardonischen Blicke zu. »Kein Wunder, daß Sie so schnell wieder zurück ins Hotel wollten.«

Ich sagte: »Irgendwas Neues betreffend der Uniform?«

»Nicht so hastig, Leutnant. Ein alter Mann ist doch kein D-Zug. Ich konzentriere mich jetzt auf zwei Namen aus dem Register, und denen werde ich nachgehen. Ich habe auch meinen Partner Bill Dagget angesprochen; die Sache interessiert ihn. Ein jüngerer Bruder von ihm ist in der Marine. Aber Dagget ist detailbesessen, war er schon immer. Er rührt keinen Finger, solange Sie uns nicht irgendein besonderes Merkmal Ihrer Uniform nennen – irgendwas, woran man sie eindeutig erkennen kann.«

Ich nannte ihm den Namen des Schneiders, der in der Jacke auf dem Etikett stand. Außerdem erzählte ich ihm von dem dreieckigen Riß im linken Hosenbein. Er schrieb alles sorgsam in ein kleines Buch.

»Das ist für Dagget. Der muß alles schwarz auf weiß haben. Ich dagegen brauche keine Notizen. Hab' alles im Kopf.«

Iris sprudelte los: »Es ist schrecklich nett von Ihnen, daß Sie sich so um die Uniform meines Mannes kümmern.«

Er zuckte die Achseln: »Nich' der Rede wert, Lady. Bei dem Fall, an dem wir arbeiten, sind wir im türkischen Bad sozusagen in eine Sackgasse geraten. Wir hatten einen Abend frei. Weder Bill noch ich gehören zu den Leuten, die gern tatenlos rumsitzen.« Er blickte vielsagend. »Außerdem, um ehrlich zu sein, in unserer Branche weiß man nie so genau; etwas, das ganz unwichtig aussieht, kann, wenn man der Sache nachgeht, was Wichtiges werden.« Er grinste mich an. »Vielleicht verhelfen Sie uns da zu einer großen Sache, Leutnant, ohne es zu wissen.«

Ich hoffte, daß ich das nicht tat.

Iris schien irgendwie mit sich zu ringen. Mir war nicht klar, was sie beschäftigte, bis sie herausplatzte: »Hatch, wenn – wenn Sie doch einen freien Abend haben, könnten Sie uns vielleicht helfen. Ich meine nicht die Uniform. Ich meine etwas anderes – etwas, das wirklich von großer Bedeutung sein könnte.«

Ihre Unverschämtheit war mir äußerst peinlich. »Iris«, sagte ich hart, »Hatch ist ein Profi. Du kannst nicht erwarten, daß er sich mit deinen kindischen...«

Hatch hob die Hand und hielt mich mit einer Geste finsterer Autorität zurück. »Was meinen Sie, Lady?«

»Es geht bloß um etwas ganz Verrücktes, das gerade eben passiert ist«, sagte ich. »Irgend so ein alter Trunkenbold hat eine Menge verrücktes Zeugs dahergeredet.«

»Ich glaube nicht, daß es verrücktes Zeug ist«, entgegnete Iris. »Hatch, hören Sie sich das mal an. Was halten Sie davon?«

Meine Frau lieferte ihm eine genaue, enthusiastische Schilderung der Begegnung mit dem ›Bart‹. In ihrer Erzählung klang das Ganze noch irrer, als es in Wirklichkeit gewesen war. Während er zuhörte, betrachtete Hatch ihr Gesicht und seine Augen wurden immer größer. Als sie fertig war, schob er seinen Hut zurück, kratzte sich am Kopf und kaute auf seiner kalten Zigarre herum.

»Lady«, sagte er ganz langsam. »Wollen Sie mich veralbern?«

»Nein, nein, ganz und gar nicht. Genau das hat er gesagt, nicht wahr, Peter?«

Ich nickte. »Aber er war blau.«

»Blau.« Da fing Hatch zu lachen an. Sein Lachen war ungefähr so fröhlich wie das Innere der Capulet-Gruft. Er stieß mich in die Rippen, blinzelte mir besserwisserisch zu. »Ein alter Säufer schwätzt ihr irgendwas vor, und schon ist sie mitten in einer Nazi-Verschwörung. Typisch Frau. Sind doch alle gleich. Überall.«

Er wiegte sich auf den Fersen vor und zurück und lachte schallend. Ich hätte ihn umarmen können, da er sie nicht noch bestärkte. Aber Iris, die noch immer den *Chronicle* in der Hand hatte, war von seiner Skepsis offenbar schmerzlich berührt.

»Schon gut, schon gut. Lachen Sie mich nur aus. Ist mir egal. Ich werde das Foto finden.«

Mürrisch begann sie die Zeitung durchzublättern. Hatch und ich sahen zu. Plötzlich hielt sie inne. Sie schnappte nach Luft.

»Peter.«

Sofort war ich neben ihr und blickte über ihre Schulter. Sie hatte die Seite der Gesellschaftsnachrichten aufgeschlagen. Oberhalb einer kurzen Meldung befand sich das

Bild einer sehr schönen Frau – einer Frau, die jeder außer ihrem Gatten leicht mit Iris hätte verwechseln können. Dunkel, mit den gleichen erstaunlichen, leicht schräggestellten Augen und feingeschnittenen Gesichtszügen.

Tatsächlich dachte selbst ich einen Augenblick lang, es sei ein Bild von Iris, doch dann las ich die beiden Worte darunter: *Eulalia Crawford.*

»Eulalia Crawford.« Iris sah mich triumphierend an. »Das ist die Erklärung. Der ›Bart‹ hat mich mit Eulalia verwechselt.«

Hatch erkundigte sich: »Eulalia – wer?«

»Sie ist meine Cousine«, erklärte Iris. »Sie lebt hier in San Francisco. Sie ist ziemlich bekannt. Erst heute nachmittag hat mich jemand mit ihr verwechselt.«

Während sie ihm vom Telefongespräch erzählte, las ich den Artikel unterhalb des Fotos. Er gab nicht viel her. Es wurde lediglich darauf hingewiesen, daß sich Miss Eulalia Crawford, »die hervorragende Puppenmacherin«, bereiterklärt hatte, bei einer bestimmten Benefizveranstaltung aufzutreten.

Iris schloß: »Sehen Sie, Hatch? Der Mann mit dem Bart hat nicht einfach nur versucht, bei mir zu landen. Er dachte, ich wäre Eulalia. Er weiß, daß ihr Gefahr droht, und hatte ihr dringend geraten, zu Hause zu bleiben. Als er mich sah, dachte er, sie wäre trotz seiner Warnung ausgegangen.«

Hatch strich sich über sein hageres Kinn. »Klingt mir ziemlich wirr.«

»Natürlich ist es wirr«, sagte ich.

Iris brauste auf: »Ach, ich bin's satt mit euch beiden. Da

erlebe ich die aufregendsten Momente meines Lebens, und ihr steht da wie ein paar trübselige alte Käuze. Seht ihr denn nicht, daß Eulalia in schrecklicher Gefahr schwebt?«

»Gefahr von wem oder was?« sagte ich.

Iris' Lippen wurden schmal. »Von der roten Rose und der weißen Rose...«

»...und von Seite vierundachtzig und dem Elefanten«, fiel ich spöttisch ein.

»Macht nur so weiter.« Die Wangen meiner Gattin waren gerötet. »Macht nur so weiter, alle beide. So ist's recht. Lacht ruhig. Rührt keinen kleinen Finger für meine arme Cousine Eulalia, die in Gefahr schwebt, ermordet zu werden, oder – oder Schlimmeres.«

»Ermordet?« echote Hatch. »Nicht so hastig, Lady. Nicht so...«

»Ach, halten Sie doch den Mund.« Iris wandte sich mir zu. »Und was dich angeht...«

Die Leute waren auf uns aufmerksam geworden. Iris wußte, daß mir Szenen in der Öffentlichkeit verhaßt sind, und nutzte das schamlos aus.

Mit einem resignierenden Seufzer gab ich nach. »Okay, Liebling, wenn du daraus unbedingt ein Drama machen willst, dann gehen wir eben zurück und bringen den alten Schürzenjäger dazu, sich zu erklären. Inzwischen liegt er wahrscheinlich unter dem Tisch.«

Meine Kapitulation hatte sie besänftigt. Aber sie schüttelte den Kopf. »Vielleicht«, verkündete sie, »war er ja gar nicht wirklich betrunken, sondern hat nur so getan. Aber es ist sinnlos, noch mal zu ihm zu gehen. Er hat mich nur angesprochen, weil er dachte, ich sei Eulalia. Als er bemerkte, daß ich nicht Eulalia war, verschloß er sich mir wie eine Auster.«

»Also schön. Was willst du dann machen?«

»Das einzig Richtige. Ich werde Cousine Eulalia anrufen.«

Das war ja eine heitere Geschichte mit dieser Cousine Eulalia. Iris hatte die Frau nicht einmal mehr gesehen, seit sie ihr als Kind in dem bezaubernden Jamaica Plains Kaulquappen in die Schubladen gelegt hatte.

Seit ihrem Gefühlsausbruch beobachtete Hatch meine Frau mit einer gewissen Ehrfurcht, als ob sie ein schönes Raubtier wäre, das man bewundern, aber auch mit gebührender Vorsicht behandeln muß.

»Verzeihen Sie, Lady. Sie sagen, daß diese Eulalia in Gefahr ist und daß der Bursche mit dem Bart sie gewarnt hat. Okay. Wieso wollen Sie sie dann nochmals warnen? Was wollen Sie ihr sagen?«

Iris vernichtete diese überaus vernünftige Bemerkung mit einem Blick. »Ich«, sagte sie hochmütig, »werde ihr von der weißen Rose und der roten Rose und Seite vierundachtzig und vom Elefanten und von Leben und Tod erzählen.«

Sie rauschte von dannen, in Richtung einer beleuchteten Tafel, auf der TELEFON stand. Hatch und ich sahen einander in männlichem Einvernehmen achselzuckend an. Dann folgten wir ihr durch die Eingangshalle.

Sie blieb nicht lange fort. Als sie aus der Zelle kam, strahlte ihre ganze Haltung Entschlossenheit aus.

»Nun«, sagte ich, »hast du Cousine Eulalia erreicht?«

»Nein.« Iris befingerte die Gardenie an ihrem Hals.

»Ein Mann war am Apparat. Er hat gesagt, sie sei mal kurz weg, werde aber jeden Augenblick zurückkommen. Er kannte meinen Namen. Er sagte, Eulalia habe gerade von uns gesprochen. Er sagte, sie freue sich sehr darauf, uns zu sehen – sie würde uns gerne jetzt gleich begrüßen.« Sie hielt inne. »Ich habe zugesagt. Ich habe gesagt, daß wir kommen.«

»Eulalia besuchen?« knurrte ich. »Wir überschlagen uns förmlich, damit wir ein Hotelzimmer bekommen, um allein und weit weg von deiner scheußlichen Cousine Eulalia zu sein. Und jetzt willst du mich dorthin schleppen...«

Iris lächelte nicht. »Wir müssen hin. Ich weiß doch auch nicht besser als du oder Hatch, was hier eigentlich vorgeht – aber irgendwas stimmt nicht.«

»Wieso?« fragte ich.

»Der Mann, Peter. Der Mann, der sich am Telefon gemeldet hat. Seine Stimme war sanft und merkwürdig, und er hat gelispelt.«

Sie starrte mir ins Gesicht.

»Es war derselbe Mann, der mich heute nachmittag aus der Hotelhalle angerufen hat.«

4

Hatch und ich sahen meine Frau an. Zum erstenmal fing ich an, mir ein wenig Sorgen zu machen. Nicht um Eulalia. Es war mir völlig schnuppe, was mit Eulalia und ihrem Elefanten und den Rosen geschah. Ich dachte an das eine Detail aus der Episode im türkischen Bad, das Detail, das ich meiner Frau verschwiegen hatte, nämlich, daß der Dieb meiner Uniform lispelte. Ich erwog, es ihr jetzt zu erzählen, entschied mich aber dagegen. Ihre Phantasie hatte schon genug Nahrung.

Hatch hatte Iris' dramatische Eröffnung gleichmütig aufgenommen, was beruhigend war. Mit gespreizten Beinen, die Daumen unter den Aufschlägen seines blaukarierten Jacketts, musterte er meine Frau mit väterlicher Nachsicht.

»Ich will ja nicht behaupten, daß es da kein Problem gäbe«, sagte er. »Vielleicht gibt es eins. Aber wollen mal ruhig überlegen. Sie sind beunruhigt, weil der Bursche, der jetzt bei Ihrer Cousine ist, derselbe Bursche ist, der Sie in der Halle mit ihr verwechselt hat. Stimmt's?«

»Natürlich.« Iris wurde ob seiner sokratischen Denkmethode offensichtlich ungeduldig.

»Meinen Sie nicht auch, daß Sie vielleicht ein bißchen durcheinander sind? Dieser Bursche hat gesagt, er sei ein Freund von ihr. Ist es da nicht ganz normal, daß er sie besucht? Ist es nicht ganz normal, daß er ihr erzählt, daß er Sie mit ihr verwechselt habe? Ist es nicht ganz normal, daß sie ihre eigene Cousine sehen will?«

Selbst Iris kapitulierte vor dem gesunden Menschenverstand, der hinter dieser Beobachtung steckte.

»Wahrscheinlich«, stammelte sie, »wenn man es so sieht... aber, na ja, es ist ja nicht nur der lispelnde Mann. Es ist einfach alles zusammen. Die Rosen, der Elefant...«

Sie war nicht willens, sich widerstandslos von ihrem Dick-Tracy-Traum zu verabschieden. Sie wandte sich mit flehendem Blick an mich.

»Peter, bitte komm mit zu Eulalia. Sie wohnt gleich hier auf dem Nob Hill – an der California Street. Es ist nicht weit. Oh, ich weiß, daß dir die Vorstellung zuwider ist. Ich weiß, daß ich genau die Frau bin, die ein Soldat auf Urlaub nicht haben sollte. Aber – Darling, ich schwöre, daß wir nur kurz reinschauen, uns vergewissern, daß alles in Ordnung ist, und dann wieder gehen werden. Es ist noch nicht zehn. Es ist früh.«

Weil eine Ablehnung so gewesen wäre, als nähme man einem kleinen Mädchen die Puppe weg, und weil ich insgeheim noch immer ein ungutes Gefühl hatte, antwortete ich: »Okay, Schatz.«

»Danke, Darling.«

»Aber wir bleiben nur kurz, und es wird nicht in Kindheitserinnerungen geschwelgt.«

»Nein, nein, natürlich nicht.« Iris wandte sich strahlend an Hatch. »Und, Hatch, es tut mir leid, daß ich eben so grob war. Wollen Sie nicht auch mitkommen?«

Hatch blickte unbehaglich drein. »Meinen Sie nicht, daß es etwas seltsam wäre, wenn Sie Ihrer Cousine nach all den Jahren mit einem Privatschnüffler im Schlepptau einen Besuch abstatten?« Sein Gesicht hellte sich auf: »Aber wissen Sie, was ich machen werde? Sollte diese Eulalia in eine Nazi-Verschwörung verwickelt sein« – er zwinkerte mir zu –, »dann wäre es doch wohl in Ihrem Sinne, den Burschen mit dem Bart nicht aus den Augen zu verlieren, oder? Ich bleibe hier, bis Sie zurückkommen, und behalte ihn im Auge.«

»Wunderbar.«

»Aber Sie werden ihn mir zeigen müssen.«

»Ach, den können Sie gar nicht übersehen. Er ist im ganzen Speisesaal der einzige mit Bart. Schwarzer lockiger Bart. Grauer Anzug. Rote Nelke im Knopfloch. Sie sind so furchtbar nett.«

Hatch grinste beinahe schüchtern. »Nicht der Rede wert. Bei manchen Menschen ist es ein Vergnügen, ihnen behilflich zu sein.«

Iris beugte sich impulsiv vor und küßte ihn auf sein melancholisch wirkendes Ohr. »Komm jetzt, Peter. Ich hole mir noch eben mein Cape aus dem Zimmer.«

Als wir zum Aufzug gingen, schlenderte Hatch in Richtung Speisesaal. Er wartete auf uns, als wir wenige Minuten später wieder die Halle betraten. Die kalte Zigarre hing ihm schlaff aus dem Mund.

»Der alte Bursche ist noch da«, verkündete er. »Er hat eine Rothaarige aufgegabelt. Er tanzt – wenn man das tanzen nennen kann.« Er grinste. »Bei einer Brünetten zieht seine Masche nicht, also begnügt er sich mit einer Rothaarigen. Wahrscheinlich wird sie jetzt die Rosen kriegen.«

Iris zog sich ihr Silberfuchscape enger um die Schultern. »Sie denken noch immer, daß ich eine Närrin bin, nicht wahr?«

»Bei mir ist das so, Lady, ich halte niemanden für einen Narren, solange er sich nicht als solcher erwiesen hat. Wenn Sie zurückkommen, haben Sie vielleicht Grund, mich auszulachen.«

Er bezog seinen Posten. Mir fiel auf, daß er den Speisesaal vernünftigerweise von der Bar aus betrat.

Da es unmöglich war, ein Taxi zu bekommen, beschlossen Iris und ich, die Stockton Street hochzugehen und dann die Straßenbahn zu nehmen, die die California Street entlangfuhr. Die warme Nachtluft schien vor Erregung zu erzittern. San Francisco war noch immer San Francisco, und die Passanten schienen noch immer ihren ganz persönlichen Abenteuern nachzugehen. Wir durchschritten einen langen dunklen Tunnel, und als wir am anderen Ende wieder herauskamen, waren wir in einer anderen Stadt, wo statt Namen unleserliche Hieroglyphen die Geschäfte zierten und die uns umgebenden Gesichter die angelsächsischen Züge verloren hatten und schlitzäugig und asiatisch aussahen.

Iris, die die vorbeigehenden chinesischen Männer und Frauen beobachtete, gab ein leises Summen von sich. Sie war bereits, das konnte ich sehen, in einer Welt, die noch exotischer war als dieses reale Chinatown. In einer Welt voller Rosen und Bärte und Elefanten und... Leben oder Tod.

Wir warteten an der jäh abfallenden Ecke zur California Street. Schon bald kam die Straßenbahn den Hügel heruntergerumpelt und hielt in letzter Sekunde quietschend und gehetzt an. Wir stiegen ein. Iris entschied sich für einen Platz im offenen Bereich im Schatten des riesigen Bremshebels. Wir setzten uns auf die verrückten Bänke mit Blick auf den Bürgersteig.

Die Fahrt durch die Stadt, bei der es schlingernd die Hügel hinauf- und rasend schnell wieder hinunterging, war das I-Tüpfelchen unserer ohnehin schon wahnwitzigen Mission. Iris, die sich an eine Eisenstange klammerte, als ob sie in einem Kinderkarussell säße, behielt ihre Meinung für sich. Als wir zu dem großen Koloß des Mark

Hopkins Hotels hinaufschnauften, murmelte sie einmal sanft: »Die weiße Rose und die rote Rose bedeuten Blut.«

Ich unterbrach ihre blutrünstigen Gedanken und sagte: »Da ich nun um Eulalia nicht mehr herumkomme, sollte ich auch ein wenig über sie wissen. Was gibt's noch zu erzählen, abgesehen von den Kaulquappen und den Puppen?«

Iris zuckte zusammen und fragte: »Was, Darling?«

Ich wiederholte die Frage.

»Ach, eigentlich nichts. Sie ist die einzige Tochter der Schwester meiner Mutter. Sie ist ungefähr fünf Jahre älter als ich, und als ich noch ganz klein war, hat sich ihre Mutter mit meiner Mutter zerstritten. Danach hatten sie keinen Kontakt mehr miteinander.«

»Was hat es mit ihrem schlechten Ruf auf sich?«

»Ich weiß nichts Genaues. Sie war in irgendeinen Skandal mit einem Italiener verwickelt und ist dann in den Westen gekommen. Das Ganze ist eine sehr undurchsichtige Geschichte. Eine bösartige, verbitterte Cousine meiner Mutter hat es ausgeplaudert. Wahrscheinlich ist es furchtbar übertrieben, bloß weil Eulalia künstlerisch veranlagt und schön ist und ...«

Der große Bremshebel hinter uns senkte sich schleifend zum elften oder zwölften Mal. Iris stand unvermittelt auf.

»Hier müssen wir aussteigen.«

Wir hatten Chinatown verlassen und befanden uns in einer Wohngegend mit Wohnblöcken. Die Straßen waren dunkel und nahezu menschenleer. Als die Straßenbahn davonratterte, begann Iris, die Hausnummern zu prüfen. Wir gingen ein kurzes Stück, dann sagte sie: »Hier ist es«, und trat unter die Eingangsmarkise eines kleineren, georgianischen Wohnhauses.

Ich folgte ihr in ein elegantes, modernes Foyer. Ein alter Portier in einer pflaumenblauen Livree mit struppigem weißem Haar und einer dicken Brille saß in einem Polstersessel und las die Zeitung. Als wir eintraten, sprang er auf.

Iris ging zu ihm hinüber. »Miss Eulalia Crawford, bitte.«

Hinter der dicken Brille blinzelten sie seine Augen mißtrauisch an. »Wie ist der Name, Ma'am?«

»Leutnant Duluth mit Gattin.«

Sein Gesicht entspannte sich. »Ach ja, Mrs. Duluth, Miss Crawford erwartet Sie.« Er grinste und zeigte einen lückenhaften Zahnbestand. »Bei Miss Crawford muß ich aufpassen. Wenn mir mein Job lieb ist, darf ich niemanden rauflassen, außer sie ruft extra an und sagt, daß sie jemanden erwartet.«

In der Ecke befand sich ein kleiner Aufzug. Iris ging darauf zu. Der Portier schlurfte plappernd neben ihr her. Ich folgte.

»Jawohl, Ma'am«, sagte der Portier. »Bei einer Frau weiß man nie. Unsere Miss Crawford hat normalerweise gerne Gesellschaft. Von morgens bis abends gehen die Leute bei ihr ein und aus. Und dann plötzlich, seit gestern abend – niemand soll mehr raufgelassen werden, noch nicht einmal der Telegrafenjunge, hat sie gesagt.«

Iris erreichte den Aufzug. Ich trat neben sie. Erst in diesem Augenblick geriet ich in den begrenzten Gesichtskreis des Portiers. Als er mich sah, ließ er erneut seine wenigen Zähne sehen.

»Möchten Sie, daß ich Sie hinaufbringe, Leutnant Duluth?«

»Nein. Wir machen das schon selbst, danke«, sagte Iris. Sie öffnete die Tür des kleinen Aufzugs und trat hinein. Ich quetschte mich neben sie. »In welchem Stock wohnt Miss Crawford?«

»Im obersten Stock, Ma'am. Ihr Gatte wird Ihnen den Weg zeigen.« Der Portier lachte gackernd. »Sie sind aber schnell wieder zurückgekommen, Leutnant. Passen Sie auf mit Ihrem Schnupfen. Frisco ist gar nicht gut bei Schnupfen, wenn man nicht abgehärtet ist. Jawohl, Sir.«

Ich öffnete den Mund, um etwas zu sagen, aber in diesem Augenblick schloß Iris die Fahrstuhltür und drückte auf den Knopf für das oberste Stockwerk.

Als der enge Aufzug sich in Bewegung setzte, sagte ich: »Was redet der da, daß ich zurückgekommen sei? Und woher zum Teufel weiß er, daß ich einen Schnupfen hatte?«

Meine Frau, die mit verlockenderen Problemen beschäftigt war, schenkte diesem realen und beunruhigenden Problem kaum Beachtung.

»Ach, der ist doch offensichtlich so blind wie eine Schnee-Eule. Wahrscheinlich hat er dich mit jemandem verwechselt.«

Langsam aber sicher hatte ich von diesen dauernden Verwechslungen genug.

Der fahrende Sarg hielt mit einem Ruck im obersten Stockwerk. Wir traten in ein kleines Foyer hinaus. Es gab nur eine Tür. Anscheinend hatte Eulalia das ganze Stockwerk für sich allein. Wir gingen zur Tür. Eine Visitenkarte, die in einem an der Tür befestigten Metallrahmen steckte, verkündete: Miss Eulalia Crawford.

Iris drückte auf die Klingel. Ich hörte sie im Innern der Wohnung schrillen. Wir warteten. Nichts geschah. Iris drückte erneut auf den weißen Knopf. Wieder war die Klingel drinnen zu hören. Wieder kam keine Reaktion.

Iris' Gesicht verdüsterte sich. »Der Portier hätte uns doch bestimmt gesagt, wenn sie weggegangen wäre.«

Impulsiv griff ihre Hand nach dem Türknopf. Sie drehte ihn, und überraschenderweise öffnete sich die Tür nach innen. Wir sahen eine beleuchtete Diele.

»Die Tür ist offen, und das Licht ist an. Sie muß zu Hause sein.«

Ich wollte mit der ganzen Sache nichts mehr zu tun haben. »Iris, wir können da nicht einfach reinplatzen...«

»Wir platzen nirgendwo rein«, sagte meine Gattin spröde. »Wir sind eingeladen. Wahrscheinlich ist Eulalia mal kurz in eine der anderen Wohnungen gegangen. Deshalb hat sie die Tür aufgelassen.« Sie trat in die Diele und rief: »Eulalia. Eulalia Crawford.«

Peinlich berührt und beklommen ging ich ihr nach. Wenn meine Frau fest entschlossen war, einen Einbruch zu verüben, so konnte ich ihr zumindest moralische Unterstützung bieten.

Eine halb geöffnete Tür vor uns führte in einen erhellten Innenraum.

»Eulalia«, rief Iris erneut. Diesmal zitterte ihre Stimme ängstlich. »Eulalia.«

Aus der Wohnung drang kein Laut. Iris umklammerte meine Hand und schob sich durch die Tür ins Zimmer.

Wir traten auf den weichen Teppich und blieben dann wie angewurzelt stehen.

Auf den ersten Blick schien der große, atelierähnliche Raum voller Menschen zu sein – merkwürdige stille Menschen in ausgefallener Kleidung, die auf Sesseln und Sofas in hemmungslosen Positionen lagerten. Einen Moment lang dachte ich, wir wären in irgendeine teuflische Orgie hineingeraten. Dann sah ich die Drähte, die von schlaffen Armen und grotesk gespreizten Beinen herunterhingen, und mir wurde klar, daß wir lediglich die hervorragenden Puppen der »hervorragenden Puppenmacherin« vor uns sahen.

Und sie waren tatsächlich hervorragend. Sie waren allesamt lebensgroß und wirkten unheimlich lebendig. Es handelte sich hauptsächlich um Karnevals- oder Zirkusfiguren, eine Parade von bunten Clowns, eine blonde Kunstreiterin im steifen Ballettröckchen, einen schwarzweißen Zirkusdirektor, einen Harlekin und einen riesigen Trapezkünstler in einem knallroten Trikot.

Es schien keine vernünftige Erklärung dafür zu geben, daß sie so wahllos in diesem menschenleeren Zimmer herumlagen. Eulalia, so nahm ich an, war wohl gerade dabei, sie für die Benefizveranstaltung der nächsten Woche vorzubereiten.

»Eulalia«, rief Iris erneut, und zwar mit einer Eindringlichkeit, die die Stille noch intensiver erscheinen ließ.

Keine Antwort.

Meine Frau wandte sich mir zu. »Sie muß irgendwo im Haus sein. Der Mann am Telefon, der lispelnde Mann, sagte, daß sie uns erwarten würde.«

Wir sahen einander bedrückt an. Die großen, starr

blickenden Puppen mit ihren unbeweglichen Körpern zerrten an meinen Nerven.

Gereizt sagte ich: »Es war ohnehin ein verrückter Einfall, hierherzukommen. Nichts wie weg hier.«

»Nein. Wir müssen alles durchsuchen und warten.«

Auf der gegenüberliegenden Seite des Raumes war noch eine Tür. Davor stand ein wuchtiger George-Washington-Schreibtisch, auf dem eine umgekippte leere Blumenvase quer über einem Papierstapel lag.

Hinter dem Schreibtisch ragte ein Fuß mit einem silberfarbenen Hausschuh hervor.

Während wir uns auf die nächste Tür zubewegten, war ich von diesem Fuß wie hypnotisiert. Da der übrige Teil des Körpers vom Schreibtisch verdeckt wurde, wirkte er menschlicher als die anderen Puppen.

Wir gingen an einer Zigeunerin vorbei, die von einem Clown leidenschaftlich umarmt wurde. Doch mein Blick blieb auf den silbernen Hausschuh fixiert.

Iris war ein kurzes Stück vor mir. Sie erreichte den Schreibtisch als erste. Sie schaute auf den Boden dahinter, und als sie das tat, verzerrte sich ihr Gesicht zu einer weißen Maske des Entsetzens.

»Peter...!«

Ich eilte zu ihr und starrte auf das, was hinter dem Schreibtisch war.

Eine weibliche Gestalt lag ausgestreckt auf dem Rükken, die Arme wie eine Puppe über den Kopf geworfen. Der Rock ihres zitronengelben Kleides war seltsam verschoben, und darunter ragten ihre schlanken Beine hervor, die in den silbernen Hausschuhen steckten.

Während ich diese Kleinigkeiten automatisch registrierte, kam mir die betäubende Erkenntnis, daß diese Frau keine Marionette war. Diese Frau war lebendig.

Oder besser gesagt, sie war lebendig gewesen.

Denn sie war tot – offensichtlich.

Knapp oberhalb der linken Brust ragte der hölzerne Griff eines Messers aus dem gelben Kleid. Es gab noch zwei weitere blutgeränderte Schnitte im Stoff, wo das Messer zuvor eingedrungen war.

Ihr Gesicht, in dem leere offene Augen nach oben starrten, war ein entsetzlicher Anblick für mich – entsetzlich, weil es, obwohl durch den Tod entstellt, noch immer dunkel, schön und grausig vertraut war.

Hätte Iris nicht neben mir gestanden, ich hätte schwören können, daß sie dort mit einem Messer in der Brust lag – ermordet.

»Eulalia.« Meine Frau sprach den Namen mit einem erstickten Wimmern aus. »Eulalia Crawford.«

Doch damit war der Alptraum noch nicht zu Ende. Aus der umgekippten Vase auf dem Schreibtisch tröpfelte ein kleines Wasserrinnsal auf Eulalias Beine. Und über der Leiche verstreut, wie von den wahnsinnigen Fingern einer Ophelia aus der Vase gezupft und dorthin geworfen, lagen Rosen, Dutzende von dunkelroten Rosen.

Iris tastete nach meiner Hand. Ihre vor Entsetzen geweiteten Augen sahen zu mir auf.

»Rosen«, hauchte sie. »Die rote Rose und die weiße Rose. Die Rosen bedeuten – Blut.«

5

Dieser Satz, der bis dahin so unverständlich war wie ein Kinderreim, bekam nun eine gräßliche, abscheuliche Bedeutung. Ich starrte hinab auf die mit Rosen bestreute Leiche der unbekannten Frau, deren Name uns seit unserer Ankunft in San Francisco verfolgt hatte. Ich vermute, daß mir Iris' Cousine leid tat, aber mein vordringlichstes Gefühl war Wut – brennende, persönliche Wut auf ein Schicksal, das mir so etwas antun konnte. In diesen ersten Sekunden war ich nicht in der Lage, klar zu denken. Alles schien ebenso simpel wie schrecklich.

Iris und ich hatten eine Leiche gefunden. Wir würden etwas unternehmen müssen. All meine Hoffnungen auf ein ruhiges intimes Wochenende waren endgültig dahin.

Meine Frau und ich starrten auf das Leichentuch aus Rosen herab. Langsam hob Iris den Blick und betrachtete den langgestreckten leuchtenden Raum mit seiner erstaunlichen Puppengesellschaft. Ihre bemalten, affektiert lächelnden Gesichter gafften zurück, als ob sie uns beobachteten und still ihr Urteil fällten.

Auf Iris' Gesicht malte sich das Entsetzen angesichts der brutalen Realität ab, die nun ihre leichtfertigen Träume von Abenteuern durchbrochen hatte. Das hier war ein Abenteuer ohne Netz und doppelten Boden, und es gefiel ihr ebensowenig wie mir.

»Irgendwie hätte ich nie gedacht… Peter, es ist real. Eulalia war tatsächlich in Gefahr, Leben oder Tod.«

»Nicht Leben oder Tod«, sagte ich grimmig. »Nur Tod.«

Die unheimliche Ähnlichkeit der Leiche mit Iris war das schlimmste. Ich machte einen Schritt vom Schreibtisch weg, damit ich das Gesicht nicht sehen mußte.

Iris redete heiser weiter: »Es kann noch nicht lange her sein. Diese Vase… Er muß es getan haben – der lispelnde Mann, der Mann, der mich aus der Hotelhalle angerufen und dann hier unseren Anruf beantwortet hat.«

»Vermutlich.« Was spielte es für eine Rolle, wer es getan hatte oder weshalb? Es war geschehen.

»Er hatte Eulalia schon ermordet, als ich ihn von der Telefonzelle aus anrief.« Iris wandte sich mir zu, ihre Wangen wirkten eingefallen. »Und er hat uns gebeten, herzukommen. Er hat mir gesagt, Eulalia wolle mich sehen. Und als wir kamen, war die Tür auf. Er hat uns absichtlich hierherkommen lassen. Wieso?«

Wieso? Als sie das sagte, begann mein Gehirn zum ersten Mal wieder zu arbeiten. Wie ein galoppierendes Pferd brach die Erinnerung über mich herein.

Ich sagte: »Es gibt etwas, das ich dir nicht erzählt habe, Schatz. Und ich fürchte, jetzt ist es zu spät. Der Mann, der im türkischen Bad meine Uniform gestohlen hat, hat gelispelt. Das hat der Kassierer gesagt.«

»Peter!« stieß sie hervor. »Deshalb hat also der Portier…«

»Genau. Deshalb hat der Portier gedacht, daß ich schon einmal hier gewesen war. Der lispelnde Mann ist heute abend in *meiner* Uniform hergekommen, um Eulalia zu ermorden.«

Iris sagte leidenschaftlich: »Warum hast du mir das nicht vorher erzählt?«

Warum hatte ich nicht? Zu dem Zeitpunkt waren mir meine Motive durchaus vernünftig vorgekommen. Aber jetzt...

»Ich glaube, ich hatte Angst, du würdest dir dann irgendwas zusammenreimen und dich in eine deiner Geheimnistheorien verrennen und – und uns den Abend verderben.«

»Den Abend verderben!« Sie lachte finster auf. »Das ist komisch.«

»Da ist noch etwas. Wir wissen jetzt, warum der Portier sich nach meinem Schnupfen erkundigt hat. Der Kassierer im türkischen Bad hat auch erwähnt, daß sich der Dieb meiner Uniform ein Taschentuch vors Gesicht hielt, als ob er Schnupfen hätte.«

Wir starrten einander an. Es war, als rückten die Wände dieses hellen, von Puppen bevölkerten Raumes immer näher an uns heran.

Iris hatte offenbar das gleiche Gefühl. Sie machte einen raschen Schritt auf mich zu. Sie wollte in meiner Nähe sein.

Als sie an der Schreibtischecke vorbeiging, stieß sie mit dem Ellbogen gegen einen Papierstapel. Die zuoberst liegende Drucksache rutschte halb hinunter und gab den Blick auf ein beschriebenes Blatt frei, das darunter lag.

Ich war so nervös, daß ich dieses Blatt wohl kaum bemerkt hätte, wäre da nicht etwas Besonderes gewesen. Es gibt ein Wort, das einem fast automatisch ins Auge sticht, nämlich der eigene Name.

Auf dem Blatt stand *Leutnant Peter Duluth.*

Ich zog das Blatt aus dem Stapel. Es war der erste Absatz eines unfertigen Briefes, auf Briefpapier, dessen Kopf Eulalias Anschrift zeigte. Die Schrift war klein und nur mühsam zu lesen. Die Tinte war noch frisch, und der Brief auf Freitag abend datiert. Er mußte in den letzten paar Stunden geschrieben worden sein.

Iris, dicht neben mir, sagte: »Das ist Eulalias Schrift. Ich kenne sie von dem Brief, den sie mir geschrieben hat.«

Mühsam die Worte entziffernd, las ich:

Liebe Lina,
ich habe mir den Kopf zerbrochen, wie ich mich mit Dir in Verbindung setzen könnte. Ich kann Dich nicht besuchen kommen. Ich wage es nicht, meine Wohnung zu verlassen. Schon beim geringsten Geräusch an der Tür schlägt mein Herz bis zum Halse. Aber Gott sei Dank habe ich endlich eine Möglichkeit gefunden. Der Mann einer Cousine von mir, Leutnant Peter Duluth, hat mich gerade angerufen. Er ist in der Stadt, und er und seine Frau kommen mich besuchen. Er kann mit der ganzen schrecklichen Geschichte nichts zu tun haben. Ihm kann ich vertrauen. Ich werde ihm alles erzählen und ihn bitten, sofort zu Dir zu gehen. Ich erwarte ihn jeden Augenblick…

Da stand noch mehr, aber ich konnte nicht weiterlesen. So unverständlich und hysterisch der Absatz auch sein mochte, er machte nur allzu deutlich klar, wie hoffnungslos tief Iris und ich in der Patsche saßen.

Ich sah meine Frau über den Brief hinweg an. Was uns da passiert war, war so unfaßlich, daß ich noch mehr Zeit brauchte, um es zu verarbeiten.

Iris stammelte verständnislos: »Eulalia schreibt, du hättest sie angerufen. Du hast sie nicht angerufen.«

»Natürlich nicht. Das war *er*.«

Meine Frau nickte schwach. »Der lispelnde Mann.«

»Er hat meine Uniform gestohlen. Er hat Eulalia angerufen, sich für mich ausgegeben und gefragt, ob er sie besuchen dürfe. Eulalia hat den Portier angewiesen, einen Leutnant Duluth heraufzulassen. Er ist gekommen. Er hat dem Portier erzählt, er sei Leutnant Duluth. Er ist raufgekommen. Eulalia ist auf die Uniform hereingefallen und hat ihn reingelassen. Er hat sie umgebracht.«

»Und dann habe ich aus dem Hotel angerufen, Peter. Damit habe ich es ihm noch leichter gemacht. Er hat gesagt, wir sollten vorbeikommen. Er ist runtergegangen, hat dem Portier erzählt, er käme mit seiner Frau zurück, und ist dann – geflohen. Er hat sich ein Taschentuch vors Gesicht gehalten. Der Portier ist fast blind.« Sie umklammerte meinen Arm. »Wenn er erfährt, daß Eulalia tot ist, wird er schwören, daß du der einzige Mensch auf Gottes weiter Welt bist, der sie ermordet haben kann.«

»Genau. Man hat mich reingelegt.« Endlich sprach ich ihn aus, diesen billigen Satz aus der Gaunersprache, der bis dahin keinerlei Realität für mich besessen hatte. »Schatz, genau das hat man mit uns gemacht, reingelegt. Ein Mann, den ich noch nie gesehen habe, hat mir den Mord an einer Frau, die ich überhaupt nicht kannte, in die Schuhe geschoben.«

Nun, da ich der Wahrheit ins Auge sah, fühlte ich mich etwas ruhiger. Seit unserer Ankunft in San Francisco waren wir von unsichtbaren, bösen Augen beobachtet worden. Alles, was bisher geschehen war, gehörte zu einem geheimen Plan, der uns in diese Lage bringen sollte.

Iris stöhnte: »Es ist alles meine Schuld. Es war meine blödsinnige Idee, hierherzukommen und...«

»Nein, Schatz. Hör auf damit.« Wir müssen die Nerven behalten und unsere Lage überdenken.«

Ich holte ein Päckchen Zigaretten hervor, zündete zwei an und gab Iris eine. Sie nahm einen tiefen Zug. Das schien ihr gutzutun.

Ich konnte das leise Geräusch der Wassertropfen hören, die noch immer aus der umgekippten Vase auf dem Schreibtisch fielen. Dieses feine Geräusch zerrte mehr an meinen Nerven als eine massive Attacke auf hoher See.

Wenn man eine Leiche findet, ruft man die Polizei. Aber, wie Iris festgestellt hatte, wenn ich in meinem Fall die Polizei rief, müßte sie schon aus einem Haufen Trottel bestehen, damit man mir, und nicht der Aussage des Portiers, glaubte. Ich hatte natürlich Zeugen, um zu beweisen, daß meine Uniform im türkischen Bad gestohlen wurde. Schlußendlich könnte ich beweisen, daß ich kein Mörder angeheirateter Cousinen war. Aber bis dahin konnten noch eine Menge unangenehmer Dinge geschehen.

Der in mir aufgestaute Zorn machte sich jetzt Luft, und ich war so wütend wie ein Stier. Bis wir bei Eulalia ankamen, hatte ich für das Wochenende einzig den Wunsch gehabt, mit Iris allein zu sein. Jetzt hatte ich einen anderen einzigen Wunsch. Ich wollte es diesem Mörder heimzahlen, daß er mich so gemein und hinterhältig reingelegt hatte. Ich würde es ihm heimzahlen, und wenn ich dafür noch ein Erdbeben in San Francisco lostreten mußte.

Iris' besorgte Stimme drang an mein Ohr. »Peter, wenn wir die Polizei rufen, glauben sie ganz bestimmt, daß du es gewesen bist.«

»Genau.«

»Und was können wir zu unserer Entlastung sagen? Daß deine Uniform im türkischen Bad gestohlen wurde, daß ein lispelnder Mann uns hierhergelockt hat, daß ein Betrunkener mit einem schwarzen Bart uns irgendwas von Rosen und Elefanten erzählt hat. Das klingt doch irrsinnig.«

»Sicher.«

Sie stammelte: »Letztendlich werden sie schon rausfinden, daß du unschuldig bist. Aber bis dahin, der Skandal, das Aufsehen. Peter, deine Beförderung – die ist zum Teufel, und ich bin schuld.«

Plötzlich hatte ich den rettenden Einfall, was wir zu tun hatten. Ich blickte auf Eulalias unvollendeten Brief, den ich noch immer in der Hand hatte und der jede Menge Sprengstoff für mich enthielt. Fast beiläufig faltete ich ihn, halb gelesen, zusammen und steckte ihn in die Tasche.

»Nur für den Fall, daß die Polizei heute nacht hier auftaucht«, sagte ich. »Wir können nicht riskieren, daß sie ihn hier findet – noch nicht.«

»Aber Peter, meinst du ...?«

»Ich meine, wir werden nicht die Polizei rufen«, sagte ich. »Wir werden Cousine Eulalia jetzt verlassen. Wir lassen sie allein – tot, wie sie ist.«

Iris starrte mich an. »Aber wir können nicht einfach weggehen und so tun, als wäre nichts geschehen. Der Portier kennt deinen Namen. Du bist nun mal in der Marine und kannst dich unmöglich verstecken. Sobald die Polizei hier auftaucht, wird die ganze Stadt nach Leutnant Duluth suchen.«

»Wenn die Polizei auftaucht, dann ja.« Ich nahm sie am Arm. »Hör mal, Schatz, wir können es uns jetzt nicht leisten, die Polizei auf dem Hals zu haben. Das siehst du doch auch so. Es würde zu nichts führen, wenn wir unser ganzes Wochenende damit verbrächten, irgendwas von Bärten und Rosen daherzuplappern. Wenn wir bloß eine Ahnung hätten, was hinter diesem ganzen Wahnsinn steckt, dann sähe alles anders aus. Aber die haben wir nicht. Es gibt aber einen Menschen, der eine hat.«

Verständnis breitete sich auf ihrem Gesicht aus. »Der ›Bart‹?«

»Genau. Wir wissen nicht, wie er heißt. Wir wissen nicht, wo er wohnt. Wir wissen überhaupt nichts von ihm. Aber er muß wissen, wer Eulalia umgebracht hat, und warum. Nicht nur das. Er ist der einzige, der beweisen kann, warum wir hergekommen sind. Wenn wir jetzt hier festgehalten werden, finden wir ihn vielleicht nie wieder.«

»Hatch hat versprochen, auf ihn aufzupassen«, fiel mir Iris aufgeregt ins Wort. »Wenn wir zurück zum Hotel fahren, kann uns Hatch zu ihm führen. Wir werden ihn solange schütteln, bis er nüchtern wird. Dann soll er uns die Wahrheit sagen, und wir gehen mit ihm zusammen zur Polizei.«

Ich nickte. »Genau. Wir werden schon noch zur Polizei gehen, aber erst wenn wir diesen gottverdammten ›Bart‹ am Schlafittchen haben.«

Iris zögerte: »Aber was – was, wenn die Leiche entdeckt

wird, bevor wir den ›Bart‹ erwischt haben? Dann ist unsere Lage noch viel schlechter als jetzt schon.«

»Das Risiko müssen wir eingehen. Und es ist ziemlich klein. Wir wissen, daß Eulalia gewarnt wurde, wahrscheinlich vom ›Bart‹. Sie hat sich hier oben verbarrikadiert. Sie hat dem Pförtner Anweisung gegeben, niemanden raufzulassen, außer wenn sie vorher anruft und jemanden ankündigt. Das heißt, selbst wenn ein Freund zufällig hereinschaut, wird er nicht am Portier vorbeikommen. Es steht hundert zu eins, daß sie nicht vor morgen früh entdeckt wird – und bis dahin sind wir längst mit dem ›Bart‹ auf dem Polizeipräsidium.«

Iris sah sich im Zimmer um. Ihr Blick verweilte auf dem mitleidsvollen silberfarbenen Hausschuh.

»Ich finde es schrecklich, Eulalia so zu verlassen.«

»Eulalia ist tot«, sagte ich grimmig. »Wir leben. Und so wahr ich hier stehe, wir werden am Leben bleiben – und ihrem lispelnden Mörder die Zähne einschlagen.«

Ich ging durchs Zimmer, nur um sicherzugehen, daß wir nichts übersehen hatten. Die Puppen starrten mich aus ihren bemalten schwachsinnigen Gesichtern an. Sollten sie doch. Sie störten mich nicht mehr.

Ich führte Iris aus der Wohnung in das kleine Foyer und ließ die Leiche von Eulalia Crawford hinter verschlossenen Türen zurück. Iris' Gesicht war noch immer kalkweiß. Ich faßte ihr Kinn und küßte sie.

»Kopf hoch, Schatz. Und lächle. Der Portier soll keinen Verdacht schöpfen.«

Wir fuhren mit dem Aufzug hinunter ins Erdgeschoß. Der Portier saß wieder in seinem Sessel und las die Zeitung. Als wir Arm in Arm und bemüht lässig an ihm vorbeigingen, erhob er sich.

»Gehen Sie schon, Leutnant?«

»Ja«, sagte ich.

Er machte einen halben Schritt auf uns zu. »Hat Miss Crawford Ihnen irgendwas für mich aufgetragen?«

Iris' Arm zitterte in meinem.

»Nein«, sagte ich.

»Dann braucht sie mich wohl nicht mehr heute nacht.«

»Nein«, sagte ich, »Miss Crawford wird heute nacht nichts mehr brauchen.«

Bis zur Tür schien es endlos weit. Aber wir schafften es und eilten hinaus auf die Straße.

6

Ich bin von Natur aus ein gesetzestreuer Mensch. Selbst wenn ich das nicht gewesen wäre, zweieinhalb Jahre Marineausbildung hätten mich zu einem gemacht. Obwohl ich mir selbst einredete, daß wir berechtigt waren, Eulalia einfach so liegenzulassen, fühlte ich mich beinahe schuldig, als hätte ich sie tatsächlich ermordet. Bei jedem Schritt, der uns weiter vom Wohnhaus entfernte, rechnete ich damit, daß uns irgend jemand aus der Dunkelheit ›Mörder‹ hinterherrufen würde.

Iris sah so schuldig aus, wie ich mich fühlte. Ich hätte alles für ein Taxi gegeben, mit dem wir auf dem schnellsten Weg zurück ins Hotel, zum ›Bart‹ hätten fahren können und schließlich zur Polizei. Aber es gab keine Taxis. Wir gingen Arm in Arm und versuchten, einen Marineleutnant mit Freundin zu spielen, die einen Bummel machten. Wir kamen zur Straßenecke und warteten dort auf die Straßenbahn.

Die Warterei war äußerst unangenehm. Mein Kopf füllte sich mit Bildern von Eulalia Crawfords Gesicht, als ein Messer ihr einmal, zweimal, dreimal in die Brust stach – ein Messer, umklammert von der Hand eines Mannes, der meine Uniform trug und der sich Leutnant Duluth nannte.

Endlich kam die Straßenbahn rasant den Hügel herab auf uns zu und hielt ratternd an. Für mich hatte sie nichts Kurioses und Malerisches und Aufregendes mehr an sich, sondern war nur noch ein Fluchtmittel.

Diesmal vermieden wir in stillschweigendem Einverständnis die leicht sichtbaren Plätze und setzten uns in den kleinen geschlossenen Bereich. Als wir Platz nahmen, hatte ich das absurde Gefühl, daß uns die Schuld deutlich in den Gesichtern geschrieben stand und daß alle Welt sie sehen konnte. Aber die anderen Fahrgäste waren beruhigend desinteressiert. Sie lasen weiter in ihren Zeitungen oder starrten ins Leere, ohne uns auch nur einen flüchtigen Blick zuzuwerfen.

Als sich der Wagen ratternd in Bewegung setzte, fühlte ich mich allmählich sicherer. Iris schenkte mir ein blasses kleines Lächeln. Ich grinste aufmunternd zurück und drückte ihre Hand. Alles würde gut werden, redete ich mir ein. Sobald wir den ›Bart‹ gefunden hätten, könnten wir zur Polizei gehen und uns wieder auf den Boden des Gesetzes stellen. Vielleicht würden wir sogar noch ein paar ruhige und friedliche Stunden miteinander verbringen können. Das redete ich mir ein.

Eine Zeitlang versuchte ich, mir auf den Hokuspokus aus Rosen, Lispeln, Warnungen und Puppen, der hinter Eulalias Ermordung steckte, einen Reim zu machen. Vielleicht hing das Ganze mit irgendeinem internationalen Spionagefall zusammen. Oder vielleicht war es der letzte Akt einer verwickelten persönlichen Tragödie. Wenn mir das als Zivilist zugestoßen wäre, hätte ich mich wie ein Bluthund auf die Fährte gesetzt. Iris und ich hatten drüben im Osten ein paar ziemlich mysteriöse Fälle bearbeitet, und das hier wäre genau nach unserem Geschmack. Doch jetzt war ich Marineoffizier, ich konnte nicht einfach losziehen und den Amateurschnüffler spielen. Während wir die Hügel hinauf- und hinabpolterten, konzentrierte ich mich völlig auf unsere mißliche Lage.

Die eigentlichen Fakten lagen zwar klar auf der Hand, doch ich hatte noch keine Gelegenheit, mir zu überlegen, wie es dazu gekommen war. Im Rückblick konnte ich jedoch genau erkennen, wie sich die einzelnen Teile zusammensetzten.

Aus irgendeinem Grund befand sich der lispelnde Mann, der plante, Eulalia zu ermorden, an jenem Nachmittag im St. Anton, als Iris und ich in die kleine Komödie mit Mrs. Rose verwickelt waren. Er hatte gesehen, wie Iris mit mir und dem Hoteldiener zum Fahrstuhl ging, und hatte sie, verständlicherweise, mit Eulalia verwechselt. Vermutlich dachte er sogar, daß sich die Gelegenheit ergeben könnte, sie zu töten – es lief mir kalt den Rücken hinunter, als ich mir vorstellte, was alles hätte passieren können –, aber entweder, um sicherzugehen, daß Iris wirklich Eulalia war, oder aus einem anderen Grund, rief er sie über das Haustelefon an, bevor er zur Tat schritt. Am Telefon erfuhr er, daß er sich geirrt hatte und daß Iris nicht Eulalia Crawford war.

Doch das war nicht alles, was er erfuhr. In der Absicht, jemandem gegenüber höflich zu sein, den sie für einen Freund Eulalias hielt, hatte Iris ihm direkt in die Hände gearbeitet. Sie hatte ihm gesagt, daß sie Iris Duluth war, Eulalias Cousine; sie hatte ihm gesagt, daß wir nicht lange genug in San Francisco sein würden, um Eulalia zu besuchen. Sie hatte ihm sogar gesagt, daß ich in das nahe gelegene türkische Bad gehen wollte.

Offensichtlich wußte der Mörder, daß Eulalia gewarnt worden war und sich in ihrer Wohnung verschanzt hatte. Er wußte, daß er keine Chance hatte, in diese gutbewachte Festung einzudringen – als der, der er war. Aber mit Iris' unfreiwilliger Hilfe wurde ihm klar, daß Eulalia dem Portier bestimmte Anweisungen geben würde, ihren angeheirateten Vetter Peter Duluth hereinzulassen.

Er mußte nur noch schnell schalten. Er hatte mich mit Iris gesehen. Er wußte, wie ich aussah. Es war ihm ein leichtes, vor mir im türkischen Bad zu sein, dann die Schlüssel zu vertauschen und sich mit meiner Uniform davonzumachen. Wenn er sich getraut hätte, hätte er vermutlich auch meine Ausweispapiere mitgehen lassen.

Da Iris ihm erzählt hatte, daß wir nicht planten, uns mit Eulalia in Verbindung zu setzen, bestand keine Gefahr, daß wir im falschen Augenblick auf der Bildfläche aufkreuzen würden. Er mußte sich lediglich weiterhin unverfroren als meine Person ausgeben. Das tat er, und es funktionierte. Sobald er Eulalias Wohnung betreten hatte, war sie ihm ausgeliefert.

Jetzt erst wurde mir klar, daß wir von dem Augenblick an eigentlich nichts mehr mit der Sache zu tun gehabt hätten, wenn da nicht Iris' Telefonanruf aus dem St. Anton gewesen wäre. Dieser Anruf hatte ihm die einmalige Gelegenheit geboten, das, was anfänglich nur als Trick gedacht war, um Zugang zu Eulalias Wohnung zu erhalten, in einen raffinierten Plan umzuwandeln, mit dem die Schuld auf mich gelenkt werden sollte.

So einfach war das alles gewesen. Zwei harmlose kleine Telefongespräche hatten mich einer Verhaftung wegen Mordes so nahe gebracht, wie ein unbescholtener Bürger je kommen konnte.

Endlich setzte uns die Straßenbahn an der Stockton Street ab. Wir hätten die nächste Bahn abwarten können, um die vier Blocks bis zum Hotel zu fahren, doch wir beschlossen, zu Fuß zu gehen. Wir hatten kaum ein Wort miteinander gewechselt, seit wir Eulalias Wohnung verlassen hatten. Und auch jetzt schwiegen wir beklommen, während wir durch die fröhliche Menge auf dem Bürgersteig eilten.

Noch am Nachmittag hatte ich die Menschen von San Francisco darum beneidet, daß sie alle so aussahen, als erlebten sie gerade den Höhepunkt eines persönlichen Abenteuers. Jetzt konnte ich nur für sie hoffen, daß ihre Abenteuer nicht dem unsrigen gleichkamen.

Wir erreichten das St. Anton und drängten uns durch die Schwingtür. Die vertraute, mit Leben erfüllte Eingangshalle mit ihren Kronleuchtern und roten Plüschvorhängen kam mir ziemlich unwirklich vor, wie eine Erinnerung aus einer fast vergessenen Vergangenheit, als wir uns einzig um ein Zimmer sorgen mußten.

Nervös suchten wir das kunterbunte Gedränge nach Hatch ab.

Iris sagte: »Peter, es wäre furchtbar, wenn Hatch den ›Bart‹ hätte gehen lassen.«

Damit hatte sie den Nagel auf den Kopf getroffen. Wir bewegten uns durch das Gewühl aus Soldaten und Zivilisten. Von Hatch war nichts zu sehen. Ich ging zum Empfang und fragte, ob jemand für uns eine Nachricht hinterlassen hatte. Dem war nicht so.

»Wahrscheinlich ist er noch im Speisesaal«, sagte ich. »Jedenfalls wird er bestimmt da sein, wenn der ›Bart‹ auch noch da ist.«

Wir hasteten den Flur entlang zum Speisesaal. Die Klänge einer Rumba drangen zu uns herüber. Es schien unvorstellbar, daß dasselbe Orchester noch immer dieselben Rumbas für dieselben Menschen spielte. Wir gingen zwischen den Tischen hindurch. Ein Ober kam auf uns zu.

»Einen Tisch, Sir?«

»Nein. Wir suchen nur jemanden.«

Wir bahnten uns einen Weg entlang der einen Seite der Tanzfläche und dann auf der anderen Seite wieder zurück. Weder Hatch noch der ›Bart‹ waren da.

Wir gingen wieder hinaus auf den Flur.

»Damit hätten wir rechnen müssen«, sagte Iris bedrückt. »Hatch ist ein professioneller Detektiv. Er muß sich um seine eigene Arbeit kümmern. Wieso sollte er einen Abend damit vertun, einen alten Trunkenbold mit Bart zu beobachten, bloß weil eine verrückte Frau ihn darum bittet?« Sie lächelte spitz. »Tja, Schatz, wir haben unseren ›Bart‹ verloren. Den finden wir nie wieder.«

Ich dachte an Hatchs sardonisches Gesicht. Irgendwie hatte ich das Gefühl, daß er zu loyal und zu schlau war, als daß er uns einfach im Stich lassen würde. Ich ergriff Iris' Arm.

»Wenn ich Hatch richtig einschätze«, sagte ich, »ist er in der Bar.«

Und da war er auch.

Mir fiel ein Stein vom Herzen, als ich seine massige blaukarierte Gestalt auf einem Hocker sitzen sah, inmitten von Matrosen und Marinesoldaten.

Als er uns hereinkommen sah, bahnte er sich mit den Ellbogen einen Weg zwischen den Soldaten hindurch und kam mit einem Drink in der Hand auf uns zu.

»Na«, nuschelte er, »wie sind Sie mit Eulalia zurechtgekommen?«

Iris packte ihn am Arm. »Hatch, wo ist der ›Bart‹?«

Er richtete seine schwarzen spöttischen Augen auf sie. »Oh, der ist weg.«

»Weg!«

»Ja. Die Rothaarige hat ihn abblitzen lassen. Ist vor 'ner halben Stunde gegangen. Schmerzunempfindlich.«

Iris und ich wechselten einen verzweifelten Blick. Iris sagte: »Sie meinen, Sie haben ihn gehen lassen, Hatch? Sie haben ihn rausspazieren lassen und nichts unternommen, um ihn ...«

»He, nicht so hastig, Lady.« Hatch zwinkerte mir zu.

»Habe ich Ihnen nicht versprochen, daß ich ein Auge auf ihn haben werde? Also bin ich ihm gefolgt.«

Mittlerweile kannte ich Hatchs enervierende Schwäche, es spannend zu machen. Es war unmöglich, ihn zur Eile zu drängen. Während Iris nervös hin und her zappelte, fragte ich: »Wo ist er jetzt?«

»Drüben im ›Grünen Kimono‹. Das ist eine Spelunke in Chinatown. Jetzt hat er sich eine Blondine geangelt. Läßt sie mit Champagner vollaufen. Das ist mir vielleicht einer.«

Iris wirbelte herum und sah mich an: »Peter, der kann doch jeden Augenblick von dort weggehen. Komm. Schnell.«

»Warum die Eile?« Hatch tätschelte ihr väterlich die Schulter. »Meinen Sie, ich hätte Feierabend gemacht? Ich sagte, daß ich hier sein würde, wenn Sie zurückkommen. Okay. Also rief ich meinen Partner Dagget vom ›Grünen Kimono‹ aus an. Dagget ist jetzt da und behält Ihren ›Bart‹ im Auge. Dagget ist ein verläßlicher Bursche, ziemlich hartnäckig. Nicht so flatterhaft wie ich.« Er grinste. »Dieser ›Bart‹ wird Dagget ganz bestimmt nicht abschütteln. O nein, Sir.«

Iris' Gesicht entspannte sich zu einem strahlenden Lächeln. Einen Augenblick lang dachte ich, sie würde ihn wieder küssen.

Ich glaube, bis zu diesem Moment war Hatch so damit beschäftigt, uns mit seiner Tüchtigkeit zu beeindrucken, daß er uns noch gar nicht angesehen hatte. Als er uns beide jetzt abwechselnd musterte, nahmen seine Augen plötzlich einen aufmerksamen Ausdruck an.

»He«, sagte er. »Was ist los? Diese Eulalia hat Ihnen doch wohl keinen Floh ins Ohr gesetzt, oder?«

Bis dahin war mir noch nicht ganz klar, wie ich mit Hatch verfahren sollte. Es war riskant, jemanden zu diesem Zeitpunkt ins Vertrauen zu ziehen, aber er wußte bereits so viel, daß es schwierig sein würde, ihn hinzuhalten. Außerdem konnte Hatch uns sehr nützlich sein, zumindest als Zeuge für den Uniformdiebstahl, und im besten Fall als echter Verbündeter. Irgendwie vertraute ich seinem mürrischen Gesicht. Er sah nicht aus wie jemand, der sich entsetzt von zwei unschuldigen Gesetzesbrechern abwenden würde. Ich sprang ins kalte Wasser.

Ich sagte: »Wir stecken ganz schön in der Klemme, Hatch. Und wir brauchen Ihre Hilfe.« Ich sah mich in der überfüllten lauten Bar um. »Da Dagget sich um den ›Bart‹ kümmert, haben wir ja Zeit, Ihnen die Sache zu erklären. Kommen Sie mit auf unser Zimmer. Dann erzählen wir Ihnen alles.«

Hatch starrte uns an und schob den Hut auf seinem angegrauten Kopf noch ein wenig weiter zurück.

»Okay, Sie sind der Boss.«

Er leerte sein Glas, drängte sich zwischen zwei Marinesoldaten hindurch und stellte es auf den Tresen.

»Gehen wir.«

Der Zuckerbäckerfahrstuhl brachte uns nach oben. Ich hielt für Hatch und Iris die Tür zu Zimmer 624 auf und machte Licht. Die knallrote Tagesdecke schimmerte noch immer einladend auf dem großen Bett. Am Spiegel streckten die vergoldeten Putten noch immer ihre erotischen Hinterteile in die Luft. Sie machten mir unseren veränderten Status schmerzlich bewußt. Dieses Zimmer hätte unser Liebesnest sein sollen.

Was war es jetzt?

Hatch nahm seinen Hut nicht ab. Er setzte sich auf ein Ende der Récamier-Liege und betrachtete uns.

»Okay. Lassen Sie hören.«

Dann erzählte ich ihm alles, restlos alles. Während er auf der Récamier-Liege sitzend zuhörte, richtete er sich immer gerader auf, bis ich dachte, daß er wie eine von Eulalias Puppen nach vorn kippen würde. Als ich endete, gab er einen leisen Pfiff von sich.

»Donnerwetter«, sagte er. »Ihr habt also einfach eine Leiche im Stich gelassen.«

»Was hätten wir denn sonst tun sollen?« stieß Iris heftig hervor. »Wenn wir das nicht getan hätten, wäre Peter inzwischen verhaftet, und wir hätten den ›Bart‹ nie wiedergefunden.«

»Schon gut, Lady.« Hatch hob eine Hand. »Ich will Ihnen ja nichts vorwerfen. Vermutlich haben Sie das Vernünftigste überhaupt getan. Und scharf kombiniert.« Plötzlich überzog ein unerwartetes Lächeln sein Gesicht. »Donnerwetter, ein Mord.«

Iris zischte: »Es gibt keinen Grund, sich darüber zu freuen.«

»Tu' ich ja gar nicht.« Hatch blickte zuerst empört drein, dann vertraulich. »Verstehen Sie. Es ist nur, daß – na ja, mir und Dagget geht's gut. Ich kann mich nicht beschweren. Mehr Arbeit, als wir schaffen können. Aber es waren immer kleine Sachen, verstehen Sie? Wir haben uns immer etwas Großes gewünscht, zum Beispiel einen

Mord, um uns einen Namen zu machen. Jetzt ist es soweit. Und machen Sie sich keine Sorgen. Von nun an stehen Williams und Dagget hinter Ihnen.«

Es ärgerte mich, daß er sich mit soviel professionellem Vergnügen an unserem Unglück weidete, aber ich war froh, ihm alles erzählt zu haben. Es gab Schlimmeres, als die tatkräftige Unterstützung zweier Privatdetektive zu erdulden, wenn man sich außerhalb des Gesetzes bewegte.

Hatch schien davon auszugehen, daß er von nun an offiziell mit unserem Fall betraut war. Während unserer Abwesenheit hatte er sich der Zigarre entledigt. Er holte eine Zigarette hervor und zündete sie nachdenklich an.

»Ihr steckt da ganz schön in der Klemme, richtig in der Klemme, und ich denke, ihr habt recht. Das Beste wird sein, diesen Burschen mit dem Bart zu erwischen. Aber wir müssen ihn mit Samthandschuhen anfassen. Wir können ihn nicht einfach entführen und zur Polente schleppen. Wir leben in einem freien Land. Wenn er keine Lust hat mitzumachen, wenn er sich stur stellt und abstreitet, irgendwas über Eulalia zu wissen – tja, das wär' dann ziemlich übel.« Er sah mich düster an. »Ich habe das Gefühl, daß Sie ein temperamentvoller Bursche sind. Sie würden einfach irgendwo reinplatzen und alles verderben. Wir müssen auf Sie aufpassen.«

Vielleicht hatte er da gar nicht so unrecht. Mein Plan war nämlich, diesen besoffenen alten Bock zu überrumpeln und ihn an seinem Bart zur nächsten Polizeistation zu schleppen. Jetzt wurde mir klar, wie verhängnisvoll das hätte sein können.

»Tja«, sagte Hatch, »wir müssen uns einen Plan zurechtlegen. Und zuallererst müssen wir uns klarmachen, wo wir stehen.« Er sah Iris an. »Sie sind doch die Cousine von dieser Eulalia. Könnte mir denken, daß Sie irgendwas über diesen Rosen- und Elefantenkram wissen.«

Iris schüttelte den Kopf. »Ich habe sie seit unserer Kindheit nicht mehr gesehen. Ich weiß bloß, daß sie in einen Skandal mit einem Italiener verwickelt war. Ich habe keine Ahnung, worum es da ging oder wann das war.«

»Ein Italiener, he?« Hatch dachte nach. »Was hat der Typ mit dem Bart noch mal gesagt? Die weiße Rose...«

»Die weiße Rose und die rote Rose bedeuten Blut«, warf Iris ein. »Dann hat er gesagt: ›Ich habe Sie gewarnt, auf Seite vierundachtzig.‹«

Hatch verzog das Gesicht. »Das bringt uns nicht weiter.« Er warf mir einen Blick zu. »Zeigen Sie mir den Brief, den Sie geklaut haben, Leutnant. War ganz schön riskant, was Sie da gemacht haben – Beweismaterial mitgehen zu lassen. Das könnte Ihnen großen Ärger einbringen. Aber da wir den Brief nun mal haben, sollten wir sehen, ob er uns weiterhilft.«

Ich hatte Eulalias unvollendeten Brief beinahe vergessen. Als ich ihn aus der Tasche zog, fiel mir ein, daß er einen Absatz hatte, den wir noch nicht gelesen hatten.

Ich setzte mich neben Hatch auf die Récamier-Liege. Iris nahm neben mir Platz. Beide reckten den Hals und blickten auf den Brief, während ich ihn glattstrich.

Hatch las die Anrede. »Lina«, sagte er. »Wer ist Lina?«

»Muß eine Freundin von ihr sein«, sagte ich. »Eulalia hatte vor, mich zu ihr zu schicken. Ich vermute, sie hoffte, daß diese Lina ihr irgendwie helfen könnte.«

Wir lasen den ersten Absatz, den Iris und ich schon in Eulalias Wohnung gelesen hatten – den Absatz, dem unterschwellig panische Angst und makabrerweise Vorfreude auf die Ankunft von ›Leutnant Duluth‹ zu entnehmen war.

Wir kamen zum zweiten Absatz, den Iris und ich in der Hektik des Augenblicks nicht gelesen hatten.

Das ist meine einzige Chance, Dich rechtzeitig zu erreichen. Ich kann nur hoffen und beten, daß auch Du schon gewarnt worden bist. Falls du nicht gewarnt worden bist, sei um Himmels willen vorsichtig. Bleib zu Hause. Laß niemanden – niemanden herein. Lina, wir alle sind in schrecklicher Gefahr. Die rote Rose und die weiße Rose sind raus, und der…

An dieser Stelle kamen nur noch zwei Worte, doch Eulalias Stift hatte so heftig gezittert, daß sie fast unlesbar waren. Wir alle blickten angestrengt nach unten und versuchten, das wirre Gekritzel zu entziffern.

»›Die rote Rose und die weiße Rose sind raus‹«, sagte Iris. »›Und der… der Soundso *kommt.*‹ Das ist das letzte Wort, Peter. *Kommt.*«

Ich sah, daß sie recht hatte. Ich mühte mich mit dem zweitletzten Wort ab. Es schien mit einem K anzufangen.

»Krokus!« Iris und ich sprachen das Wort gleichzeitig aus.

Alle drei starrten wir einander an.

»›Die rote Rose und die weiße Rose sind raus, und der Krokus kommt‹«, sagte Iris.

Da war es wieder, dieses sinnlose Geschwätz, das der ›Bart‹ von sich gegeben hatte. Bloß, daß es jetzt noch verrückter klang. Die rote Rose – die weiße Rose – der Krokus, der kam ... und ich dachte an die blutroten Rosen, die so bizarr über Eulalias Leiche verstreut gewesen waren. Was war mit diesen unschuldigen Blumen los, daß sie Eulalia Crawford ein solch tödliches Grauen eingejagt hatten?

Die rote Rose – die weiße Rose – der Krokus kommt. Es hörte sich an wie der Alptraum eines Floristen.

Iris' Stimme unterbrach meine Gedanken jäh. »Also ist Lina nicht bloß eine Freundin. Der Mann oder die Bande, die Eulalia ermordet hat, will auch Lina ermorden. Sie ist genauso in Gefahr, wie Eulalia es war.«

Natürlich war mir das klar. Und ich spürte, wie mich eisige Panik überfiel. Ich hatte Eulalia ihrem Schicksal überlassen. Das war in Ordnung. Sie war tot. Ihr konnte niemand mehr helfen. Aber indem ich Eulalia ihrem Schicksal überließ, hatte ich auch Lina ihrem Schicksal überlassen. Und nicht nur das. Ich hatte mich mit dem einzigen Beweisstück davongemacht, das belegen konnte, in welch großer Gefahr Lina schwebte. Da ich den Mord an Eulalia nicht der Polizei gemeldet hatte und somit wertvolle Zeit verlorenging, hatte ich vielleicht unwissentlich das Todesurteil für diese unbekannte Lina unterzeichnet.

Es sah so aus, als ob das Schicksal noch nicht fertig mit mir abgerechnet hätte. Nach einer linken Geraden auf die Kinnspitze hatte ich jetzt auch noch diesen zweiten, vernichtenden Haken abbekommen.

Ich starrte Iris und Hatch an. »Versteht ihr, was das bedeutet? Wenn diese Lina getötet wird, haben wir ihren Tod auf dem Gewissen. Wir können so nicht weitermachen. Wir müssen zur Polizei gehen.«

Iris blickte besorgt drein. Hatch schien der einzige zu sein, der diese neue Entwicklung gut verarbeitete.

»Okay«, sagte er. »Dann steigen Sie eben aus und gehen zur Polente. Was dann? Falls diese Lina in Gefahr ist, dann ist sie's jetzt – in diesem Augenblick. Was meinen Sie, wie lange Sie brauchen, um den Polypen diese verrückte Geschichte zu erklären? Als erstes werden sie zu Eulalia gehen und die Leiche finden. Danach werden sie mit dem Portier sprechen. Schließlich werden sie denken, daß Sie Eulalia umgebracht haben. Und dann –«, er zuckte die Achseln. »Die Polizei muß nach Vorschrift arbeiten. Bis die endlich diese Lina aufgespürt haben, könnten die Burschen sie schon zigmal abgemurkst haben.«

»Hatch hat recht«, sagte Iris.

Natürlich hatte Hatch recht.

»Irgendwie«, fuhr meine Frau fort, »müssen wir selbst diese Lina finden.«

»Lina«, sagte ich. »Lina, U.S.A. Das wird ja ein Kinderspiel, sie ausfindig zu machen.«

»Zumindest wissen wir, daß sie in San Francisco ist, Peter. Eulalia wollte dich bitten, ihr den Brief zu bringen. Sie muß irgendwo hier wohnen.«

»Ich muß mich korrigieren«, sagte ich. »Lina – San Francisco.«

Hatch war aufgestanden. Er schob sich den Hut nach vorn über die Augen. Er sah sehr hart und sehr tüchtig aus.

»Das Ganze scheint mir ziemlich einfach«, sagte er. »Wir wollen diese Lina finden. Okay. Wer kennt ihren

Namen und weiß, wo sie wohnt? Dieser Typ mit dem Bart. Wenn er von der Sache mit Eulalia weiß, dann weiß er auch von der Sache mit Lina. Worauf warten wir noch? Auf zum ›Grünen Kimono‹.«

»Ja, natürlich«, sagte Iris. »Der ›Bart‹.«

Ich faltete den Brief zusammen und steckte ihn wieder in die Tasche. Ich nahm meinen Hut. Iris und ich waren einfach zu aufgeregt. Das war unser Problem. Hatchs Gleichmut war mit nichts aufzuwiegen – nicht einmal mit Rosen.

»Also los«, sagte ich. »Auf zum ›Grünen Kimono‹.«

Auf zum ›Grünen Kimono‹. Das klang wie eine Zeile aus einem alten chinesischen Melodrama, in dem die Gongs nur so dröhnten. Irgendwo hinter dem Panzerverband von Ängsten, der mich verfolgte, rührte sich noch ein Rest Humor. Kaum zu glauben, daß ich, der früher in der Theaterwelt am Broadway eine nicht unbedeutende Rolle gespielt hatte, mit einem so geschmacklosen Schlußsatz aus einem Hotelzimmer rauschen würde.

Auf zum ›Grünen Kimono‹.

7

Es war genau Viertel nach elf, als wir von der Columbus Avenue in die dunkle Gasse einbogen, die zum ›Grünen Kimono‹ führte. Wir hatten zu Fuß gehen müssen, aber es war nicht weit. Der ›Bart‹, der ebenso wie wir unter Transportproblemen zu leiden hatte, war gezwungen gewesen, seine Champagnerorgie auf ein kleines Gebiet zu begrenzen.

Selbst zu Kriegszeiten gelang es Chinatown, einen Teil seiner geheimnisvollen Atmosphäre zu bewahren. Die schattenhaften Gestalten, die auf der Gasse an uns vorbeihuschten, bewegten sich mit einer geschmeidigen Eleganz, die sie trotz der westlichen Kleidung als Angehörige einer anderen Rasse auswies. Hin und wieder drangen aus geschlossenen Fensterläden chinesische Laute hervor. Irgendwo spielte ein Grammophon schrille, mißtönende Musik. Ihr Rhythmus, der in der Nachtluft vibrierte, ließ die Realität zu einer traumhaften Illusion des alten Shanghai zerfließen.

Irgendwie war es bezaubernd, und ich konnte mich dieser Wirkung nicht entziehen. Das Flitterhafte, die akute persönliche Gefahr schienen zu verblassen und einem trügerischen Gefühl von Abenteuer und Romantik Platz zu machen.

Iris hatte sich bei mir eingehakt. Ich drückte ihr aufmunternd den Arm, und sie erwiderte den Druck.

Vor uns in der Dunkelheit leuchtete schwach eine verrußte grüne Laterne. Als wir näher kamen, konnte ich erkennen, daß sie über einer schweren Tür hing, die mit einer Metallplatte verstärkt war, auf der ein Flachrelief ein chinesisches Mädchen in einem Kimono zeigte.

Hatch öffnete die Tür, und ein Lichtstrahl zerschnitt die Dunkelheit der Gasse. Das leise Stampfen von amerikanischem Jazz, das aus einer Musikbox im Innern drang, machte dem Zauber ein Ende.

Es ist unmöglich, einer Bar ein asiatisches Flair zu verleihen. Diese war eindeutig westlich, mit geschnitztem Mahagoni und Spiegeln, die eine ganze Wand des Raumes bedeckten. Ein paar vereinzelte, niedrige Diwane und blasse chinesische Wandmalereien trugen wesentlich zur gewünschten Atmosphäre bei. Im Hintergrund schirmte der Vorhang einer Bogentür einen weiteren Raum ab und deutete so auf dunklere Geheimnisse hin.

Als wir eintraten, glitt mein Blick über eine Handvoll Kunden an der Bar. Ziemlich beklommen stellte ich fest, daß der ›Bart‹ nicht dazu zählte. Zwei sehr junge Matrosen tranken Coca-Cola und gaben sich alle Mühe, verrucht zu wirken. Ein kleiner Chinese hockte vor einem Bier. Eine Blondine, die so aussah, als hätte sie schon bessere Zeiten erlebt, nippte an ihrem Cocktailglas, und auf dem Hocker neben ihr saß ein verwahrloster Chihuahua. Da war noch ein anderer Mann in einem dunkelblauen Anzug, der, mit dem Rücken zu uns, der Tür am nächsten war.

Hatch ging vor uns her zu dem breiten Rücken und tippte ihm auf die Schulter. Der Mann wirbelte wütend herum, doch als er Hatch sah, begann er langsam zu lächeln.

Hatch deutete mit Stolz auf ihn. »Das ist mein Partner Dagget. Bill Dagget. Für euch Bill.«

Iris und ich gaben der anderen Hälfte von ›Williams und Dagget, Vertrauliche Ermittlungen‹, die Hand. Bill Dagget sah aus wie ein stattlicher, launischer Ochse. Er war jünger als Hatch; seine dunklen Augen waren groß und sanft, und sein breiter Mund, der einen Kaugummi bearbeitete, hatte die sture Geduld einer wiederkäuenden Kuh. Seine Gemütsruhe hatte jedoch nichts Freundliches an sich. Er war, das spürte ich, ein Ochse, der sich, wenn er gereizt wurde, sehr schnell in einen rasenden Bullen verwandeln konnte. Seine Muskeln gefielen mir. Sie waren ebenso verläßlich wie Hatchs gesunder Menschenverstand.

Bill Dagget schien ein Mann von wenigen Worten und noch weniger Neugier zu sein. Obwohl sein Partner ihn hier eingesetzt hatte, um den ›Bart‹ zu beobachten, faßte er das Ganze einfach als Routinejob auf. Er wies mit seinem Kopf auf den Vorhang, der den Innenraum abschirmte.

»Der Typ mit dem Bart«, sagte er in tiefen, abgehackten Einsilbern. »Da drin. Ständig. Ich bin hier an der Bar geblieben, damit er mich nicht bemerkt.«

Iris machte einen Schritt auf den Vorhang zu, doch Hatch hielt sie zurück. Er musterte rasch die paar anderen Kunden. Keiner von ihnen, nicht einmal der Chihuahua, schenkte uns seine Aufmerksamkeit.

»Hört mal her.« Seine Stimme war leise und verschwörerisch, als ob er einer Football-Mannschaft Anweisungen erteilte. »Wir sollten ihn nicht nervös machen. Euch beide hat er schon mal gesehen. Ihr könnt besser mit ihm allein fertig werden. Ich bleibe hier draußen mit Bill und erläutere ihm den Fall. Okay?«

Ich nickte.

Hatchs Hand hielt noch immer Iris' Arm. »Und seien Sie um Himmels willen vorsichtig. Machen Sie ihm keine Angst. Betrunkene können so raffiniert sein wie Frauen. Versuchen Sie, die ganze Geschichte aus ihm rauszukriegen. Aber vor allem – besorgen Sie uns die Adresse von dieser Lina. Das ist im Augenblick das wichtigste.«

»Klar«, sagte ich.

Daraufhin ließ Hatch Iris' Arm los. Er würdigte uns keines Blickes mehr, rutschte auf den Barhocker neben Bill Dagget und rief dem chinesischen Barkeeper zu, er solle ihm einen Bourbon mit einem Glas Wasser bringen.

Die Musikbox hatte nach einigem Ächzen und Klappern angefangen, eine Jive-Version von ›Wait Till the Sun Shines, Nellie‹ zu spielen. Iris und ich versuchten, so wenig konspirativ wie möglich auszusehen, und gingen die Bar entlang auf den Vorhang zu. Als wir am Chihuahua vorbeikamen, reckte er, um Iris' Hand zu lecken, seinen mageren Hals so weit vor, daß er fast vom Hocker purzelte. Sein blondes Frauchen hickste über ihrem Drink, zog ein rosafarbenes Taschentuch aus der Handtasche und führte es elegant an die Lippen. Der Chinese war in tiefe Träumereien versunken. Einer der beiden sehr jungen Matrosen blickte flüchtig auf Iris und sah so aus, als ob er sich überlegte, ob er es wagen sollte, einen anerkennenden Pfiff auszustoßen. Dann sah er meine Uniform. Er wagte es nicht.

Wir erreichten den Vorhang. Ich schob ihn beiseite. Ich hatte eine Höhle unsäglicher Laster erwartet. Statt dessen standen wir in einem schwülen kleinen Raum mit kleinen Sitznischen, in denen einige Paare, Asiaten und Westler, an Tischen saßen, die mit billigen Chintz-Decken drapiert waren. Die Atmosphäre bürgerlicher Ehrbarkeit wurde durch künstliche Blumen in schlanken Vasen auf den Tischen noch verstärkt. Dieser Raum war vermutlich für Leute gedacht, die lieber in privater Atmosphäre trinken wollten. Man konnte sich entweder für die Bar mit ihrer pseudo-chinesischen Atmosphäre entscheiden, oder für

Zurückgezogenheit mit fehlender chinesischer Atmosphäre.

Eine weniger farbenfrohe Kulisse für unser entscheidendes Treffen mit dem ›Bart‹ wäre schwerlich zu finden gewesen. Ich konnte mir nicht erklären, warum er hierherkam, außer, weil er den Champagner mochte, den sie hier servierten.

Der Raum war schwach erleuchtet, und Zigarettenrauch trübte die Sicht noch mehr. Wir musterten die Nischen. In einer Ecke weiter hinten entdeckten wir den ›Bart‹.

Wir gingen zu ihm. Glücklicherweise war er allein. Offenbar war die Blondine, ebenso wie die Rothaarige vor ihr, zu dem Schluß gekommen, daß kostenloser Champagner keine hinreichende Entschädigung für seine lüsternen Zudringlichkeiten war. Er saß aufrecht mit dem Rücken zur Wand. Eine leere und eine halbleere Champagnerflasche standen neben den künstlichen Blumen auf dem Tisch vor ihm. Mittlerweile hätte er zu neunundneunzig Prozent aus reinem Champagner bestehen müssen, doch er sah so nüchtern aus wie ein Richter. Er war sogar noch prächtiger, als ich ihn in Erinnerung hatte. Worte konnten seinem Bart einfach nicht gerecht werden. Er sproß so kräftig wie ein großer Kopf Salat. Selbst die rote Nelke im Knopfloch sah so frisch aus wie eh und je.

Als wir zwischen den Tischen hindurch auf ihn zugingen, spürte ich ein aufgeregtes Prickeln. Der ›Bart‹ war zu einer nahezu sagenumwobenen Gestalt geworden. Wir kannten seinen Namen nicht. Wir wußten nicht, wo er herkam oder wo er hinwollte. Wir hatten nicht die geringste Ahnung, welche Rolle er in dieser verrückten Geschichte spielte.

Und doch lag meine Zukunft und sogar das Leben jener schattenhaften Lina beängstigend in seiner Hand.

In Erinnerung an seine lüsternen Neigungen flüsterte ich Iris zu: »Rede du mit ihm, Schatz. Er mag Frauen. Ich halte mich im Hintergrund.«

Meine Frau, schön und konzentriert, nickte.

Wir erreichten die Nische des ›Bartes‹. Iris war nicht umsonst Schauspielerin. Sie setzte ein betörendes Lächeln auf, beugte sich in die Nische, fing den Blick des ›Bartes‹ auf und sagte: »Hallo.«

Langsam, ganz allmählich, bewegte er seinen stattlichen Kopf. Langsam, während er sie genauer betrachtete, erhellte sich sein Gesicht zu einem anzüglichen Grinsen, das selbst Priapus zu Ehren gereicht hätte.

»Ssönes Kind«, sagte er.

Iris glitt in die Nische hinein und setzte sich ihm gegenüber hin. Die Champagnerflaschen und ein dürrer Zweig künstlicher Narzissen bildeten eine Barrikade zwischen den beiden. Ich hockte mich neben meine Frau.

Iris beugte sich zu den Narzissen vor. »Sie erinnern sich doch noch an mich, oder? Wir haben uns heute abend im St. Anton kennengelernt. Sie haben mich mit Eulalia Crawford verwechselt.«

Jenseits des Vorhangs dudelte die Musikbox wie verrückt ›Wait Till the Sun Shines, Nellie‹. Ich betrachtete den ›Bart‹ und empfand eine unerträgliche Spannung. Er umklammerte den Stiel seines Champagnerglases und näherte sich Iris bedrohlich.

»Sie sin' nich' Eulalia Crawfor'«, murmelte er. »Viel schöne' als Eulalia. Jünge'. Viel schöne'.« Seine massige Hand löste sich vom Glas, schob sich an den Narzissen vorbei und fiel – platsch – auf die meiner Frau. »Ssönes Kind.«

Dieser enorme Alkoholpegel schien selbst Iris zu verunsichern.

»Sie müssen sich an mich erinnern«, sagte sie matt. »Sie haben mir von der weißen Rose und der roten Rose erzählt.«

Die Hand des ›Bartes‹ löste sich von Iris' Hand. Er kicherte. Dann wedelte er unvermittelt mit dem Arm, als ein chinesischer Kellner vorbeihuschte. »Wass ssu trink'n!« sagte er. »Wass ssu trink'n für das ssöne Kind. Champagner.«

Als der Kellner davoneilte, fiel der ziellose Blick des ›Bartes‹ zum erstenmal auf mich. Er erhob sich halbwegs.

»Wer's denn das?«

Iris sagte: »Ach, der – begleitet mich bloß.«

Der Bart kam näher und näher. Er war schon fast in meinem Mund. Oberhalb davon musterten die in heftiger Konzentration zusammengekniffenen Augen mein Gesicht. »Böser Mann«, sagte er. »Böser Mann. Geh weg. Geh weg.« Der Bart hüpfte auf und ab. »Buh – buh!«

Das war gelinde gesagt ziemlich verblüffend. Iris hatte die Augen weit aufgerissen. Sie sagte: »Sie müssen das verstehen. Bitte. Für uns ist das schrecklich wichtig. Es – es geht um Leben oder Tod. Der Elefant vergißt nie. Vergessen Sie nicht. Seite vierundachtzig. Sie müssen uns helfen.«

»Böser Mann. Ssönes Kind.« Der ›Bart‹ sank in seinen Sessel zurück. Er betrachtete mich von der Seite mit der scheuen Gerissenheit eines kleinen Jungen. »Böser Mann. Geh weg. Will dich nich' hier haben. *Meine* Nische.«

Iris lächelte gequält. Sie warf mir einen Blick zu und hauchte: »Es hat keinen Sinn, Darling. Er mag dich einfach nicht. Aber mich mag er. Vielleicht kann ich was aus ihm herausholen, wenn du gehst.«

Noch während sie redete, bewegte sich die große Hand des ›Bartes‹ nach vorn und umschloß liebevoll die ihre. Er mochte sie wirklich.

»Geh zu Hatch und Bill«, flüsterte sie. »Warte an der Bar auf mich. Ich versuche, ihn zum Reden zu bringen.«

Die Vorstellung, meine Frau mit diesem schrecklichen alten Mann allein zu lassen, gefiel mir ganz und gar nicht, aber an einem öffentlichen Ort war sie vor einer Vergewaltigung ziemlich sicher. Ich warf dem ›Bart‹ einen langen bösen Blick zu und ging wieder zurück zum Vorhang.

›Wait Till the Sun Shines, Nellie‹ war vorbei. Als ich durch den Vorhang in die Bar trat, fiel die Musikbox in eine Polka, deren stampfender deutscher Rhythmus der chinesischen Atmosphäre alles andere als guttat. Hatch und Bill saßen noch immer am Ende der Bar. Ich ging zu ihnen.

Bill Dagget, dessen massiges Gesäß über den Hocker quoll, richtete einen leeren desinteressierten Blick auf mich.

Hatch sagte: »Ich habe Bill den Fall erzählt. Er macht mit.«

Dagget nickte mürrisch: »Ja.«

Wachsam wie ein Spürhund fragte Hatch: »Nun, Leutnant, hat's sich ausgezahlt?«

»Er wird nicht reden, solange ich dabei bin, der alte Bock. Iris versucht, allein mit ihm fertig zu werden.«

»Sie schafft das schon.« Hatch klopfte mir beifällig auf die Schulter. »Ganz sachte mit ihm umgehen. Darauf kommt's an.«

Er winkte den chinesischen Barkeeper heran und spendierte mir einen Bourbon mit Wasser. Dann saßen wir drei schweigend da, während die Musikbox stampfend die Polka herunterdudelte.

Während die Minuten verstrichen, wurde ich immer angespannter. Hatchs philosophische Bemerkung über Betrunkene war berechtigt. Der ›Bart‹ war so gerissen wie ein Mungo. Ich war mir sicher, daß er alles wußte, was wir so dringend erfahren wollten. Ich war mir außerdem sicher, daß er uns nicht aus Blödheit, sondern aufgrund einer von Champagner benebelten Bauernschläue noch nichts erzählt hatte. Was, wenn Iris nicht erfolgreich war? Je später ich zur Polizei ging, desto düsterer sah meine Zukunft aus. Meine Beförderung hatte ich bereits abgeschrieben. Jetzt schossen mir sogar noch finsterere Bilder durch den Kopf – Visionen von dauerhafter Schande und Kriegsgerichten.

Aber das war noch nicht das schlimmste. Lina war das Schlimmste. Ich hatte die fixe Idee, daß ich höchstpersönlich für Linas Sicherheit verantwortlich war.

Eine Frau schwebte in Lebensgefahr. Da ich nicht zur Polizei gegangen war, hatte ich diese Gefahr noch weiter verschlimmert. Ich würde keinen ruhigen Moment mehr haben, wenn ich Lina nicht finden und sie vor dieser absurden Gefahr von Rosen und Krokussen bewahren konnte.

Es kam mir vor, als ob wir stundenlang dort saßen. In Wahrheit, so zeigte mir die Uhr über der Bar an, handelte es sich nur um Minuten. Aber immerhin standen die Zeiger jetzt auf zehn vor zwölf. In zehn Minuten war Sperrstunde, und wir würden alle gehen müssen. Und wenn wir den ›Grünen Kimono‹ erst verlassen hatten, würde es wesentlich schwieriger für uns werden, mit dem ›Bart‹ in Kontakt zu bleiben.

Just in dem Moment, als der Barkeeper anfing, das Licht abzublenden, um die Sperrstunde anzukündigen, kam Iris durch den Vorhang auf uns zugeeilt. Meine Frau sah ein wenig verwirrt, aber dezent triumphierend aus.

Als sie bei uns war, scharten wir uns alle um sie herum, selbst der phlegmatische Bill Dagget.

»Und?« fragte ich.

Iris verzog leicht das Gesicht. »Er ist verrückt nach mir. ›Ssönes Kind.‹ Er kennt noch einen Laden, wo man auch nach der Sperrstunde noch Champagner bekommt. Er will, daß ich mit ihm dahin gehe. Was für ein Mann!« Sie hielt inne. »Aber ich habe Lina.«

Ich spürte meinen Puls rasen. »Du hast Lina?«

»Ja, ich kenne ihren Namen und weiß, wo sie wohnt. Sonst nichts. Aber zumindest das.« Iris war atemlos. »Er ist schlau, Peter, schrecklich schlau. Er weiß etwas furchtbar Wichtiges, aber er weiß auch, daß er betrunken ist, und er paßt auf, daß er nicht zuviel sagt. Ich habe mit einem Trick Linas Adresse aus ihm rausgekriegt, aber auch nur, weil er findet, daß sie lustig klingt. Die Anschrift ist eine Art Vers. Er hat sie gesungen wie ein Kinderlied und dabei in seinen Bart gekichert.«

»Sag sie uns.«

Meine Frau sang: »Lina Oliver Wendell Holmes Brown, drei-acht-sechs-zwei, Wa-wo-na.«

»Lina Oliver Wendell Holmes Brown«, rief ich. »Das kann kein echter Name sein. Das ist ein Witz.«

Iris schüttelte entschieden den Kopf. »Ich bin sicher, daß er echt ist. Ich habe gesehen, wie er gestockt hat, nachdem er ihn ausgesprochen hatte, als ob er ihm gegen seinen Willen herausgerutscht wäre.«

»Wawona«, warf Hatch hitzig ein. »Das ist die Wawona Avenue, ziemlich weit weg, beim Zoo.«

Hinter mir befand sich eine Telefonkabine. Ich schrieb die Adresse auf, eilte zum Telefonbuch und schlug unter Brown nach. Ein Oliver Wendell Holmes Brown war nicht eingetragen.

Als ich zu den anderen zurückkam, blendete der Barkeeper erneut das Licht ab. Iris und ich sahen uns traurig an. In diesem Augenblick bewies Hatch seine Führungsqualitäten. Er stand auf und schob sich den Hut zurück.

»Okay«, sagte er. »Los, raus mit euch allen.«

»Aber der ›Bart‹...« setzte Iris an.

»Raus hier.«

Hatch ging zur Tür, und Dagget schlurfte gehorsam hinterdrein. Iris blickte kurz zum Vorhang zurück und schob dann achselzuckend ihre Hand in meine. Wir folgten den beiden hinaus in die dunkle Gasse.

Hatch gruppierte uns alle dicht um sich herum.

»Wir müssen ganz schnell überlegen.« Die Worte kamen bestimmt und leise. »Wir wissen, was wir zu tun haben. Zunächst ist da diese Lina. Jemand von uns muß auf schnellstem Wege zu ihr.«

»Das mache ich«, sagte ich.

»Ja. Sie sind der Beste dafür. Okay. Dann zu Mrs. Duluth, die sich mit dem ›Bart‹ gut versteht. Er will mit ihr in diese andere Spelunke. Wir können es uns nicht leisten, ihn aus den Augen zu verlieren. Okay, von jetzt an hängt sich Mrs. Duluth an den ›Bart‹.«

»Aber...« wandte ich ein.

»Keine Bange.« Hatch lachte leise. »Wir werden sie nicht ihrem Schicksal überlassen. Unser Bill geht mit den beiden mit. Nicht so, daß der ›Bart‹ das mitkriegt. Er wird sie nur beschatten. Okay, Bill?«

Bill Dagget zuckte die massigen Schultern. »Okay.«

Hatch hatte Iris am Arm genommen. »Hören Sie, Schätzchen. Bezirzen Sie ihn. Sie haben eine Aufgabe, und die müssen Sie erledigen. Sie müssen diesen Burschen mit dem Bart in Ihr Zimmer ins St. Anton bringen, bevor er aus den Latschen kippt.« Er lachte wieder leise auf. »Und machen Sie sich keine Sorgen um Ihre Tugend. Da paßt Bill schon auf. Alles klar?«

Iris' Flüstern drang aus der Dunkelheit. »Alles klar.«

»Dann wieder rein mit Ihnen. Gehen Sie zu ihm, bevor man ihn rausschmeißt.«

Iris kam zu mir. Sie schlang die Arme um mich, hob den Kopf und küßte mich auf den Mund. Ich wünschte, sie hätte mich nicht geküßt. Es erinnerte mich an all die Dinge, die ich vermißte.

»Mach dir keine Sorgen, Darling.« Der Duft der Gardenie drang mir bittersüß in die Nase. »Bis du von Lina wieder zurück bist, habe ich den ›Bart‹ um den kleinen Finger gewickelt.«

Sie ließ mich los und ging unter der schwach leuchtenden grünen Laterne hindurch zurück in den ›Grünen Kimono‹. Sie so verschwinden zu sehen war an diesem abscheulichen Abend für mich das Abscheulichste.

Hatch sprach mit Dagget. »Okay, Bill. Du bleibst bei ihnen. Beschatte sie. Aber vorsichtig. Der alte Knabe ist clever. Wenn er merkt, daß er beschattet wird, kann alles mögliche passieren.«

»Okay.« Bill Dagget schlenderte in die Dunkelheit von dannen. Trotz seiner bulligen Statur bewegte er sich so leichtfüßig wie ein Reh.

Hatch packte mich am Arm und führte mich die dunkle Gasse entlang zur Straße.

»Haben Sie eine Pistole?«

Ich schüttelte den Kopf.

»Schade. Aber wenn Sie keine haben, dann haben Sie keine. Um diese Zeit kriegen Sie niemals ein Taxi, also müssen Sie die Straßenbahn nehmen. Aber machen Sie flott. Sehen Sie zu, daß Sie so schnell wie möglich dahin kommen, und wenn Sie dort sind – kümmern Sie sich um diese Lina.« Er blieb auf der Gasse stehen. »Eins muß Ihnen klar sein. Sie müssen mit ihr genauso behutsam umgehen wie mit diesem Alten. Vielleicht ist sie gewarnt worden, so wie Eulalia. Wenn ja – gut. Das heißt aber, daß es ziemlich schwierig werden könnte, sie dazu zu bringen, Ihnen zuzuhören. Sie haben Eulalias Brief dabei – nicht wahr?«

»Ja.«

»Schön. Zeigen Sie ihn Lina. Daran sollte sie erkennen, daß Sie es gut meinen. Aber, wie gesagt, gehen Sie behutsam mit ihr um. Machen Sie ihr keine Angst, und vor allem erzählen Sie ihr nicht, daß Eulalia tot ist, sonst rennt sie vermutlich schreiend zur Polente. Vergessen Sie nicht, daß sie genausoviel weiß, wie Eulalia wußte. Wenn man sie richtig behandelt, kann sie Ihnen ebenso aus der Patsche helfen wie der ›Bart‹. Sie müssen also folgendes erreichen. Sie müssen sie irgendwie dazu überreden, mit Ihnen ins Hotel zu kommen. Dann haben wir Lina und den ›Bart‹. Dann können wir zur Polizei gehen. Und wenn ich mich nicht völlig irre, dann wird Ihr Ruf, sobald wir die beiden haben, so sauber wie ein frischgebadetes Baby sein.«

Sein Optimismus war ebenso ermutigend wie seine Tüchtigkeit. Er erklärte mir, wo die Wawona Avenue lag und welche Straßenbahn ich nehmen mußte. Dann, als wir aus der dunklen Gasse in das gedämpfte Licht der Columbus Avenue traten, sagte er zum Schluß: »Nur noch eins. Sie haben doch noch den Zivilanzug im Hotel. Da Sie sowieso dort vorbeikommen, sollten Sie lieber den Anzug anziehen und diese Uniform verstecken.«

»Zivilanzug!« echote ich. »Sie sind verrückt. Ich kann doch nicht in Zivilkleidung in San Francisco herumspazieren. Wenn man mich ohne Uniform erwischt, krieg' ich jede Menge Ärger.«

»Dann kriegen Sie eben Ärger.« Hatch sah mich geduldig an. »Und was haben Sie jetzt Ihrer Meinung nach? Wollen mal ruhig überlegen, mein Freund. Wir hoffen, daß die Polypen Eulalia bis morgen nicht entdecken. Aber vielleicht tun sie's ja doch, kapiert? Und wenn ja, dann werden sie die ganze Stadt nach einem Marineleutnant durchkämmen. Wir können nicht riskieren, daß Sie verhaftet werden, bevor Sie bei Lina ankommen. Was zählen schon Marinevorschriften, wenn es um Linas Leben geht? Nichts.«

Wie gewöhnlich lag Hatch richtig.

»Okay«, sagte ich. »Sie sind der Boss.«

Hatch grinste. »Braver Junge. Dann wär' ja wohl alles klar. Wissen Sie, wie Sie zurück zum St. Anton kommen?«

Ich nickte.

»Schön.« Hatch zögerte. »Was mich angeht, ich habe auch eine Kleinigkeit zu erledigen. Ich kenne die Polypen in dieser Stadt. Ich gehe ins Polizeipräsidium und höre mich mal ein bißchen um. Falls sie Eulalia gefunden haben, kriege ich das schnell spitz. Und wenn dem so ist, werde ich sie irgendwie aufhalten, damit Sie genügend Zeit haben, Lina zu holen. Wenn dort alles ruhig ist, stehen die Chancen gut, daß wir bis morgen Zeit haben. In diesem Fall werde ich im Hotel auf Sie warten.«

Er stand an der schäbigen Straßenecke und betrachtete mich aus klugen, dunklen Augen, als ob er meine Stärken und Schwächen für eine so verantwortungsvolle Aufgabe abwägen würde.

»Vergessen Sie nicht«, sagte er. »Gehen Sie behutsam vor. Hauen Sie nicht so auf den Putz, wie Sie das sonst gern tun. Samthandschuhe.«

»Ja«, antwortete ich kleinlaut.

»Okay.« Er drehte sich um und eilte wieder in die Gasse zurück, wo er sich vermutlich vergewissern wollte, daß

Iris und Dagget die ihnen zugewiesenen Aufgaben ordnungsgemäß erfüllten.

Ein richtiger kleiner Napoleon, dieser Hatch.

Ich starrte ihm nach. Dann bog ich in die Stockton Street ein, mit ihren rauhbeinigen Matrosen, den stillen Chinesen und den beleuchteten, billigen Ramschläden.

Von nun an war ich auf mich allein gestellt.

8

Ich brauchte weniger als zehn Minuten, um zurück ins St. Anton zu kommen. Sobald ich den Bannkreis von Hatchs hartnäckigem Optimismus verlassen hatte, fühlte ich mich wie von einer Horde Furien gehetzt. Es war leicht für Hatch, davon auszugehen, daß ich Lina ins Hotel bringen konnte. Die Zeit war der entscheidende Faktor. Seit dem Mord an Eulalia waren schon mindestens drei Stunden verstrichen. Die Rosen und Krokusse hatten schon drei wertvolle Stunden geschenkt bekommen, um aus ihrer Drohung Ernst zu machen und Lina anzugreifen. Jeden Augenblick konnte eine finstere Gestalt in mörderischer Absicht an der Tür dieser Lina mit dem unmöglichen Namen Oliver Wendell Holmes Brown in der Wawona Avenue Nummer 3862 läuten.

Die Straßenbahn bereitete mir Sorgen. Nach Mitternacht verkehren nur selten Straßenbahnen. Sie sind unerträglich langsam, und die Wawona Avenue, dicht am Pazifik gelegen, am Rande des Fleishhacker Zoos, war unerträglich weit weg.

Die leise Befürchtung, daß die Polizei Eulalias Leiche gefunden haben und mich erwarten könnte, erwies sich als grundlos. Niemand achtete auf mich, als ich durch die Eingangshalle eilte, die nun allmählich in einen nachmitternächtlichen Halbschlaf sank. Ein desinteressierter Fahrstuhlführer brachte mich in den sechsten Stock. Zurück im Zimmer 624, riß ich mir die Uniform vom Leibe und streifte mir das Hemd und den braunen Anzug über. Mit plötzlicher Abscheu kam mir die Erkenntnis, daß ich die Kleidung eines Mörders anzog. Doch mein Verlangen, zu Lina zu kommen, war so stark, daß ich mir um solche Kleinigkeiten keine Gedanken mehr machen konnte. Innerhalb von wenigen Minuten hatte ich meine militärische Identität zugunsten eines unauffälligen, zivilen, schäbigen Äußeren abgestreift. Ich warf einen Blick auf mein befremdliches, von den Hinterteilen der Putten umrahmtes Spiegelbild, schlüpfte aus dem Zimmer und schloß hinter mir ab.

Aus Angst, daß dem Fahrstuhlführer meine verblüffende Verwandlung auffallen würde, nahm ich die Treppe nach unten – sechs Stockwerke im Laufschritt. Es konnte durchaus sein, daß Iris zusammen mit dem ›Bart‹ schon vor mir ins Hotel gekommen war. So unauffällig wie möglich schlich ich mich zum Empfang und ließ den Zimmerschlüssel durch den Schlüsselschlitz fallen. Dann verdrückte ich mich durch den Nebeneingang aus dem Hotel hinaus auf die Geary Street.

Ich mußte bis zur Market Street gehen, um die Straßenbahn zu nehmen. Unter der beleuchteten Markise des St. Anton blieb ich zögernd stehen und betrachtete den endlosen Strom der Matrosen. Ich hatte gerade den ersten Schritt in Richtung Market Street getan, als ich ob einer Stimme hinter mir zusammenfuhr: »He, Peter. Peter Duluth.«

Ich hatte den panischen Impuls wegzulaufen. Aber es war zu spät. Ich spürte eine Hand auf meinem Arm, und wieder hörte ich die Stimme.

»Peter, Mensch, daß ich dich hier treffe.«

Ich wandte mich um. Neben der offenen Tür eines parkenden Wagens stand ein eleganter kleiner Mann im Smoking, mit einem rötlichen Schnurrbart und blassen wäßrigen Augen. Nur mit Mühe erkannte ich ihn, ein unbedeutender Schauspieler, der in ein paar Theaterstücken drüben im Osten unter meiner Regie mitgespielt hatte. Grey. Archie. Cyril, Cecil. Genau. Cecil Grey. Ein mieser, schmieriger kleiner Typ. Es geht das Wort um, daß man früher oder später jeden, aber auch jeden in San Francisco trifft. Daß mir das ausgerechnet jetzt passieren mußte, war verdammt ungünstig.

Während ich unruhig hin und her zappelte, glitten Greys Augen aufdringlich neugierig an meiner zivilen Kluft rauf und runter. »Sieh an, sieh an. Ich las in der Zeitung, daß du einer unserer tapferen Jungs im Pazifik bist.« Er kicherte. »Was ist passiert? Hat die Marine die Nase voll von dir?«

Ich wußte nicht, was ich erwidern sollte, doch glücklicherweise fand er selbst eine Erklärung. Verständnisvoll flüsterte er: »Ach so, Geheimdienst, hä?«

Ich betrachtete den parkenden Wagen hinter ihm. Mir wurde klar, daß Cecil Grey sich noch als Segen erweisen würde.

»Ist das dein Wagen?« fragte ich.

Er sagte: »Aber klar. Ich bin übers Wochenende aus Hollywood rübergekommen.« Er kicherte: »Wenn man die richtigen Kontakte hat, ist Benzin kein Problem.«

»Schön«, sagte ich. »Ich muß wohin fahren. Und zwar schnell.« Ich sah ihn bedeutungsvoll an. »Ich kann nichts Näheres dazu sagen. Aber es ist wichtig. Kapiert?«

Cecil Greys dicke Lippen verbreiterten sich zu einem faszinierten Grinsen. »Aber klar. Klar. Steig ein.« Er zwinkerte mir zu. »Geheimauftrag, hä? Die in Hollywood werden Augen machen, wenn sie von Grey, dem Geheimagenten, hören.«

»Du wirst keinem was davon erzählen«, zischte ich möglichst barsch aus dem Mundwinkel. »Ist das klar?«

Er blickte noch faszinierter drein. »Okay. Sicher. Ich mach' alles, was du sagst.«

Er stieg in den Wagen. Ich kletterte nach ihm hinein und schloß die Tür.

»Wohin?« fragte er.

»Kennst du dich in San Francisco aus?«

»Aber klar. Ich bin hier aufgewachsen.«

Ich war klug genug, ihm nicht die genaue Adresse zu geben. »Laß mich an der Kreuzung Sunset Boulevard und Sloat Boulevard raus. Und drück auf die Tube.«

»Schon kapiert, Sunset Ecke Sloat.« Cecil Grey lenkte den Wagen vorsichtig in den fließenden Verkehr. Er kicherte wieder. »Da ist der Zoo. Das ist es also, hä? Eine der Giraffen spioniert für die Japsen.«

Er lachte darüber. Er fand es wahnsinnig witzig. Er lachte noch immer, als er schwungvoll in die Market Street einbog und dann zur McAllister Street Richtung Golden Gate Park fuhr. Meinetwegen konnte er lachen, bis er blau anlief. Ich hatte das Transportproblem gelöst und unschätzbar wertvolle Minuten in meinem Hindernisrennen zu Lina Oliver Wendell Holmes Brown gewonnen.

Wenn man erst mal die Hauptverkehrsadern zurückgelassen hat, kann San Francisco ziemlich einsam sein. Es war kaum ein Mensch auf der Straße, als wir an den alten Häusern der McAllister Street vorbeirasten und den dunklen Randbezirk des Golden Gate Parks erreichten. Der Schauspieler in Cecil Grey reagierte auf das Dramatische der Situation. Während er den Wagen am Park vorbeijagte und rasant in die breite Spur des Sunset Boulevard einbog, nahm sein Gesicht den grimmigen, schmallippigen Ausdruck eines zweitklassigen Kinohelden an. In Null Komma nichts, so schien es, brachte er den Wagen am Ende des Boulevards abrupt zum Stehen.

»Danke«, sagte ich und sprang heraus.

Einen Augenblick lang saß er hinter dem Steuer und sah mich an, als ob er all seinen Mut zusammennähme, um mich zu fragen, ob ich vielleicht einen grimmigen, schmallippigen Assistenten bei meinen geheimen Unternehmungen gebrauchen könnte. Glücklicherweise traute er sich nicht. Mit einem Seufzer riß er den Wagen herum und fuhr dröhnend den Boulevard hinauf in die Nacht hinein.

Ich mußte doch noch einige Häuserblocks zu Fuß gehen. Ich wünschte, ich wäre mit Grey nicht so übervorsichtig gewesen, doch ich vertraute ihm nicht. Selbst jetzt, da ich durch ihn wesentlich schneller an mein Ziel gekommen war, als es mit der Straßenbahn möglich gewesen wäre, realisierte ich, daß ich mir mit Cecil Grey für die Zukunft eine weitere Gefahr geschaffen hatte. Sobald man Eulalias Leiche entdeckte und die Zeitungen meinen Namen auf der Titelseite abdruckten, würde er wohl schnurstracks zur Polizei marschieren und erzählen, daß ich in einem verdächtigen Zivilanzug in San Francisco unterwegs wäre. Seitdem Iris und ich Eulalias Wohnung verlassen hatten, führte mich jeder Schritt tiefer in den Sumpf. Jetzt hing alles von Lina und dem ›Bart‹ ab.

Ich eilte den Sloat Boulevard in Richtung Meer hinunter. Ich war nachts noch nie in dieser Gegend gewesen. Sie war unsagbar trostlos. Zu meiner Rechten standen ein paar vereinzelte Häuser. Zu meiner Linken verlor sich der öde Rand des ›Lake Merced Park‹ in der Dunkelheit. Weiter vorne führte die Straße in den Park hinein, so daß mich nur noch Dunkelheit und die hageren Gerippe der Bäume umgaben. Aus dem großen Zoo vor mir ertönte hin und wieder das einsame Heulen wilder Tiere, was die Stille noch beklemmender machte. Ich beschleunigte meinen Schritt, bis ich aus dem Park heraus war und die Wawona Avenue erreicht hatte.

Ich befand mich in einer Gegend mit kleinen Villen im spanischen Stil. Die neugebauten Häuser und die feuchte, vom Ozean herwehende Nachtluft erzeugten zusammen eine düster unwirtliche Atmosphäre. Ich fand die Nummer 3862. Es war ein Eckhaus und lag gegenüber einem dunklen Drugstore, der um diese nächtliche Stunde geschlossen war. Nummer 3862 war ein roter Ziegelbau, größer als die anderen Häuser und offensichtlich auch älter. Ein Eisengeländer umgab ein altmodisches Souterrain, und eine

Steintreppe führte hinauf zu einer schäbigen Eingangstür. Das Haus sah aus wie ein heruntergekommener, ehemals freistehender Herrensitz, der von einem neuen Wohnprojekt erfaßt und in Mietwohnungen aufgeteilt worden war.

Ich stieg die Treppe hinauf. Der Vordereingang bestand aus zwei Türen: eine gläserne Außentür, die in einen kleinen, schwach erhellten Vorraum führte, und eine Holztür, durch die man ins eigentliche Haus gelangte. Ich ging in den Vorraum, wo eine Reihe mit Namen versehener Klingelknöpfe zeigte, daß das Haus ein Mietshaus war. Ich überflog die Namensschilder. Der Name Oliver Wendell Holmes Brown war nirgends zu lesen.

Einen hoffnungslosen Augenblick lang sah ich meine ganze Expedition als das Ergebnis eines gigantischen Streichs, den sich der betrunkene ›Bart‹ mit uns erlaubt hatte. Lina Oliver Wendell Holmes Brown war dabei nur ein Phantasieprodukt seiner verschlagenen Champagnerträume und Wawona Avenue Nummer 3862 eine dazu willkürlich ausgedachte Adresse.

Dann fiel mir das Souterrain wieder ein. Ich rannte die Treppe zur Straße hinab, riß eine kleine Eisenpforte in dem Geländer auf und stieg die gewundene Treppe zur Eingangstür der Souterrainwohnung hinunter. Im Innern der Wohnung war kein Licht zu sehen. Neben der Tür sah man zwei weiße Vorhänge an einem hohen Fenster, das mit Eisenstangen gegen Einbruch gesichert war.

An der Tür war eine Visitenkarte befestigt. Ich mußte ein Streichholz anzünden, um sie lesen zu können. Als das Licht aufflackerte, durchfuhr mich eine Welle der Erleichterung.

Auf der Karte stand *Mr. und Mrs. O.W.H. Brown.*

Ich drückte auf den metallenen Klingelknopf. Das schrille Geräusch, das jenseits der Tür widerhallte, löste in mir unvermittelt schreckliche Erinnerungen an Eulalia Crawfords Klingel aus. Das Geräusch verstummte. Ich läutete erneut. Ich glaubte, leise schlurfende Schritte zu hören. Dann war ich mir sicher. Sie näherten sich der Tür. Dann blieben sie stehen, und hinter dem Fenster ging Licht an.

Die Schritte kamen bis zur Tür und blieben erneut stehen. Es verging ein langer, seltsamer Moment, in dem nichts geschah. Und dann, anstatt daß die Tür geöffnet wurde, ertönte von innen die hohe verängstigte und fremdländisch klingende Stimme einer Frau. »Wer iist da, biittä?«

Ich fragte: »Sind Sie Mrs. Brown? Mrs. Lina Brown?«

»Ja, ja. Wer iist da, biittä?«

Diese beiden ›Ja‹ ließen mich freudig erschauern. Damit erübrigte sich meine dunkelste Vorahnung. Lina Oliver Wendell Holmes Brown war zumindest noch am Leben.

Ich brachte meine Lippen dicht an die Tür und sagte: »Ich bin Leutnant Duluth. Bitte lassen Sie mich herein. Es ist sehr wichtig. Ich komme von Eulalia Crawford.«

»Oh, ja, ja.« Die Stimme hatte etwas von der zittrigen Unsicherheit verloren. »Einen Moment, biitte.«

Ich hörte das Klirren von Metall, als ob sie eine Kette vorlegte. Dann öffnete sich die Tür etwa 15 Zentimeter weit, und ein Gesicht spähte um die Ecke. Im Flur war kein Licht bis auf einen schwachen Schimmer, der aus dem hinteren Zimmer fiel. Das schmale weiße Gesicht erschien mir nur als heller Fleck.

Einen Augenblick lang starrte mich Mrs. Lina Brown an. Dann zog sie ihren Kopf hinter die Tür zurück.

»Sie siind niicht Leutnant Duluth.« Die Worte sprudelten atemlos aus ihr hervor. »Leutnant Duluth iist Matrose. Er trägt Uniform wie Matrose.«

Ich hatte nicht daran gedacht, daß ihr der Anzug Angst einjagen könnte. Die Tür bewegte sich leicht vor und zurück, während sie darüber nachdachte, ob sie sie mir vor der Nase zuknallen sollte oder nicht.

Rasch sagte ich: »Ich bin Leutnant Duluth, der Mann von Eulalias Cousine. Man hat mir meine Uniform gestohlen. Hier, ich kann Ihnen meine Ausweise zeigen.«

Widerwillig erschien Linas Gesicht wieder im Türspalt. Ich nahm meine Erkennungsmarke aus der Tasche und zeigte sie ihr. Sie packte sie mit ihrer kleinen Hand, die mich an eine Vogelkralle erinnerte, und knallte die Tür zu. Ich hörte, wie sie sich drinnen entfernte, vermutlich, um die Erkennungsmarke unter Licht zu betrachten. Wenige Augenblicke später war sie wieder da. Diesmal entfernte sie die Kette rasselnd von der Tür, die sich weit öffnete.

»Okay. Iich habe die kleine Marke gesehen. Da steht Leutnant Duluth.«

Ich trat in den Flur. Sie eilte um mich herum, schloß die Tür und legte die Kette vor. Ich hatte ihrer Stimme angehört, daß sie Angst hatte, doch jetzt, allein mit ihr im engen Flur, spürte ich ihre Angst, als wäre sie eine unsichtbare dritte Person neben uns.

»Kommen Sie.« Sie drängte sich an mir vorbei auf eine offene Tür zu, die in ein beleuchtetes Zimmer führte. »Kommen Sie, Leutnant Duluth.«

Ich folgte ihr an einem dunklen Tisch vorbei, auf dem undeutlich weiße Blumen in einer Vase schimmerten. Ein paar Schritte, und ich war mit ihr in einem kleinen Wohnzimmer, vollgestopft mit schäbigen Möbeln, die mit einer ziemlich rührenden Ordnungsliebe arrangiert waren.

Zum erstenmal konnte ich Lina Oliver Wendell Holmes Brown sehen. Sie war ungefähr Mitte Dreißig – eine kleine zarte Italienerin mit großen schwarzen Augen und von verblassender Schönheit. Sie mußte geschlafen haben oder war zumindest im Bett gewesen, als ich geklingelt hatte, denn sie trug einen kleinen, rosafarbenen Satinmorgenrock über einem kleinen, rosafarbenen Nachthemd.

Wir starrten einander an. Das Grauen in ihren Augen war so deutlich, daß ich Angst hatte, etwas zu sagen, Angst hatte, daß sie bei einem falschen Wort oder einer falschen Betonung davonjagen würde wie ein aufgescheuchtes Reh. Hatch hatte recht. Ich würde diese verstörte kleine Frau mit endloser Vorsicht und Sanftheit behandeln müssen, wenn ich sie dazu überreden wollte, mich ins St. Anton zu begleiten.

»Also!« Sie sprach mit schwacher piepsiger Stimme. »Eulalia Crawford hat Sie hergeschickt, Leutnant Duluth?«

»Ja«, sagte ich behutsam. »Ich bin der Mann Ihrer Cousine. Sie hat mich hergeschickt, um Sie zu warnen.«

»Ja, ja.« Die schwarzen Augen wandten sich nicht von meinem Gesicht. Ich spürte, daß es ihr schon leid tat, mich hereingelassen zu haben.

»Sie möchte –«, ich stockte. »Sie möchte Ihnen mitteilen, daß die rote Rose und die weiße Rose raus sind.«

Sie krallte krampfhaft ihre Hände ineinander. Ihre Angst schien ein echter physischer Schmerz zu sein, wie ein Geschwür.

»Ja, ja. Ich weiß. Ich habe miich schon die ganze Zeit hier eingeschlossen. Die Katze hat miich gewarnt.«

Die Katze! Die weiße Rose, die rote Rose, der Elefant, der Krokus – und jetzt die Katze. Das gefiel mir an diesem Fall. Er enthielt jede Menge Naturkunde.

Ich fragte mich, ob die Katze Linas Bezeichnung für den ›Bart‹ war. Offenbar war er es, der sie gewarnt hatte. Aber andererseits, was hatte er schon Katzenhaftes an sich?

Sie starrte mich noch immer an. Sie würde nicht dazu beitragen, die Unterhaltung in Gang zu halten.

Ich sagte aufs Geratewohl: »Haben Sie die Katze in letzter Zeit gesehen?«

Lina schüttelte den Kopf.

»Aber er hat Ihnen von den Rosen erzählt?«

»Ich schon gesagt.« Die Augen flackerten. »Warum Sie stellen diese Fragen? Was wiill Eulalia?«

»Sie ist der Meinung, daß Sie beide sicherer wären, wenn Sie zusammenblieben. Sie hat mich hergeschickt, um Sie zu ihr zu bringen«, log ich. »Sie ist im St. Anton. Hier.« Ich griff in meine Brusttasche und holte Eulalias Brief hervor. Ich gab ihr den Brief. »Das hat sie geschrieben.«

Lina nahm den Brief und starrte darauf. Irgend etwas stimmte nicht. Anstatt ihren Argwohn zu besänftigen, schien ihn der Brief noch geschürt zu haben. Sie blickte auf und fixierte mein Gesicht.

»Er iist nicht fertig, dieser Brief.«

Daran hatte ich nicht gedacht. »Nein.«

»Warum?«

Ich konnte ihr nicht erzählen, daß Eulalia ermordet wurde, bevor sie mit dem Brief fertig war. Ich konnte nicht riskieren, daß sie hinaus auf die Straße zum nächstbesten Polizisten rannte. Ich sagte: »Eulalia wollte bloß, daß Sie ihre Handschrift sehen und mir so vertrauen können.«

»Ich verstehe.« Sie fügte schneidend hinzu: »Und Eulalia iist im Hotel St. Anton?«

»Ja.«

»Warum iist sie dort, wo sie doch eine eigene Wohnung hat?«

Das brachte mich einen Moment lang ins Stolpern. »Weil – weil sie meint, daß sie im Hotel sicherer ist.«

»Ich verstehe.«

Langsam, Schritt für Schritt, fing sie an, sich von mir Richtung Tür zu entfernen.

»Sie vertrauen mir doch, nicht wahr, Lina? Ich bin hier, um Ihnen zu helfen.«

»Ja, ja. Sie helfen miir.« Sie ging noch immer rückwärts und beobachtete mich, als ob ich eine giftige Schlange wäre.

»Sie haben doch keine Angst vor mir?«

»Wieso sollte iich? Iich erwarte Sie. Iich Ihre Nachricht bekommen habe. Sie sie vom Drugstore gebracht, gerade bevor er schließt.«

»Meine Nachricht! Aber...« Ich bremste mich gerade noch rechtzeitig.

Lina hatte die Tür erreicht. Das Entsetzen in ihren Augen war inzwischen völlig unkontrolliert. Sie lächelte mich wild an.

»Meine Briille!« stammelte sie. »Um diesen Brief von Eulalia zu lesen, muß ich meine Briille aus dem Schlafzimmer holen. Einen Moment, biittä.«

Mit diesen Worten huschte sie aus dem Zimmer und schloß die Tür hinter sich zu.

Mein Puls hämmerte. ›Ich Ihre Botschaft bekommen habe. Ich erwarte Sie.‹ Das hatte sie gesagt. In diesem Augenblick wurde mir klar, was passiert war. Vor Eulalias Tod hatte sich ein ›Leutnant Duluth‹ telefonisch bei ihr gemeldet. Und jetzt hatte Lina, die kein Telefon besaß, eine ähnliche Botschaft von ›Leutnant Duluth‹ erhalten, die ihr jemand vom Drugstore ausgerichtet hatte. Der lispelnde Mann hatte sich gemeldet, um ihr zu bestellen, daß er von Eulalia komme, und Lina hatte der Botschaft geglaubt. Und das Groteske an der Sache war, daß sie mich nur hereingelassen hatte, weil sie glaubte, daß ich der ›Leutnant Duluth‹ sei, der sie benachrichtigt hatte.

Der gesamte Mordablauf wiederholte sich.

Nur war ich diesmal dank Cecil Grey und einer gütigen Vorsehung rechtzeitig gekommen.

Mein erster Impuls war, Lina ins Schlafzimmer zu folgen und ihr zu sagen, daß die Rosen, was immer sie auch bedeuten mochten, just in diesem Augenblick unterwegs waren, um sie zu ermorden. Ich machte einen Schritt auf die Tür zu. Dann hielt ich inne. Lina war schon verängstigt genug. Wenn ich plötzlich mit einer solchen Nachricht in ihr Schlafzimmer platzen würde, könnte sie in Panik geraten und nach draußen rennen, um die Polizei zu holen. Die Eingangstür war gut verschlossen und eine Kette vorgelegt. Solange wir beide in der Wohnung waren, konnte ihr nichts zustoßen. Und wenn ich meine Trümpfe geschickt ausspielte, konnte ich Eulalias Mörder vielleicht selbst fangen. Angesichts meiner ungewöhnlichen Situation wäre das mehr wert als tausend betrunkene ›Bärte‹.

Ich mußte jetzt abwarten, auf alles gefaßt und so clever sein, daß ich mit allen Eventualitäten fertig würde. Hatch hatte nicht viel Vertrauen in mein Taktgefühl. Für ihn war ich der Elefant im Porzellanladen. Jetzt war der Augenblick gekommen, in dem der Porzellanladen einen Elefanten ganz gut gebrauchen konnte.

Ich war fast in Hochstimmung.

Um mich während Linas Abwesenheit zu beschäftigen, begann ich, im Wohnzimmer herumzuspazieren. Auf dem Kaminsims stand ein Foto mit einem fröhlichen jungen Mann in der Uniform eines Unteroffiziers. In eine Ecke waren die folgenden Worte gekritzelt:

Bis ich heimkomme,
in Liebe,
Ollie.

Demnach war Sergeant Oliver Wendell Holmes Brown fort, um Soldat zu spielen.

Ein Buch mit blauem Einband lag auf der Lehne eines Polstersessels, als ob Lina vor kurzem darin gelesen hätte. Ich hob es auf und warf einen flüchtigen Blick auf den Titel: *Verbrechen unserer Zeit*, herausgegeben von John L.

Weatherby. Ich schlug es wahllos auf, und mein Blick fiel auf ein wissenschaftliches Essay über den Hall-Mills-Fall. Eine Untersuchung authentischer Morde schien ein seltsames Beruhigungsmittel für Linas angstgepeinigte Nerven zu sein. Ich blätterte ein paar Seiten um, bevor ich das Buch wieder auf den Sessel fallen ließ, weil ich auf einem danebenstehenden Tisch noch eine andere Fotografie bemerkt hatte.

Beim ersten Blick auf das Foto konnte ich meinen Augen kaum glauben. Und doch war dieses freundliche helle Gesicht mit dem strahlenden Lächeln unverwechselbar.

Aus einem Silberrahmen im Wohnzimmer von Lina Oliver Wendell Holmes Brown starrte mich das Porträt von Mrs. Rose an – jene Frau, die Iris und mir am Nachmittag ihr Zimmer im St. Anton überlassen hatte.

Während ich es anstarrte und vergeblich versuchte, mir einen Reim darauf zu machen, registrierte ich undeutlich das herannahende Motorengeräusch eines Wagens in der einsamen Stille draußen. Mrs. Rose. Alles andere, was uns in Frisco zugestoßen war, hatte letztlich mit diesem verrückten Fall zusammengehangen, doch ich hätte niemals ernsthaft geglaubt, daß auch Mrs. Rose darin verwickelt sein könnte. Ich dachte an den wippenden Staubwedel-Hut und an ihre Lachkaskaden. Dieses Lachen hatte so unschuldig geklungen wie eine frische Brise vom Meer.

Jetzt klang es nicht mehr unschuldig.

Der Wagen hatte ganz in der Nähe angehalten. Kein Geräusch deutete darauf hin, daß Lina aus dem Schlafzimmer zurückkam. Das strahlende Porträt von Mrs. Rose war ärgerlich und aufreizend. Ich fing an, mir um Lina

Sorgen zu machen. Weshalb brauchte sie so lange, um ihre Brille zu finden?

Die Tür zum Flur befand sich schräg gegenüber dem vergitterten Fenster, das zur Straße hinaus lag. Ich ging zur Tür und ergriff nach kurzem Zögern den Türknopf. Ich drehte ihn. Nichts geschah. Ich drehte ihn erneut. Es war nur allzu offensichtlich, was Lina getan hatte.

Sie hatte mich im Wohnzimmer eingeschlossen.

Während ich dort stand und die Tür anstarrte, wurde mir schlagartig klar, was in ihrem Kopf vorgegangen war. Sie hatte mich hereingelassen, weil sie glaubte, daß ich der ›Leutnant Duluth‹ war, der angerufen hatte. Doch meine fehlende Uniform wie auch meine ungeschickten Bemerkungen machten sie mißtrauisch. Das hatten ihre immer schärferen Fragen gezeigt. Eulalias unvollendeter Brief sowie meine schwache Erklärung zu deren Aufenthalt im St. Anton gaben schließlich den Ausschlag, sich gegen mich zu entscheiden.

Lina hatte mich hier eingesperrt, weil sie zu dem Schluß gekommen war, daß ich nur vorgab, der echte Leutnant Duluth zu sein, und daß ich entweder einer ihrer blumigen Feinde war oder deren Handlanger, der sie in ihr Hauptquartier locken sollte.

Ich konnte nicht über die Absurdität des Ganzen nachdenken. Ich war zu besorgt. Lina dachte, daß sie ihren potentiellen Mörder im Wohnzimmer eingeschlossen hatte, wo ich doch in Wahrheit ihr Freund war, während der sich als Peter Duluth ausgebende lispelnde Mann, wenn ich mich nicht irrte, jeden Augenblick seinen tödlichen Auftritt haben würde.

Ich rüttelte am Knopf der Wohnzimmertür. Noch während ich das tat, hörte ich ein Geräusch, bei dem sich mir die Nackenhaare sträubten. Es kam jemand leise und geschwind auf der Eisentreppe von der Straße herunter. Um diese nächtliche Zeit würde Lina bestimmt keine normalen Besucher mehr empfangen.

Geschah alles noch schneller, als ich erwartet hatte?

War ›Leutnant Duluth‹ bereits eingetroffen?

Ich stand ganz still, ohne einen Muskel zu rühren, und mußte an den Wagen denken, der gerade draußen gehalten hatte. Die Schritte blieben vor der Haustür stehen. Einen Augenblick lang herrschte Stille. Dann drang das eindringliche Schrillen der Klingel durch die Wohnung.

Ich fing an, mit den Fäusten gegen die verschlossene Wohnzimmertür zu trommeln. Draußen im Flur hörte ich Lina mit eiligen Schritten das Schlafzimmer verlassen.

Ich rief: »Lassen Sie ihn nicht rein, Lina. Um Gottes willen, lassen Sie ihn nicht rein.«

Die Klingel ertönte erneut. Linas Schritte tappten zielstrebig zur Haustür.

»Lina, lassen Sie ihn nicht rein.«

Doch noch während ich das rief, begriff ich, daß ich sie nicht davon abhalten konnte. Ich war der Bösewicht in diesem Stück. Sie lief vor mir weg, zu dem unbekannten Mann draußen vor der Tür, den sie für ihren Retter hielt.

Verzweifelt warf ich mich mit der Schulter voraus gegen die Wohnzimmertür. Das Holz war dick und alt. Die Tür bebte und hielt dem Druck stand.

Ich hörte, wie die Sicherheitskette an der Haustür aus ihrer Halterung glitt und Lina rief: »Leutnant Duluth, siind Sie das? Siind Sie endlich da? Schnell. Schnell. Iich habe ihn eingesperrt. Ein Mann von den Rosen. Ein Mann, der sagt, er iist Sie.«

»Lina!« brüllte ich hoffnungslos. »Lassen Sie ihn nicht rein. Sie haben Eulalia getötet. Sie werden auch Sie töten.«

Meine im einsamen Souterrain gedämpft klingenden Worte verhallten nutzlos und leer. Ich warf mich erneut gegen die Tür. Wieder erbebte sie und gab nicht nach.

Aus dem Flur hörte ich ein Quietschen, als Lina die Haustür aufriß.

»Schnell...« Ihre Stimme klang hell vor Aufregung. In diesem Augenblick mußte sie den Mann vor der Tür erst richtig gesehen haben, denn ihre Stimme überschlug sich in einem schrillen Aufschrei: *»Du!...«*

Eine Männerstimme antwortete, leise, heiser.

»Ganz recht, Lina, ich bin's.«

Ich hörte das ›ganz‹ und das ›bin's‹ deutlich genug, um zu bemerken, daß der Neuankömmling nicht lispelte. Plötzlich keimte Hoffnung in mir auf.

Es war still. Doch dann drang ein kleiner Aufschrei aus der Stille, der als zischender Seufzer endete. Ein Seufzer – und das dumpfe Geräusch eines kleinen Körpers, der zu Boden fällt.

Ich warf mich ein drittes Mal gegen die Tür. Das Schloß ächzte heftig, gab aber nicht nach. Und während ich keuchend innehielt, hörte ich, wie die Eingangstür zugeknallt wurde und Schritte auf der Eisentreppe wieder zur Straße hinaufklapperten.

Das Fenster war dicht neben mir. Sein oberer Teil war auf Höhe der Straße, und der Abstand zwischen Fenster und Straße war so klein, daß das Licht aus dem Zimmer ein Stück des Bürgersteigs beleuchtete, wie ein Scheinwerfer im Theater. Aus den Augenwinkeln bemerkte ich, daß sich etwas am Fenster entlangbewegte. Ich wirbelte herum. Ein Paar Beine, von denen nur die untere Hälfte des Unterschenkels zu sehen war, hasteten vorbei. Sie waren so nah, daß ich sie, wenn das Fenster offen gewesen wäre, zwischen den Gitterstäben hindurch hätte berühren können.

Diese Beine waren mit der schwarzen Uniformhose eines Marineleutnants bekleidet. Und während des Bruchteils einer Sekunde, bevor sie meinem Blick entschwanden, konnte ich deutlich unten am linken Bein einen kleinen dreieckigen Riß erkennen.

Dieser Mann, der gekommen war und der nicht gelispelt hatte, trug meine gestohlene Uniform.

Mit aller Gewalt warf ich mich wieder und wieder gegen die Tür. Weiter die Straße hinauf hörte ich einen Wagen mit knirschendem Getriebe losfahren und davonbrausen. Eine letzte brutale Attacke riß die Tür aus dem Schloß, und sie flog auf.

Meine Schulter war wund und schmerzte, als ich in den Flur hinaushetzte. Ich wußte, welcher Anblick mich erwartete, wußte es mit einer solch alptraumhaften Sicherheit, daß ich kaum den Mut hatte, hinzusehen.

Licht fiel schräg durch die hinter mir liegende aufgebrochene Wohnzimmertür. Es drang durch den Flur bis zur geschlossenen Haustür.

Dort lag Lina auf dem Rücken, wobei der rosafarbene Satinmorgenmantel sie wie eine lockere Hülle umgab. Unterhalb der linken Brust ragte der hölzerne Griff eines billigen Messers aus dem rosafarbenen Nachthemd. Und ich sah Blut – hellrotes Blut, das stoßweise hervorquoll und sich über den rosafarbenen Stoff ergoß.

Doch das Blut war nicht das schlimmste. Die Blumen, die ich zuvor undeutlich auf dem Flurtisch bemerkt hatte, waren aus der Vase geschüttelt worden. Sie lagen wahllos über dem ausgestreckten kleinen Körper verstreut.

Es waren natürlich Rosen. Aber diesmal waren sie nicht rot. Sie waren weiß – Dutzende von reinweißen Rosen.

Ich eilte zu Lina. Ich kniete mich neben sie. Ich ergriff ihr Handgelenk und fühlte nach dem Puls, der nicht da war.

Der Duft der Rosen wehte zu mir herüber. Linas große schwarze Augen starrten ziemlich dümmlich mit einem glasigen Blick des Entsetzens nach oben. Ihr winziges Handgelenk fühlte sich unter meinen zitternden Fingern warm an.

Aber sie war tot. Ich hatte im Pazifik genug Tote gesehen, um mir dessen sicher zu sein.

Ich blieb neben ihr hocken. Was war mein Plan gewesen? Lina zu retten und Eulalias Mörder auf frischer Tat zu erwischen. Ich fühlte mich müde, ausgelaugt und entsetzlich nutzlos.

›Die rote Rose und die weiße Rose bedeuten Blut.‹

Das bedeuteten sie in der Tat.

9

Ich hockte in dem schäbigen Flur neben der Leiche von Lina Brown. Der Duft der weißen Rosen verlieh der Atmosphäre die ekelerregende Süße einer Leichenhalle.

Rote Rosen für Eulalia. Weiße Rosen für Lina. Ein lispelnder Mörder für Eulalia. Ein nicht-lispelnder Mörder für Lina. Es gab also mindestens zwei Mörder. Und beide hatten sie meine Uniform getragen.

Meine Gedanken stolperten weiter. Bestimmt hat noch nie ein Auftrag derart katastrophal geendet. Ich hatte Lina nicht daran hindern können, dem Tod geradewegs in die Arme zu laufen. Sie wurde mit nur einer Tür zwischen mir und ihrem Mörder ermordet. Die Leute im Drugstore würden sich an ›Leutnant Duluths‹ Nachricht erinnern. Sobald man Lina fand, würde die Polizei als erstes den Namen ›Leutnant Duluth‹ zu hören bekommen. Und diesmal hatte ich keinerlei Alibi, denn ich war ja tatsächlich am Schauplatz des Verbrechens gewesen. Ich war in eine zweite Falle gegangen, und zwar in eine, die wesentlich gefährlicher war als die, die man mir in Eulalias Wohnung gestellt hatte.

Mit einer Mischung aus Wut und Verzweiflung begriff ich, daß mir der Mord an Lina einen weiteren schweren Schlag versetzt hatte. Lina hatte das Geheimnis der Rosen gekannt. Abgesehen vom ›Bart‹ wäre sie der einzige Mensch gewesen, der die Wahrheit hätte erzählen und die Polizei davon überzeugen können, daß ich kein psychopathischer Lügner war. Jetzt war sie tot, und es gab nichts zwischen mir und dem Abgrund als einen verschlagenen, betrunkenen alten Mann.

Während mir diese Gedanken durch den Kopf wirbelten, achtete mein Körper instinktiv auf jedes Geräusch aus der Wohnung über mir oder von der Straße draußen, für den Fall, daß mein Kampf mit der Tür oder Linas Klageschrei jemanden in der Nachbarschaft alarmiert hätte. Während die Sekunden verstrichen, störte nichts die nächtliche Stille. Offenbar hatte ich dieses eine Mal Glück. Nachdem es mir nicht gelungen war, den Mörder auf frischer Tat zu erwischen, blieb mir zumindest die Unannehmlichkeit erspart, selbst auf frischer Tat ertappt zu werden.

Während ich dort hockte, fiel mir etwas auf, das ich zuvor nicht bemerkt hatte. Linas rechte Hand wurde von den ungeordneten Falten ihres Bademantels halb verdeckt. Doch sie umklammerte etwas. Man konnte gerade noch den Rand eines Stückchen Papiers sehen, das unter dem rosafarbenen Satin herausragte. Eulalias Brief natürlich. Bei dem Gedanken daran, was passieren würde, wenn man ihn hier fände, überlief mich ein Schauder.

Ich löste den Brief vorsichtig aus der Umklammerung der leblosen Finger. Bevor ich ihn wieder zusammenfaltete, strich ich ihn glatt, und dabei fiel mein Blick auf eine bestimmte Zeile.

Lina, wir alle sind in schrecklicher Gefahr.

›Wir alle!‹ Diese Worte brannten durch mich hindurch wie eine Flamme durch ein Blatt Papier. Wieso war dieses ›Wir alle‹ zuvor weder Hatch noch Iris noch mir aufgefallen? Es konnte nur eins bedeuten: nämlich, daß Eulalia und

Lina nicht die einzigen waren, die sich in Gefahr befanden. Es gab noch andere, Männer oder Frauen, die auf der Todesliste dieses schrecklichen Rosen- und Krokus-Teams standen.

Nun war ich mit meinem Latein beinahe am Ende. Durchstreifte eine endlose Reihe von Leutnant Duluths mit mörderischen Absichten die Straßen von San Francisco? Hörte das Ganze denn nie auf?

Und als ob nicht alles schon schlimm genug war, fiel mir noch etwas ein. Schon vor Linas Tod war meine Position recht unangenehm gewesen, doch immerhin hatte ich mich mit dem Gedanken trösten können, daß der Diebstahl meiner Uniform im türkischen Bad eindeutig beweisbar war und meine Geschichte bestätigen würde. Jetzt war ich jedoch wesentlich tiefer in die Sache verwickelt, und mir wurde mit beunruhigender Klarheit bewußt, daß mir selbst dieser rettende Strohhalm entgleiten konnte. Was, wenn die Polizei davon ausging, daß die ganze Episode mit dem Uniformdiebstahl nur eine raffinierte Verschleierungstaktik und von mir inszeniert worden war? Der schläfrige Kassierer konnte sich nicht erinnern, daß er mich als Leutnant hatte hereinkommen sehen. Ich hätte doch gut und gerne als Zivilist ins Bad kommen und mich dann über den Verlust einer völlig imaginären Uniform beschweren können.

Falls die Polizei das annahm, gab es nichts, aber auch gar nichts, das sie daran hindern konnte, mich als gerissenen und manischen Doppelmörder zu verhaften.

Jetzt saß ich wirklich in der Klemme.

Ich stand auf und schob Eulalias Brief in meine Brusttasche. Es gelang mir, mich zu beruhigen. Es war nicht leicht. Der ›Bart‹ hatte von Lina gewußt. Na schön. Dann würde der ›Bart‹ auch etwas über die anderen wissen. Ich klammerte mich an diesen Rettungsanker. Er war meine letzte Chance. Ich konnte schon längst nicht mehr zurück.

Ich blickte auf Lina. Allmählich gewöhnte ich mich daran, wie ein Krimineller zu denken. Mir kam der zynische Gedanke, daß sie als Soldatenfrau allein gelebt hatte. Somit standen die Chancen nicht schlecht, daß sie, wie Eulalia, frühestens am nächsten Morgen entdeckt werden würde. Ich würde sie natürlich so liegenlassen müssen. Das stand außer Frage. Aber mit etwas Glück blieb uns noch immer eine gewisse Frist.

Vielleicht war Iris ja bei meiner Rückkehr ins Hotel schon im Zimmer 624, und der ›Bart‹ hatte ihr alles erzählt. Vielleicht konnte ich ja noch immer mit einer halbwegs plausiblen Geschichte zur Polizei gehen, bevor die beiden Morde entdeckt wurden.

Vielleicht.

Ich warf einen letzten Blick auf Lina, die arme, kleine Lina, die durch ihre eigene Vorsicht umgekommen war. Sie sah so schlaff und unwirklich aus, wie eine von Eulalias Puppen. So leid ich mir selbst tat, für sie empfand ich noch mehr Mitleid. Es war schlimm, so zu sterben, allein, mit einem Messer im Herzen und ohne den Trost eines Oliver Wendell Holmes Brown.

Ich öffnete die Haustür. Ich spähte nach oben auf die dunkle Straße. Nichts rührte sich. Ich schloß die Tür hinter mir. Auf Zehenspitzen ging ich die Eisentreppe hinauf auf den menschenleeren Bürgersteig.

Jetzt war ich wegen zweifachen Mordes auf der Flucht.

Ich ging die paar trostlosen Häuserblocks bis zur Endhaltestelle beim Zoo. Die schlimmsten Augenblicke meines Lebens waren mit Straßenbahnen verknüpft. Nie wieder würde ich eine Straßenbahn mit Gleichmut betrachten können. Ein leerer Wagen stand wartend am Ende der Schienen, keine hundert Meter von der endlos weiten Fläche des Pazifischen Ozeans entfernt. Zunächst war ich der einzige Fahrgast, und als der Wagen sich endlich rumpelnd in Bewegung setzte, waren lediglich zwei schläfrige Soldaten zugestiegen.

Zumindest war mein Abschied von der Wawona Avenue unauffällig verlaufen.

Doch während die Straßenbahn auf ihrer endlosen Fahrt zum Stadtzentrum vor sich hin ratterte, spürte ich langsam die verzögerten Auswirkungen des Schocks. Linas große, schwarze Augen und ihre fahrigen Hände verfolgten mich. Das katastrophale Scheitern meiner Expedition quälte mich. Das strahlende Gesicht von Mrs. Rose, das mir jetzt unheimlich vorkam, ging mir nicht aus dem Kopf.

Mrs. Rose... Die Rosen. Meine Gedanken blieben da stecken. Immer und immer wieder drehten sie sich um das sinnlose Verslein.

›Die rote Rose... die weiße Rose... der Krokus... die rote Rose... die weiße Rose... der Krokus...‹

Es war genau Viertel vor drei, als ich das St. Anton erreichte. Bevor ich hineinging, blieb ich draußen vor dem Eingang auf der Geary Street stehen, wo Cecil Grey mich angesprochen hatte, und versuchte, mir einen Plan zurechtzulegen. Wenn meine Frau erfolgreich gewesen war, würde es ihr wohl mittlerweile gelungen sein, den ›Bart‹ in unser Zimmer zu locken. Doch auch für den Fall, daß sie noch nicht zurück war, wagte ich es wegen meiner verdächtigen Zivilkleidung nicht, nach dem Zimmerschlüssel zu fragen. Es war wohl am sichersten, mich die Treppe hinauf in den sechsten Stock zu schleichen und, falls Iris noch nicht da war, im Flur auf sie zu warten.

Abgesehen von ein paar vereinzelten Soldaten und Matrosen, die in den Polstersesseln schliefen, war die Eingangshalle leer. Ich war mir einigermaßen sicher, daß niemand mich sah, als ich rasch hineinging und die Treppe hinaufhuschte. Ich erreichte den sechsten Stock und eilte den verlassenen Gang hinunter zum Zimmer 624. Enttäuscht stellte ich fest, daß in dem Fenster über der Tür kein Licht zu sehen war. Ich versuchte, die Tür zu öffnen. Sie war verschlossen. Ich klopfte. Aber niemand machte auf.

Weder Iris noch Hatch noch Bill waren schon zurückgekommen.

Obgleich ich meinen eigenen Auftrag hoffnungslos versaut hatte, war ich mir relativ sicher gewesen, daß Iris den ihren erfolgreich meistern würde. Jetzt packte mich die nackte Angst um meine Frau. Was, wenn der ›Bart‹ nicht auf unserer Seite, sondern auf der Seite der Rosen stand und es ihm gelungen war, Bill Dagget abzuschütteln und Iris zu entführen? Bei diesem Gedanken verspürte ich einen doppelten Stich – einmal, weil wir damit unseren letzten möglichen Verbündeten verloren hätten, aber vor allem, weil dies bedeutet hätte, daß Iris in Gefahr war.

Ich marschierte im Gang auf und ab, bis ich aus Angst, andere Gäste aufzuwecken, den beschämenden Rückzug in die Herrentoilette gegenüber von Zimmer 624 antrat. Ich hatte dort zwanzig bange Minuten verbracht, als ich draußen Schritte hörte und den ersehnten Klang der Stimme meiner Frau. Sie sprach leise und einschmeichelnd, und seltsamerweise summte sie: »Komm schön, Kätzchen. Hier entlang, Kätzchen. So ist's brav, Kätzchen.«

Als ich aus der Toilette trat, bot sich mir ein Anblick, der einer Opium-Halluzination alle Ehre gemacht hätte. Meine Frau, müde und blaß, öffnete gerade die Tür zu Zimmer 624. Und der ›Bart‹ war bei ihr. Er bewegte sich noch immer mit der Würde eines Richters vom Obersten Gerichtshof, aber unter Mißachtung aller Prinzipien der menschlichen Fortbewegung kroch er auf allen vieren. Während Iris wie ein Verkehrspolizist gestikulierte, bewegte er sich ins Zimmer, wobei zuerst die eine, dann die andere seiner großen Hände patschend nach vorn griff und sein massiger Rumpf gemächlich hinterdrein folgte.

Iris sah mich, und ihr Gesicht entspannte sich: »Peter, Darling, Gott sei Dank, daß du da bist.«

Sie packte meine Hand, zog mich hinter dem ›Bart‹ ins Zimmer und schloß die Tür.

Sie machte das Licht an. Der ›Bart‹ legte den Rückwärtsgang ein und starrte zu mir hoch. Das ernste Gesicht mit dem majestätischen, schwarzen Rauschebart wirkte unglaublich fehl am Platze, wie es da fünfzehn Zentimeter über dem Teppich hin und her pendelte.

Ich schluckte und sagte: »Was soll das?«

Iris zuckte müde die Achseln. »Seit wir aus dem Fahrstuhl gekommen sind, ist er in diesem Zustand. Er denkt, er wäre ein Kätzchen.«

Kätzchen... die Katze! Mir fiel ein, was Lina gesagt hatte. »Wenigstens hast du ihn. Das ist das wichtigste. Wo seid ihr gewesen?«

»In ganz Chinatown. Von einem Schuppen in den nächsten. Champagner, Champagner, Champagner.« Iris rang die Hände. »Peter, was sollen wir mit ihm machen?«

»Hast du nichts aus ihm rausbekommen?«

»Nichts. Absolut nichts. Es ist hoffnungslos. Ich weiß nicht einmal seinen Namen. Er – er sagt bloß, ich soll ihn Kätzchen nennen.«

»Kätzchen!« sagte der ›Bart‹ gewichtig und unternahm einen mühsamen Versuch, sich auf seine Hinterbacken zu setzen. Es war phantastisch, daß er nicht ein Jota seines würdevoll selbstsicheren Auftretens verloren hatte, obwohl ich nie einen betrunkeneren Menschen gesehen hatte.

»Wo ist Dagget?« fragte ich.

»Oh, der ist uns die ganze Zeit treu und brav gefolgt.« Iris deutete auf den ›Bart‹. »Kätzchen hat nichts gemerkt. Bill ist jetzt in der Halle. Ich denke, er wird unten auf Hatch warten. Dann kommen sie beide rauf.« Ihre Augen nahmen einen anderen Ausdruck an. »Lina ist nicht dabei. Heißt das, daß du sie nicht gefunden hast?«

Es fiel mir schwer, ihr nach allem, was sie durchgemacht hatte, nun auch noch diese schlimme Nachricht mitzuteilen.

»Lina«, sagte ich, »ist tot.«

»Tot!« stöhnte Iris auf. »Heißt das, du hast sie tot vorgefunden wie – wie Eulalia?«

»Sie lebte noch, als ich dort ankam. Sie haben sie direkt vor meiner Nase umgebracht.«

Iris' Gesicht hatte jede Hoffnung verloren. »Und die – die Rosen?«

»Natürlich, die Rosen. Nur daß sie diesmal weiß waren. Weiße Rosen.«

»Peter!«

Der ›Bart‹, der neben uns gehockt hatte, setzte sich plötzlich mit einem Plumps auf den Boden.

»Wir schaffen ihn besser weg aufs Bett«, sagte ich barsch. »Ich hab' was gegen Bärte überall auf dem Teppich.«

Gemeinsam gelang es uns, ihn hochzuhieven und auf die rote Tagesdecke zu stoßen. Es schien ihm zu gefallen. Er lehnte sich mit einem Seufzer in die Kissen zurück und schloß die Augen.

Iris wandte sich mir zu und ergriff meine beiden Hände. »Jetzt erzähl mir alles, Darling. Mach dir keine Sorgen. Ich kann mich nicht noch schlechter fühlen, als ich es ohnehin schon tue.«

Ich erzählte ihr die ganze traurige Geschichte von der Wawona Avenue, und ich ließ nichts aus, auch nicht das Bild von Mrs. Rose. Meine Frau hörte konzentriert zu. Als ich fertig war, sagte sie: »Dann gibt es also zwei Mörder.«

»Mindestens zwei. Wahrscheinlich ein Dutzend oder noch mehr.«

Sie nahm mich in die Arme.

»Du darfst dir keine Vorwürfe machen, Peter. Du hast getan, was du konntest.«

»Prima hab' ich das gemacht«, sagte ich finster. »Lina ist tot. Ich bin der Polizei gegenüber in einer noch schlimmeren Lage. Und das ist noch nicht alles. Es sind noch andere Leute in Gefahr, nicht bloß Eulalia und Lina.«

Wir starrten beide den ›Bart‹ an.

»Er ist jetzt unsere einzige Hoffnung«, sagte Iris.

Seine schweren Lider waren noch immer gesenkt. Er lag genüßlich auf der roten Tagesdecke, die Arme schlaff neben sich, den Mund halb geöffnet.

»Zum Teufel mit den Samthandschuhen«, sagte Iris unvermittelt.

Sie beugte sich vor, packte ihn an den Schultern und fing an, ihn mit einer Wut zu schütteln, die sich die ganze Zeit über aufgebaut haben mußte, seit sie gemeinsam den ›Grünen Kimono‹ verlassen hatten.

Er riß die Augen auf.

»Sie müssen zuhören.« Iris schüttelte ihn noch immer wie wild. »Lina ist tot. Eulalia ist tot. Die rote Rose und die weiße Rose. Jemand hat Eulalia Crawford und Lina Oliver Wendell Holmes Brown ermordet.«

Der ›Bart‹ blickte intelligent drein. Seine Augen klärten sich. Sein Schnurrbart nahm den ganzen Ernst der Welt auf sich. Er öffnete den Mund.

Iris ließ die Hände von seinen Schultern gleiten. Wir beugten uns gespannt über ihn.

»Ja, ja«, keuchte Iris. »Sagen Sie's nur.«

Er schob sein Gesicht noch näher an uns heran. Sein Mund öffnete sich noch weiter.

»Miau«, sagte er.

Dann kicherte er – ein mädchenhaftes Kichern.

Iris stampfte mit dem Fuß auf. »Sie müssen uns helfen. Eulalia und Lina sind ermordet worden.«

»Eulalia«, wiederholte der ›Bart‹. »Lina.«

»Reden Sie weiter. Eulalia. Lina.«

»Eulalia, Lina – Zelide, Edwina«, sagte er. »Eulalia, Lina – Zelide und Edwina.«

»Ja, ja«, rief Iris. »Weiter. Sind Zelide und Edwina auch in Gefahr?«

»Eulalia, Lina – Zelide, Edwina.«

Iris warf mir einen triumphierenden Blick zu. »Wer ist Zelide, Kätzchen?« sagte sie. »Wer – ist – Zelide?«

Der ›Bart‹ stierte vor sich hin. »Zelide? Ein Vogel.«

»Ein Vogel«, stöhnte Iris. »Dann eben Edwina. Wer ist Edwina?«

»'n Elefant«, sagte der ›Bart‹ prompt.

Er schloß erneut die Augen. Er seufzte. Er gähnte wohlig. Er streckte beide Arme aus, rollte sich dann mit einem zufriedenen Grunzen auf die Seite, zog die Beine an und begann zu schnarchen.

Ich packte ihn an den Schultern und fing an, ihn wieder zu schütteln.

»Kätzchen«, sagte ich. »Kätzchen. Mr. Kätzchen. Katze. Mr. Cat.«

Es war, als ob man versuchte, einem Sack Mehl Verstand einzuflößen. Das Schnarchen vom Bett schwoll zu einem unerschütterlichen Crescendo an. Das Schlafvermögen des ›Bartes‹ schien ebenso gewaltig zu sein wie sein Fassungsvermögen für Champagner.

Das betrunkene Orakel hatte offensichtlich bis auf weiteres sein letztes Wort gesprochen.

»Zelide und Edwina«, wiederholte Iris.

»Ein Vogel und ein Elefant«, knurrte ich.

»Zelide und Edwina müssen in Gefahr sein, Peter. Jedesmal wenn er etwas sagt, stellt es sich als wahr heraus.«

»Zelide und Edwina sind mir schnuppe.« Mir war mittlerweile alles egal. Es war mir einfach egal. Das Geheimnis schien ja seiner Lösung kein bißchen näherzurücken. Die rote Rose, die weiße Rose, der Krokus, die Katze, der Vogel, der Elefant. Es war nur eine Folge von Türen, wobei die eine Tür zur nächsten führte, die wiederum zu weiteren Türen wies, die allesamt in einer endlosen Kette ins Irrenhaus führten. »Verdammt sollen sie sein, der Vogel und der Elefant und die Rose und der Krokus. Sollen sie sich doch alle gegenseitig umbringen. Soll mich doch ein brüllender Mob als Massenmörder am nächstbesten Laternenpfahl aufknüpfen. Ich habe genug.«

Iris sagte in einer Stimme, die ermutigend klingen sollte: »Darling, wir können jetzt nicht aufgeben. Wir können nicht.«

»Ich kann«, sagte ich. Plötzlich dachte ich wieder an all die Dinge, die ich mir für diesen Abend gewünscht hatte. All die erregenden, intimen, friedlichen Dinge, die einem Mann auf Urlaub mit seiner Frau zustehen.

Mein Zorn, der so lange in mir gebrodelt hatte, kochte über, als ich den ›Bart‹ betrachtete, der auf dem Bett vor sich hin schnarchte – auf *unserem* Bett. Das war der Gipfel.

»Und vor allem«, sagte ich, »soll dieser fiese, bärtige Alte verdammt sein.«

Ich packte den schlafenden ›Bart‹ bei den Schultern und zerrte ihn vom Bett. Ich blickte mich um und torkelte dann, ihn halb tragend, halb hinter mir herschleifend, ins Badezimmer. Ich hob ihn hoch und kippte ihn in die Wanne.

Er kam auf den Rücken zu liegen und verschränkte mit einer langsamen, schlaftrunkenen Bewegung seine dicken Arme über dem Bauch. Er sah aus wie eine auf einer Marmorplatte aufgebahrte Leiche.

Aber die Badewanne schien ihm zu gefallen. Das Schnarchen setzte in seiner sinfonischen Rhapsodie fort. Irgendein lüsterner Traum verzog den Bart zu einem schamlosen Grinsen.

Ich knallte die Badezimmertür zu. Das half ein wenig, das Schnarchen zu dämpfen. Iris hängte gerade müde ihren Silberfuchspelz über eine Sessellehne. Die Gardenie an ihrem Hals war an den Rändern braun geworden. Sie zog sie ab und warf sie in den Mülleimer.

»Peter«, sagte sie, »wenn du dir je einen Bart wachsen läßt, bringe ich dich um.«

Ich ging zu ihr und nahm sie in die Arme. Sie sah mich aus dunklen, bekümmerten Augen an.

»Was sollen wir nur tun?« flüsterte sie. »Peter, was sollen wir jetzt nur tun?«

Ich küßte sie. Zu sehen, daß sie kurz vor dem Zusammenbruch war, machte mich wieder hart und aggressiv. Ich war hoffnungslos in zwei Mordfälle verstrickt. Okay. Doch ich hatte immer noch genug Kraft, um mich zu wehren.

»Wir kommen da schon irgendwie raus, Schatz«, sagte

ich. »Du glaubst doch nicht ernsthaft, daß uns ein paar Blumen und Tiere fertigmachen können?«

So kümmerlich diese Kampfansage ans Schicksal auch war, sie schien ihr zu genügen. Sie lächelte.

»Ja«, sagte sie. Ein verträumter Blick kam in ihre Augen. Leise sang sie: »Wenn der Regen auch rauscht und der Sturmwind auch weht, den Halunken, ha, es doch an den Kragen geht!«

Ich starrte sie an. »Hast du deinen Verstand verloren?«

Sie schüttelte den Kopf. »Darling, das habe ich als Kind in einem Buch gelesen. Es hat mich damals fasziniert. Eulalia und ich haben es den ganzen Sommer über im Heuschober von Großvaters Farm aufgesagt.« Sie verzog das Gesicht. »Die arme Eulalia, die Halunken, ha, die haben sie doch gekriegt, nicht wahr?«

Es klopfte an der Tür, und ich hörte Hatchs Stimme mit einem heiseren: »He, Leutnant.«

Ich ging zur Tür und öffnete. Hatch kam herein, gefolgt von der stillen, geduldigen, wuchtigen Gestalt Bill Daggets. Trotz des schlechten Berichtes, den ich erstatten mußte, war es eine große Erleichterung, den Boss zu sehen. Hatch seinerseits sah beinahe glücklich aus.

»Tja«, sagte er, »ich hab' mich im Polizeipräsidium umgehört. Bis jetzt ist denen dort noch kein Sterbenswörtchen über Eulalia zu Ohren gekommen. Das heißt, daß wir zumindest bis morgen sicher sind.« Er wandte sich an Iris. »Bill hat mir erzählt, daß Sie den ›Bart‹ haben. Gute Arbeit, Lady.« Er sah sich im Zimmer um. »Wo ist er?«

Iris deutete Richtung Badezimmer. »Hören Sie hin«, sagte sie. »Er schläft in der Wanne seinen Rausch aus.«

»Haben Sie noch was aus ihm rausgekriegt?«

Meine Frau schüttelte den Kopf. »Nichts, bis gerade vorhin. Da hat er noch zwei Namen erwähnt. Zelide, Edwina. Hatch, ich glaube, die sind auch in Gefahr.«

»Noch zwei, hä?« Hatch machte ein ernstes Gesicht. Er wandte sich rasch zu mir. »Wo ist Lina? Konnte sie nicht kommen?«

»Nein«, sagte ich. »Ich konnte keinen passenden Leichenwagen finden.«

Inzwischen war ich daran gewöhnt, die Geschichte von Lina Oliver Wendell Holmes Brown zu erzählen. Ich spulte für Hatch alles noch einmal ab. Sowohl er als auch Bill Dagget lauschten mit ungläubig staunendem Gesichtsausdruck.

Als ich fertig war, setzte sich Hatch auf den Rand des Bettes und schob seinen Hut auf den Hinterkopf.

»Donnerwetter«, sagte er. »Donnerwetter, jetzt stecken Sie aber wirklich in der Klemme.«

»Keine Bange«, sagte ich. »Inzwischen bin ich ziemlich abgehärtet. Wenn die mich auf den elektrischen Stuhl setzen, wird mir noch nicht mal warm werden.«

Iris betrachtete Hatch mit großer Aufmerksamkeit, als ob sie großes Vertrauen in seine Fähigkeit hatte, mit hoffnungslosen Situationen fertig zu werden. »Hatch, was meinen Sie, ob Mrs. Rose in diese ganze Geschichte verwickelt ist?«

Hatch saß einen Moment lang stumm da. Dann warf er verwirrt die Arme in die Luft. »Da bin ich überfragt, Lady.«

»Und Zelide und Edwina? Wie sollen wir herausfinden, wer sie sind? Wie sollen wir sie denn retten?«

»Da bin ich auch überfragt.« Hatch beugte sich vor und stützte das Kinn auf seine Fäuste. »Seien wir mal ehrlich«, sagte er. »Ich bin ein Versager. Ich habe versucht, Ihnen zu helfen. Ich habe mein Bestes getan. Ich hab' gedacht, daß das, was wir getan haben, das Richtige war. Aber jetzt...« Er zuckte die Achseln. »Noch zwei Damen in Gefahr. Lina tot. Der ›Bart‹ nicht ansprechbar. Unser Leutnant mit einem weiteren Mord belastet. Lady, ich glaube, ich sollte lieber wieder kleinere Sachen machen. Ich glaube, einem Mordfall bin ich einfach nicht gewachsen.«

Er sah so verzweifelt aus, daß Iris zu ihm ging und ihre Hand auf seinen Arm legte. »Machen Sie sich keine Vorwürfe, Hatch. Sie haben getan, was Sie konnten.«

»Tja, und man kann nicht gerade sagen, daß wir damit weit gekommen sind.«

Es schien, daß selbst Napoleons dieser Welt Augenblicke haben, in denen sie von Selbstzweifeln gequält werden. Bei Hatch war dieser Moment jedoch nur von kurzer Dauer. Als er vom Bett aufstand, drückte sein Mund grimmige Entschlossenheit aus. Er nahm seine bevorzugte Footballtrainer-Positur ein, Beine gespreizt, Hände am Revers.

»Hört mal«, sagte er, »wir stecken also in der Klemme. Sehen wir der Sache deshalb ins Auge. Es kann sein, daß diese Zelide, diese Edwina in Gefahr sind, es kann aber auch sein, daß sich der alte Säufer die beiden nur ausgedacht hat. Wie auch immer, im Hinblick auf sie können wir nichts unternehmen. Okay. Denken wir nicht mehr daran. Konzentrieren wir uns auf unser eigenes Problem. Wir haben den ›Bart‹. In ein paar Stunden, wenn er seinen

Champagner ausgeschlafen hat, ist er nüchtern genug, um reden zu können. Wir sind zu viert, ich und Bill und Sie und der Leutnant. Okay. Wir halten zusammen. Wir treten füreinander ein. Wir bringen den ›Bart‹ ins Präsidium. Wir erzählen alles. Wir haben noch immer eine ziemlich gute Chance, den Leutnant aus dem dicksten Schlamassel rauszuholen.« Er sah sich um. »Was haltet ihr davon?«

Wie weit ich dadurch wirklich aus dem dicksten Schlamassel herauskommen würde, konnte ich nicht sagen. Aber wir konnten nichts anderes tun. Nachdem wir unser oberstes Ziel verfehlt hatten, würden wir uns mit einem weniger ehrgeizigen Plan begnügen müssen. Und was Zelide und Edwina betraf – da ich unfähig zu sein schien, Damen in Not zu retten, konnte ich wenigstens meine Gewohnheit aufgeben, mich in ihrer Nähe herumzudrücken und zuzusehen, wie sie erdolcht wurden.

»Okay«, sagte ich. »Ich glaube, das wird das beste sein.«

Hatch warf einen Blick auf seine Uhr. »Viertel nach vier«, murmelte er. »Mit ein bißchen Glück entdeckt man die Leichen nicht vor neun Uhr, und der ›Bart‹ braucht ein paar Stunden, um seinen Rausch auszuschlafen. Okay. Bill und ich haben eine Notabsteige gleich um die Ecke. Wir brauchen alle ein bißchen Ruhe. Ihr zwei macht jetzt, daß ihr ins Bett kommt und euch eine Mütze Schlaf nehmt. Bill und ich sind um acht wieder hier. Dann wecken wir den ›Bart‹ auf. Und dann gehen wir zur Polente.

»Schön«, sagte ich.

Hatch tätschelte meinen Arm. Er schenkte mir ein widerwillig anerkennendes Lächeln. »Zumindest sind Sie hart im Nehmen, Leutnant«, sagte er.

Er nickte Iris finster zu und ging hinaus auf den Flur. Bill Dagget folgte ihm.

Ich schloß hinter ihnen die Tür und kehrte zu Iris zurück. Noch immer drang das Schnarchen aus dem Badezimmer.

»Zumindest eines muß man diesem Geburtstag zugute halten«, bemerkte ich. »Wir werden ihn nie vergessen.«

»Und auch sonst niemand«, seufzte Iris. »Noch Jahrhunderte später werden sich die Menschen davon erzählen.«

Ich war so müde, daß selbst die bescheidene Aussicht auf vier Stunden Schlaf unermeßlich schön war. Iris gähnte und fing an, aus ihrem schwarzen Abendkleid zu schlüpfen. Ich schälte mich aus dem Jackett meines unglückseligen Anzugs und warf es auf den Boden. Ich stieg aus der Hose und verfluchte dabei im stillen die rote Rose und die weiße Rose und den Krokus, weil sie sich ausgerechnet meine Uniform für ihre Morde ausgesucht hatten. Ich warf auch die Hose auf den Boden. Danach, weil die Marine mich so erzogen hatte, hob ich den Anzug auf und trug ihn zum Schrank.

Ich zog die Tür auf. Ich hob den Arm, um nach einem Bügel zu greifen. Ich blinzelte. Ich blinzelte noch einmal. Und dann schien die ganze Welt um mich herum einzustürzen.

Meine Ausgehuniform hing da, wo ich sie hingetan hatte, als ich mir die Zivilkleidung anzog. Aber sie hing nicht allein da. Daneben baumelte eine weitere Marineleutnantsuniform ordentlich von der Querstange.

Mit zittriger Hand, als ob ich zuviel Cognac getrunken

hätte, zog ich diese zweite Uniform aus dem Schrank heraus. Ich griff hastig nach der Hose und untersuchte das linke Hosenbein.

Ungefähr fünfzehn Zentimeter vom unteren Rand entfernt, sah ich den altbekannten, dreieckigen Riß.

Es war verrückt. Es war völlig ausgeschlossen. Aber hier war sie.

Wie ein äußerst unwillkommener verlorener Sohn hatte meine gestohlene Uniform ihren Weg nach Hause gefunden.

10

Iris sah mich mit der Uniform in der Hand dastehen. Sie kam zu mir, warf einen Blick in den Schrank und bemerkte die andere Uniform, die darin hing.

»Das kann nicht sein«, rief sie.

»Doch, das ist sie«, sagte ich. »Ein Soldat kennt seine eigene Uniform.«

»Aber das ist einfach nicht möglich.«

Ich hielt die Hose hoch, um ihr den Riß zu zeigen. Mich beschlich eine Ahnung, und ich untersuchte den rechten Jackenärmel. Ein dunkler Fleck, noch nicht ganz trocken, verunzierte die Manschette. Damit war der Fall klar.

»Da ist sogar Blut auf dem Ärmel«, sagte ich.

Iris stierte auf den Fleck. Sie hatte noch immer Schwierigkeiten zu sprechen. Ich konnte sie verstehen. »Aber Peter, du hast doch gesehen, daß Linas Mörder sie getragen hat.«

»Er hatte ein Auto. Er hatte jede Menge Zeit, nach Hause zu fahren, wo immer das ist, sich umzuziehen und die Uniform hierherzubringen, bevor ich mit der Bahn hier ankam.«

»Aber – aber wie ist er reingekommen?«

Auch das hatte ich mir überlegt. »In der Tasche steckte ein Zimmerschlüssel. Den hatte ich vergessen. Ursprünglich hatten wir zwei Schlüssel. Einen habe ich mit ins türkische Bad genommen, wo ich ihn nicht mit meinen anderen Wertsachen zusammen abgegeben habe. Er war in der Uniform, als der lispelnde Mann sie gestohlen hat.«

Ich fing an, die Uniformtaschen zu durchsuchen. Der Schlüssel war nicht da.

Iris sagte: »Dann haben sie einen Schlüssel zu unserem Zimmer. Sie können jederzeit reinkommen.«

Ich ging hinüber zur Tür. Sie hatte einen Türknopf mit Sicherheitsschloß. Ich ließ es einschnappen. Zumindest konnte ich so verhindern, daß wir im Schlaf ermordet wurden.

Ich betrachtete meine Frau unauffällig. Die Rosen und Krokusse begnügten sich nicht damit, mir ihre Morde anzuhängen. Sie waren so unverfroren, daß sie sogar in unserem Zimmer ein und aus gingen, als ob wir ihnen mit Leib und Seele gehörten. Jeder unserer Schritte schien von diesen unheimlichen Mördern überwacht zu werden. Sie konnten uns nach Belieben wie Puppen tanzen lassen – wie jene großen, schlaffen Puppen, die Eulalia so kunstvoll entworfen und gestaltet hatte.

Ich sagte: »Ist dir klar, was das für uns bedeutet? Unsere Geschichte war schon unglaubwürdig genug. Jetzt müssen wir der Polizei zwei unbekannte Mörder verkaufen, die beide meine Uniform getragen und sie dann, nach vollendeter Tat, seelenruhig wieder in unseren Schrank gehängt haben.« Ich stöhnte auf. »Kannst du dir vorstellen, daß man uns das abnimmt?«

»Nein«, sagte Iris.

Ich war zu müde, um mich großartig aufzuregen. Die Sache stand so schlecht, daß sie ruhig noch schlechter kommen konnte. Ich hängte die blutbefleckte Uniform in den Schrank zurück. Ich gähnte. Iris kletterte ins Bett. Ich folgte ihr.

Das letzte, was ich sah, bevor ich das Licht ausmachte, waren die Hintern der Putten. Sie sahen nicht mehr aufreizend aus. Das letzte, was ich hörte, bevor ich erschöpft in einen tiefen Schlaf versank, war das aus dem Badezimmer dringende klangvolle Schnarchen des ›Bartes‹.

Soviel zu unserem ehelichen Wiedersehen.

Ich wurde schließlich von einem Klopfen an der Tür geweckt. Ich setzte mich im Bett auf. Draußen war es hell. Iris bewegte sich, öffnete die Augen und setzte sich dann ebenfalls auf. Das Klopfen ertönte erneut, und gleichzeitig war Hatchs Stimme zu hören, die leise rief: »Leutnant Duluth.«

Ich sah auf meine Armbanduhr. Sie zeigte acht Uhr an. Plötzlich fiel mir alles wieder ein. Iris ging es ebenso. Sie griff vom Bett aus nach ihrem Bademantel und warf ihn sich über die Schultern. Ich stieg aus dem Bett, tappte zur Tür und ließ Hatch herein.

»Morgen, Leutnant.«

Hatch trug denselben blaukarierten Anzug, dasselbe

rot-weiße Hemd. Er sah aus, als ob er nicht viel Schlaf gefunden hätte.

»Bill wartet unten«, sagte er. Er lächelte mich trübselig an. »Zumindest sind wir bis jetzt noch sicher. Ich habe die Zeitungen durchgesehen. Noch keine Meldung über die Morde.«

Iris blickte unglücklich drein, während sie sich ihren Bademantel anzog und ich Hatch von der Rückkehr meiner Uniform erzählte und sie ihm zeigte. Er pfiff leise und schob sich den Hut nach hinten.

»Donnerwetter«, sagte er. Und dann, tröstend: »Nehmen Sie's nicht zu schwer, Leutnant. Wir haben ja den ›Bart‹ im Badezimmer. Wenn er die ganze Geschichte erzählt, haben Sie von der Polizei nichts zu befürchten.«

Ich hoffte bloß, daß er recht hatte.

Iris war vom Bett aufgestanden und dabei, ein Paar weiße, flauschige Pantoffeln anzuziehen.

Hatch sagte: »Der alte Bock müßte seinen Rausch inzwischen ausgeschlafen haben. Gehen wir ihn wecken.«

Wir marschierten alle drei zum Badezimmer. Ich öffnete die Tür. Wir traten ein. Wir starrten alle nach unten in die Wanne.

Es war eine ganz ordentliche Wanne. Aber eben nur eine Wanne.

Niemand war drin.

Ich war vom Schicksal schon so arg gebeutelt worden, daß ich damit eigentlich hätte fertig werden müssen. Doch ich wurde es nicht, und Iris ebensowenig.

Wir heulten beide gleichzeitig auf und schrien: »Der ›Bart‹ ist weg!«

Hatch war sprachlos. Er sah sich im leeren Badezimmer um, wandte sich dann zurück ins Wohnzimmer und fing verzweifelt an, unter dem Bett und im Schrank nachzusehen.

»Die hatten einen Schlüssel«, sagte er schließlich. »Während ihr geschlafen habt, müssen die reingekommen sein, um ihn zu entführen.«

»Ich habe das Sicherheitsschloß an der Tür einschnappen lassen«, sagte ich. »Von draußen hätte keiner reinkommen können.« Dann fiel es mir wieder ein. Als ich Hatch ein paar Augenblicke zuvor hereinließ, war die Tür aufgegangen, ohne daß ich das Sicherheitsschloß entriegeln mußte. Ich sagte: »Er muß aus eigener Kraft entwischt sein. Er ist aufgewacht, hat sich in unserem Badezimmer nicht wohl gefühlt und ist hinausspaziert.«

Hatch ging auf mich los. Ich hatte ihn noch nie zornig gesehen. Jetzt war er richtig wütend. »Wollen Sie damit sagen, daß Sie noch nicht mal so schlau waren, ihn einzuschließen?«

Ich stammelte: »Daran – daran haben wir nicht gedacht. Er war völlig weggetreten. Ich hätte niemals geglaubt, daß er in den nächsten Stunden nüchtern würde.«

»Und als er weggetreten war, haben Sie seine Taschen nicht durchsucht, um zum Beispiel seine Adresse rauszufinden?«

Noch kleinlauter sagte ich: »Daran haben wir nicht gedacht.«

»So, daran habt ihr nicht gedacht«, knurrte Hatch. »Und wo stehen Sie jetzt? Sie stehen noch viel schlechter da, als wenn Sie gleich die Polente gerufen hätten, nachdem Sie Eulalia fanden. Man hat Ihnen den Mord an Eulalia angehängt. Man hat Ihnen den Mord an Lina angehängt. Sie stecken so tief drin, daß noch nicht mal mehr Ihre Ohren rausgucken. Und all diese Risiken haben Sie in Kauf genommen, um den ›Bart‹ zu kriegen. Sie haben ihn gekriegt. Sie haben ihn laufenlassen.« Er zuckte niedergeschlagen die Achseln. »Wenn Sie jetzt zur Polente gehen, können Sie sich gleich einen Strick nehmen. Mein erster Mordfall«, stöhnte er. »Und da muß ich mir solche Klienten wie euch aussuchen.«

Der Versuch, uns zu rechtfertigen, war sinnlos. Er hatte recht.

Ich sagte: »Okay. Jetzt gibt es nur eins. Wir müssen den ›Bart‹ wiederfinden.«

»Ja, ja«, sagte Iris. »Er kann noch nicht lange weg sein. Vielleicht haben ihn ein paar Leute in der Eingangshalle gesehen. Komm, Peter. Schnell. Wir müssen uns anziehen.«

Sie wollte ihren Bademantel ausziehen. Hatch hielt sie am Arm fest.

»He, ganz ruhig, Lady.« Mit sehr grimmigem Gesichtsausdruck starrte er zunächst Iris und dann mich an. »Wir müssen den ›Bart‹ wiederfinden, jawohl. Das ist so offensichtlich, daß Sie es gar nicht mehr erwähnen müssen. Die beiden Leichen können jetzt jedoch jeden Augenblick entdeckt werden. Es kann jeden Augenblick soweit sein, daß die ganze Stadt nach euch beiden abgesucht wird. Ihr könnt nicht am hellichten Tag herumlaufen und nach dem ›Bart‹ suchen. Wir müssen ihn kriegen, stimmt. Aber das werden Bill und ich übernehmen.«

»Aber ...« sagte ich.

»Kein ›Aber‹. Ihr könnt auch nicht hierbleiben. Ihr seid als ›Leutnant Duluth mit Gattin‹ registriert. Sobald die Sache bekannt wird, benachrichtigt die Hotelleitung die Polizei. Ihr seid hier ungefähr so sicher wie im städtischen Gefängnis. Ich sage euch, was ihr tun müßt.« Er zog einen Schlüssel aus der Tasche. »Ich und Dagget haben eine Wohnung an der Fillmore Street.« Er nannte die Adresse und warf mir den Schlüssel zu.»Ihr zieht euch sofort an, zahlt eure Rechnung und seht zu, daß ihr in diese Wohnung kommt. Bleibt dort. Geht nicht auf die Straße. Macht überhaupt nichts. Bleibt dort, bis wir euch holen kommen.«

»Aber ...« setzte ich an, doch Iris unterbrach mich erneut.

»Ja, er hat recht, Peter.«

Hatch brummte. »Und das Ganze möglichst flott. Wenn wir vom ›Bart‹ eine Spur finden, werden wir uns melden. Und keine ausgefallenen Sachen nach Ihrem Geschmack, Leutnant. Bleiben Sie in der Wohnung, und spielen Sie um Himmels willen nicht den Oberschlauen. Sie haben schon genug Unheil angerichtet.«

Ich grinste matt.

Hatch ging zur Tür. »Ich und Bill müssen uns sofort an die Arbeit machen.« Ich war in seiner Meinung so tief gesunken, daß er sich mit folgenden Worten an Iris wandte: »Lady, Sie sind doch ganz vernünftig. Sie verstehen das, nicht wahr? Passen Sie auf, daß der Leutnant nicht wieder alles vermasselt.«

Iris antwortete: »Wir werden in Ihre Wohnung gehen, Hatch, und dort bleiben.«

»Okay.«

Hatch eilte aus dem Zimmer und knallte die Tür hinter sich zu.

Mit bedrücktem Schweigen zogen Iris und ich uns an und packten unsere Sachen. Ich zog meine neue Uniform an und packte die alte, blutbesudelte ein. Ich stopfte auch den braunen Anzug in den Seesack. Zumindest war das etwas, das man der Polizei zeigen konnte. Wenige Augenblicke später verließen wir das Zimmer, das uns die ungewöhnliche Mrs. Rose freundlicherweise überlassen und das uns nur Unheil gebracht hatte.

Es ist schon ein eigenartiges Gefühl zu wissen, daß die Polizei jeden Augenblick Jagd auf einen machen kann, aber nicht zu wissen, wann dieser Augenblick eintreten wird. Unsere Mitfahrer im Aufzug waren für mich allesamt potentielle Zivilpolizisten. Selbst die beiläufigsten Blicke, die uns durch die Halle folgten, weckten einen beklommenen Argwohn in mir. Ich rechnete mit dem Schlimmsten, als wir beim Kassierer unsere Rechnung bezahlten. Ich bekam jedoch nur ein mechanisches Lächeln und ein mechanisches: »Hoffentlich hatten Sie einen angenehmen Aufenthalt, Leutnant.«

Ich schluckte leer und ging zu Iris. Keine Spur von Hatch oder Bill in der Halle. Sie waren wohl schon draußen, auf ihrer verzweifelten Jagd nach dem ›Bart‹. Es würde nicht leicht sein, einen unbekannten schwarzen Bart in San Francisco aufzuspüren. Ich versuchte, nicht darüber nachzudenken, was passieren würde, wenn sie scheiterten.

Flucht hin, Flucht her, Iris und ich mußten etwas essen.

Wir entschieden uns für ein überfülltes Selbstbedienungsrestaurant, wo wir ein unauffälliges Frühstück, bestehend aus Eiern und Kaffee, zu uns nahmen. Überall auf den uns umgebenden Hockern und in den Eßnischen lasen Menschen die Zeitung. In meinem ganzen Leben hatte ich nie so auf die Zeitungen anderer Leute geachtet. Trotz Hatchs Versicherung, daß sie noch keine Nachricht über die Morde enthielten, erwartete ich bei jedem Schluck Kaffee, daß dies mein letzter in Freiheit sein würde.

Doch es geschah nichts während des Frühstücks. Und es geschah nichts auf dem Weg zur wenig einladenden Fillmore Street. Unbehelligt erreichten wir die triste Zweizimmerwohnung, in der Hatch und Bill ihr bescheidenes Junggesellendasein fristeten.

Ich schloß die Tür von innen ab. Ich folgte Iris ins Wohnzimmer, das genauso düster war wie Hatchs Gesicht. Es gab ein Telefon auf einem wackligen Tisch, eine braune Schlafcouch, einen Schaukelstuhl und etliche Illustrierten mit dem Titel *Wahre Geständnisse*. Iris sank auf die Schlafcouch. Ich nahm den Schaukelstuhl. Sie saß da. Ich schaukelte. Wir warteten.

In einer Krisensituation ist es besonders schwierig, nichts zu tun, und für Iris und mich gab es nichts zu tun. Es gab nicht einmal etwas, worüber wir hätten reden können. Die Situation war ganz klar. Entweder würden Hatch und Bill den ›Bart‹ finden oder nicht. Es war Zeitverschwendung und psychische Quälerei, Spekulationen über das Geheimnis anzustellen, das unserem Dilemma zugrunde lag. Selbst jetzt, nach einer der hektischsten Nächte, die man sich vorstellen kann, wußten wir absolut nichts über diese mörderische Gruppe, die mich zu ihrem Sündenbock erkoren hatte.

Die rote Rose... die weiße Rose... der Krokus... der Elefant... der Vogel... die Katze. Das war alles, was wir wußten. Abgesehen davon, daß wir uns das Verslein hätten vorsingen können, gab es nichts zu sagen.

Einmal, nachdem sie sich durch zwei alte Ausgaben von *Wahre Geständnisse* durchgeackert hatte, sagte meine Frau zaghaft: »Peter, wenn sie den ›Bart‹ nicht finden, könnten wir immer noch Zelide oder Edwina aufspüren.«

Mein Brummen war mehr als genug, um ihren Optimismus im Keim zu ersticken. Sie tauchte wieder in die *Wahren Geständnisse* ein.

Es war ungefähr elf Uhr, als Hatch anrief. Seine Stimme klang hämisch überrascht, als er erfuhr, daß wir es fertiggebracht hatten, die Wohnung ohne Zwischenfall zu erreichen. Seine eigenen Neuigkeiten waren jedoch wenig ermutigend. Es war ihnen gelungen, die Spur eines Mannes, auf den die Beschreibung des ›Bartes‹ paßte, vom Hotel zur Anlegestelle der Fähre zu verfolgen. Dort hatten sie jemand gefunden, der gesehen hatte, wie eben dieser Mann die Fähre nach Oakland bestieg. Hatch war alles andere als sicher, ob sie auf der richtigen Spur waren, doch sie hatten vor, die nächste Fähre nach Oakland zu nehmen. Nachdem er mir eingeschärft hatte, in Deckung zu bleiben und nicht ungeduldig zu werden, legte er auf.

In einem einsamen Bücherregal, das an der Wand hing, entdeckte ich einen alten Atlas. Dem Atlas konnte ich entnehmen, daß San Francisco 634.536 Einwohner hatte, während es Oakland lediglich auf 302.163 brachte.

Ich versuchte, aus dieser Statistik soviel Trost wie möglich zu schöpfen.

Um ein Uhr war Iris in stumpfe Apathie versunken. Ich hatte mich schwindelig geschaukelt und ging jetzt unablässig rauchend im Zimmer auf und ab.

Schließlich sagte ich: »Schatz, inzwischen muß eine neue Zeitungsausgabe erschienen sein. Ganz gleich, was Hatch sagt, ich gehe jetzt los und kauf' eine.«

Meine Frau setzte sich auf der Couch auf. »Nein, Darling. Du wirst derjenige sein, der im Rampenlicht steht. Es ist viel vernünftiger, wenn ich gehe.«

Sie lehnte jede Diskussion ab und spazierte hinaus, um kurz darauf mit einem *Chronicle* zurückzukehren.

»Und?« sagte ich.

»Ich habe noch nicht reingesehen, Darling. Ich kam mir irgendwie zu verdächtig vor. Da.«

Sie breitete die Zeitung auf der Schlafcouch aus. Wir setzten uns und starrten auf die Titelseite. Es wurde über alle möglichen Dinge von katastrophaler Bedeutung für die gesamte Menschheit berichtet, doch wir würdigten sie keines Blickes. Es gab nichts über Morde. Mit nachlassender Spannung blätterten wir weiter und immer weiter bis zu den Comics. Dick Tracy steckte in einem schrecklichen Schlamassel.

Es war tröstlich, daran erinnert zu werden, daß auch andere Leute Probleme hatten.

Ich stand von der Couch auf und ging wieder auf und ab. Iris blieb matt sitzen und brütete über der Zeitung. Sie holte eine Zigarette aus ihrer Handtasche und zündete sie an.

»Edwina«, murmelte sie, halb zu sich selbst. »Edwina, der Elefant. Der Elefant!« Aufgeregt wiederholte sie das Wort. Sie wandte sich hastig wieder der Zeitung zu und fing an, sie durchzublättern. »Peter, ich glaube, ich hab's.«

»Hast was?«

Ich ging zu ihr hinüber.

»Ich habe vorhin diese Anzeige gesehen, als wir die Zeitung durchgegangen sind. Ich hab' mir zuerst nichts dabei gedacht.« Sie hatte die bewußte Seite gefunden und zeigte triumphierend darauf.

»Da, siehst du? Edwina, der Elefant hat mich drauf gebracht.«

Ich sah hin. Auf einer großen Werbeanzeige waren drei paradierende Elefanten abgebildet.

»Verstehst du, Peter? Eulalias Brief an Lina – wir haben ihn falsch gelesen. Eulalias Schrift war so zittrig. Wir dachten, sie hätte geschrieben: ›Der *Krokus* kommt.‹ Hat sie aber nicht. Sie muß geschrieben haben: ›Der *Zirkus* kommt.‹«

Über den Elefanten stand in fetten, schwarzen Lettern:

MADDENS ZIRKUS IN DER STADT

HEUTE GALAVORSTELLUNG

IM LAWRENCE STADION

»Die rote Rose und die weiße Rose sind raus, und der Zirkus kommt«, zitierte Iris. »Ich bin sicher, daß es das heißt, Peter. Ich bin sicher, daß der Schlüssel zu allem im Zirkus liegt.«

Ich wurde selber aufgeregt. »Eulalia hatte doch so viele

Zirkuspuppen. Vielleicht ist da die Verbindung. Vielleicht ist Edwina einer der Elefanten im Zirkus. Was ein Zirkuselefant mit unserem Fall zu tun hat, kann ich mir zwar nicht vorstellen, doch …«

»Sieh mal, Peter.« Iris' Finger zeigte auf eine Spalte neben der Anzeige, die die Hauptattraktionen der Vorstellung aufführte. Zuoberst in dieser Spalte stand *Edwina, der älteste Elefant in Gefangenschaft*.

Und das war noch nicht alles. Meine Augen glitten die Spalte hinunter und verweilten bei einer weiteren Attraktion an ihrem Ende. Endlich hatten wir einmal Glück.

Unter »Merlino, der Zauberer« stand die Ankündigung *Madame Zelide, die weltberühmte Trapezkünstlerin, mit ihrem wunderbaren Vogelballett.*

»Zelide – der Vogel«, sagte ich.

Iris blickte mit glänzenden Augen von der Zeitung auf. »Jetzt ist es egal, ob Hatch und Bill den ›Bart‹ erwischen oder nicht. Zelide wird uns die Wahrheit sagen können.«

»Falls sie noch lebt«, sagte ich knapp. Es fiel mir schwer, ihren Enthusiasmus zu dämpfen. Doch da Zelide anscheinend auf derselben Mordliste stand wie Eulalia und Lina, waren die Chancen, daß die weltberühmte Trapezkünstlerin noch am Leben war, eher gering.

»Sie muß noch leben.« Iris stand von der Couch auf und rannte zum Telefon. Sie hantierte mit dem Telefonbuch und sprach dann eine Nummer in den Hörer.

»Was tust du?« fragte ich.

»Ich rufe natürlich das Lawrence Stadion an.«

Sie wurde verbunden und sprach mit jemandem. Es war die falsche Nummer für eine Verbindung zu den Artisten.

Man gab ihr eine andere. Sie wählte sie. Nach unzähligen Gesprächen, die sie nicht weiterbrachten, hörte ich sie sagen: »Ja, ja. Sie ist nicht da? Tja, wissen Sie, wo sie wohnt?... Sie... Was?... Ich verstehe... Oh.«

Sie ließ den Hörer auf die Gabel fallen. Mit angespanntem Gesicht wandte sie sich zu mir.

»Und?« fragte ich.

»Zelide ist nicht da. Sie erwarten sie zur Eröffnungsvorstellung heute nachmittag. Doch sie ist noch nicht angekommen.«

»Wußten sie, wo sie wohnt?«

Iris nickte. »Madame Zelide hat ihre Adresse bei der Geschäftsleitung hinterlassen. Sie wohnt im St. Anton.«

»Im St. Anton.«

»Und das ist noch nicht alles. Zelide ist nur ihr Künstlername. Im St. Anton wohnt sie unter ihrem richtigen Namen. Und ihr richtiger Name ist...«

»Wie?«

»Zelides richtiger Name ist Mrs. Zelide Rose.«

11

»Mrs. Rose!« wiederholte ich. »Dann stellt Mrs. Rose also doch keine Bedrohung dar. Sie ist ein weiteres Opfer.«

»Peter, jetzt fügt sich alles zusammen. Mrs. Rose war mit Lina befreundet. Wir wissen das, weil Lina ein Foto von ihr hatte. Und außerdem hat Mrs. Rose gesagt, daß ich sie an jemanden erinnere, den sie von früher her kannte. Sie muß Eulalia gemeint haben. Zwischen all den drei

Frauen bestehen also Verbindungen. Eulalia – Lina – Zelide.«

»Damit wäre auch klar, was der lispelnde Mann bei unserer Ankunft im St. Anton in der Empfangshalle zu suchen hatte. Er wartete auf Zelide.«

»Doch die verließ das Hotel, um Mr. Annapoppaulos zu heiraten, und der lispelnde Mann wurde auf mich aufmerksam, weil er mich für Eulalia hielt. Bestimmt nicht leicht, eine Braut in der Hochzeitsnacht umzubringen. Mit etwas Glück ist Zelide noch am Leben, und falls dies zutrifft, wird sie bestimmt für die Galavorstellung im Zirkus erscheinen.« Iris' Augen strahlten. Ich hätte nie gedacht, daß ich sie je wieder in diesem Zustand erleben würde. »Wir müssen jetzt einfach das Lawrence Stadion erreichen, bevor die Vorstellung beginnt. Zelide wird uns genausogut entlasten können wie der ›Bart‹.«

»Wann fängt die Vorstellung an?«

»Um halb drei. Jetzt ist es halb zwei. Wir müssen uns beeilen.«

Hatch hatte uns mehrmals davor gewarnt, die Wohnung zu verlassen und oberschlau sein zu wollen. Doch jetzt, so dachte ich, war nicht der richtige Zeitpunkt, um sich über seine Befürchtungen Gedanken zu machen. Es ging ja nicht allein darum, daß Zelide uns entlastete. Wenn auf das Verlaß war, was der ›Bart‹ im Vollrausch gesagt hatte, war Mrs. Rose Annapoppaulos ebenso in Gefahr wie zuvor Eulalia und Lina. Ich hatte Zelide mit ihrem stürmischen Lachen und ihrem griechischen Bräutigam gut leiden können. Sie sollte nicht mit einem Messer in der Brust enden – nicht, wenn ich es verhindern konnte.

»Gehen wir«, sagte ich.

Iris hob ihr Silberfuchscape auf. »Vielleicht finden wir den ›Bart‹ ja im Stadion. Gibt's nicht bärtige Männer im Zirkus?«

»Bärtige Damen«, sagte ich. »Vielleicht ist das gerade der Clou. Vielleicht ist der ›Bart‹ eine Frau.«

Iris legte sich den Pelz um die Schultern. »Der ›Bart‹ ist keine Frau, Peter. Das kannst du mir getrost glauben.«

Ich sagte: »Wir sollten Hatch eine Nachricht hinterlassen, damit er weiß, wo wir sind, wenn sie aus Oakland zurückkommen.«

Ich fand ein Stück Papier und einen Stift neben dem Telefon. Ich schrieb, daß Zelide im Zirkus sei und wir dorthin unterwegs, um sie zu suchen.

»Fertig«, sagte ich.

Iris sah mich an. »Wäre es nicht besser, du würdest den Anzug anziehen?«

»Zum Teufel mit dem Anzug. Ich hab' die ständige Maskerade satt. Wenn wir Zelide finden, okay. Wenn nicht, dann möchte ich mit fliegenden Fahnen untergehen.«

»Hatch wird sauer sein.« Iris grinste und küßte mich. »Aber du hast recht«, sagte sie. »Ich fände es auch schöner, wenn du in der Uniform verhaftet würdest. Du würdest dann bei der Gegenüberstellung viel mehr hergeben.«

Sie hakte sich bei mir ein. Wir gingen zur Tür.

»Ich bin so froh«, sagte sie. »Es wird alles gut werden. Ich spüre es in den Knochen.«

Ich hoffte, daß Iris' Knochen bessere Propheten waren als meine.

Das Lawrence Stadion lag an der Market Street. Iris und ich gingen die Fillmore Street hinunter. Es war strahlender Sonnenschein. Selbst die düsteren Häuser und der endlose Strom von Passanten waren wie verwandelt. Ich spürte die fröhlich beschwingte Stimmung San Franciscos im Sonnenschein und in der Luft, aber wir hatten daran keinen Anteil. Es war so, als hätte jemand anderer Geburtstag.

Wir erreichten die Market Street. Für den üblichen Ansturm der Matrosen war es noch zu früh, doch auf der Straße drängten sich auch jetzt schon genug Menschen. An der Ecke neben einem Laternenpfahl stand ein Zeitungsverkäufer mit einem Stapel Zeitungen, die er auf einem Holzschemel vor sich liegen hatte. Ich kaufte ihm eine ab.

Iris sagte: »Wir nehmen besser die Straßenbahn. Oh, da ist eine.«

Sie lief auf die Bahn zu, die gerade an der Ecke gehalten hatte. Ich folgte ihr, die Zeitung unter den Arm geklemmt.

Die Straßenbahn war nur halb voll. Wir setzten uns nebeneinander in die Nähe des Fahrers. Das Sonnenlicht fiel schräg durchs Fenster. Gegenüber saßen zwei kleine Mädchen mit mageren Knien und stritten sich um einen großen Lutscher. Außerdem waren da noch eine farbige Frau mit einem Korb und ein alter Mann mit einer Pfeife. Im Wagen herrschte eine intime Atmosphäre, so als ob jeder jeden kannte und San Francisco eine Kleinstadt wäre.

Die Bahn ratterte dahin. Iris sah sehr frisch und schön aus. Ich zog die Zeitung unter meinem Arm hervor. Es war eine Nachmittagsausgabe. Ich breitete sie aus und blickte auf die Titelseite.

Über einer Spalte unten auf der Seite las ich die Schlagzeile:

ZWEI FRAUEN ERMORDET,
MARINELEUTNANT POLIZEILICH GESUCHT

In der Meldung darunter stand mehr oder weniger, was wir erwartet hatten. Lina war von einem Milchmann gefunden worden. Eulalia war vom Portier gefunden worden. Der Portier hatte erzählt, was er über Leutnant Duluth wußte. Der Besitzer des Drugstores gegenüber Linas Wohnung hatte erzählt, was er über Leutnant Duluth wußte. Die Rosen wurden erwähnt, um der Geschichte eine makabre Note zu verleihen. Nur am Rande wurde erwähnt, daß Eulalia eine bekannte Puppenmacherin gewesen war. Über Linas Privatleben fand sich so gut wie nichts. Der letzte Absatz endete mit dem ominösen Satz:

»Die Polizei fahndet in der ganzen Stadt nach Leutnant Duluth und einer Frau, bei der es sich vermutlich um seine Ehefrau handelt.«

Als ich die Zeitungsmeldung gelesen hatte, bekam ich plötzlich Angst. Ich kann mich nicht erinnern, vorher schon einmal wirklich Angst gehabt zu haben – nicht auf diese Weise. Im Pazifik hatte ich mich viele Dutzend Male geängstigt, wenn japanische Jäger zum Sturzflug ansetzten oder Torpedos durchs Wasser auf uns zugeschossen kamen. Aber das geht jedem so. Hier war es anders – ich hatte Angst wie ein Fuchs, der von einer Hundemeute gehetzt wird. Meine Angst war groß, doch zum Glück würde sie nicht lange anhalten.

Wir waren unterwegs zu Zelide. Sie würde uns die Wahrheit sagen können. Alles würde gut werden.

Dann erblickte Iris die Zeitungsmeldung. Sie beugte sich zu mir herüber und starrte darauf. Ihre Lippen preßten sich zu einer schmalen Linie zusammen. Sie sah rasch zu mir hoch und legte die Hand auf meinen Ärmel.

»Nun«, sagte sie, »die Jagd hat begonnen.«

Ein weiterer Kommentar schien sinnlos.

Meine Frau blickte jetzt geistesabwesend zum Fenster hinaus. Nach einer Weile zeigte sie auf die andere Seite der Market Street.

»Sieh mal, Peter, da ist das Büro von Hatch und Bill.«

Während die Bahn weiterrumpelte, konnte ich gerade noch den Schriftzug *Williams und Dagget, Vertrauliche Ermittlungen* lesen, der sich in goldenen Lettern über mehrere Fenster der oberen Etage eines Bürogebäudes erstreckte. Diese Wörter wirkten irgendwie beruhigend auf mich. Wir waren doch nicht ganz auf uns allein gestellt. Mindestens zwei der angesehenen Bürger von San Francisco unterstützten uns.

Die beiden Mädchen uns gegenüber stritten gerade: »Stimmt ja gar nicht. Stimmt ja wohl.« Die farbige Frau starrte über ihrem Korb ins Leere, und das Sonnenlicht fiel auf die Pfeife des alten Mannes. Bald darauf hielt die Straßenbahn an.

»Hier müssen wir aussteigen«, sagte Iris.

Und wir stiegen aus.

Das Lawrence Stadion ragte auf der anderen Straßenseite empor. Es war eines jener großen Gebäude, die in Großstädten errichtet werden und dann irgendwie genutzt werden müssen. Als wir über die Straße darauf zugingen, wurde mir mit einem Mal klar, daß alles anders war, seit ich die Zeitungsmeldung gelesen hatte. Ich hatte zwar keine Angst mehr, doch war ich sehr viel mehr auf der Hut. Es war, als hätte die Gefahr alle meine Sinne geschärft. Ich bemerkte einen Polizisten in der Menge, den ich normalerweise übersehen hätte, und in derselben Sekunde fiel mir auf, daß er uns kurz angesehen und dann den Blick desinteressiert abgewandt hatte. Mein Gehör zerlegte das Hintergrundgeräusch von der Straße in einzelne Klänge und Stimmen. Sogar meine Füße waren auf der Hut, bereit, sofort in Aktion zu treten, sobald meine Augen oder Ohren ihnen ein Warnsignal übermittelten.

Wir bahnten uns durch das Gedränge einen Weg die Steintreppe zum Eingang des Stadions hinauf.

Ich fragte: »Wie kommt man bei einem Zirkus hinter die Manege? Vermutlich kauft man sich einfach Eintrittskarten und schnüffelt dann herum.«

Menschen drängelten sich im Vorraum. Überall waren Kinder – kleine Kinder mit Puppen, Kinder mit staunenden Augen, Kinder, die sich an die Hand ihrer Mütter klammerten, Kinder ohne Mütter, lärmende Kinder, liebe Kinder und Babys, ernst, in den Armen ihrer Eltern.

Jenseits der Schwingtüren waren Rufe zu hören: »Erdnüsse, heiße geröstete Erdnüsse« und »Limonade, kalte, erfrischende Limonade«. Ein unbestimmbarer Zirkusgeruch von Sägemehl und Tieren lag in der Luft, und es herrschte eine unbestimmbare, unruhige Aufgeregtheit. Es spielt keine Rolle, wo ein Zirkus stationiert ist. Er verwandelt jeden Ort auf dieselbe Weise. Wir hätten in New York oder Baltimore oder in Dubuque, Iowa, sein können. Wir waren einfach im Zirkus.

Ich reagierte auf die prickelnde Atmosphäre, als wäre ich noch ein Knirps in kurzen Hosen. So erging es mir immer im Zirkus. Selbst jetzt, wo die Polizei hinter mir und ein Mörder hinter Zelide her war, überkam mich das gleiche Prickeln.

Bei der Kasse kaufte ich zwei Eintrittskarten für Plätze direkt an der Manege. Ich hätte vielleicht nicht so teure Karten kaufen müssen. Unsere Chancen, die Zirkusvorstellung tatsächlich zu sehen, waren weiß Gott gering. Aber die Zirkusstimmung hatte mich gepackt.

Wir drängten uns mit den anderen durch die Drehkreuze. Kinder stießen uns in die Kniekehlen und äußerten lauthals ihr Verlangen nach Erdnüssen und Süßigkeiten. Alle waren fröhlich und voller Erwartung. Ich sah Dutzende von Zeitungen um uns herum, doch sie waren meist unter den Arm geklemmt. Mir wurde klar, daß wir uns unabsichtlich den besten Ort ausgesucht hatten, um nicht erkannt zu werden. Die Menschen hatten alle ganz unverfängliche Dinge wie Clowns und Akrobaten und Elefanten im Kopf. Niemand dachte an Mörder oder an Leutnant Duluth, dem die Polizei auf den Fersen war.

Es war zwanzig nach zwei. In zehn Minuten würde die größte Show der Welt beginnen. Vor uns war eine der Türen, die ins eigentliche Stadion führten. Erdnußverkäufer in weißen Kitteln mischten sich unter die Menschenmenge. Auch Programme wurden verkauft.

Ich kaufte eins. Ich überflog es rasch und suchte nach Zelides Nummer. Erleichtert sah ich, daß das Vogelballett der abschließende Höhepunkt im zweiten Teil der Vorstellung war. Wir hatten noch Zeit.

Iris fragte: »Und was machen wir jetzt?«

Eine Steintreppe zu unserer Linken führte in ein Untergeschoß. An der Wand darüber war ein Schild mit der Aufschrift NEBENVORSTELLUNGEN befestigt.

Ich steuerte meine Frau gegen den Menschenstrom darauf zu. »Da unten werden wohl die Tiere sein. Vielleicht finden wir von dort einen Weg hinter die Manege.«

Außer uns war niemand auf der Treppe. Da die Zirkusvorstellung bald begann, strömten die Leute ins Stadion. Als wir die Treppe hinunterklapperten, hallten uns von unten her die Schreie von Papageien und weitere Tierstimmen entgegen. Schließlich erreichten wir das Untergeschoß.

Der erste, lange Raum war von verschiedenen Schaubuden gesäumt, auf denen die »Wunder dieser Welt« angekündigt waren, wie zum Beispiel die dickste Frau oder der größte Mann der Welt, die Schlangenfrau und die Meerjungfrau. Dahinter konnte ich durch einen offenen, überwölbten Durchgang die Tiere sehen.

Wir gingen die Buden entlang. Mit Ausnahme von zwei kleinen Jungen waren wir die einzigen Besucher, und die »Wunder dieser Welt« nutzten gerade die Gelegenheit zu einer geselligen Pause. Der größte Mann der Welt rekelte sich vor seiner Bude, aß ein Schinkensandwich und trank mit der tätowierten Dame Bier. Die dickste Frau und eine winzige Zwergin mit goldenem Haar kamen Zigaretten rauchend und angeregt plaudernd auf uns zugeschlendert.

»Diese verdammte Schlangenfrau«, sagte die Zwergin gerade. »Jedesmal wenn wir ein paar Besucher haben, muß sie aus ihrer Bude geschossen kommen und mit dem Hintern wackeln.«

Ich ging zu ihnen hin und fragte: »Können Sie uns vielleicht sagen, wo wir Madame Zelide finden?«

Die dickste Frau blies einen nicht besonders gut gelungenen Rauchring und zuckte die Achseln. Die Zwergin ließ ihre goldenen Löckchen tanzen und lächelte mich schelmisch an.

»Zelide? Gehen Sie da hinten an den Tieren vorbei. Biegen Sie bei den Elefanten links ab. Von da führt ein Gang zu den Garderoben. Da fragen Sie dann noch mal.«

Sie schlenderten weiter und nahmen ihre Unterhaltung wieder auf. Ich hörte, wie die dicke Frau murmelte: »Sie läßt nach, meine Liebe, das ist das Problem. Kann sich nicht mehr so schlängeln wie früher, bei weitem nicht.«

Wir eilten weiter. Die tätowierte Dame, die sich mit dem größten Mann der Welt langweilte, blickte sich neugierig nach uns um, als wir vorbeigingen. Sie trug einen Bikini, um möglichst viel von ihren Tätowierungen zu zeigen. Als sie sich umwandte, war ihr Bauch zu sehen. Quer darüber, zwischen einem Anker und einem blutenden Herzen, stand in grellem Rot und Blau der Schriftzug KAUFT KRIEGSANLEIHEN.

Keine andere Künstlerin hat sich wohl je mit so edler Selbstlosigkeit für die Rettung ihres Vaterlandes eingesetzt.

Wir gingen an der Bude der unmoralischen Schlangendame vorbei und gelangten durch einen überwölbten Durchgang in die Tierschau.

Die Tiere waren überall ohne die geringste Rücksicht auf ihre zoologischen Besonderheiten zusammengepfercht. Farbenprächtige Aras kreischten und flatterten in einem Käfig neben einer Box, in der sich Lamas aus Südamerika mit aristokratischer Schwermut mit Zebras aus Afrika vermischten. Ein mottenzerfressener Reiher und ein altersschwacher Geier teilten sich einen Drahtverhau. Der »Größte Alligator der Welt« lag träge neben einem seichten Wasserbecken. Sie alle sahen aus, als hätten sie eine strapaziöse nächtliche Reise hinter sich.

Iris deutete nach vorn. »Da sind die Elefantenboxen.«

Wir hasteten unter einem weiteren Durchgang hindurch und sahen uns von allen Seiten von Elefanten umgeben. Sie standen dichtgedrängt in offenen Boxen, Schulter an Schulter, riesig und geduldig. Einige von ihnen schnüffelten mit ihren Rüsseln an dem Stroh auf der Erde. Andere standen bloß da. Ihre gelangweilte Apathie erinnerte mich an Revuetänzerinnen, die in der Kulisse auf ihren ersten Auftritt warten.

Einer der Elefanten war offenbar der Star, denn er hatte eine Box für sich allein. Als wir näher traten, stieß Iris einen kurzen Schrei aus. An der Box hing ein Schild mit der Aufschrift:

EDWINA, DER ÄLTESTE ELEFANT
IN GEFANGENSCHAFT

»Edwina, der Elefant.«

Wir blieben einen Moment lang vor dem Tier stehen, das in unserem Leben eine so mysteriöse Rolle spielte. Die Elefantendame war ein ungeheuer prächtiger Anblick, mit ihren baumstammdicken Beinen, dem runzligen Gesicht und den kleinen, wachsamen Augen. Um den Hals hatte man ihr eine riesige rosa Schleife gebunden, die ihrer Würde nicht den geringsten Abbruch tat.

»Wenn wir den ›Bart‹ richtig verstanden haben«, flüsterte Iris, »ist auch Edwina in Gefahr. Wieso in aller Welt sollte ein Elefant in Gefahr sein?«

Ich sah Edwina in die Augen. »Die rote Rose, Edwina und die weiße Rose.«

Edwina hob ihren Rüssel S-förmig nach oben, klappte die Ohren über die rosa Schleife und trompetete.

Während ich ihr dabei zusah, packte mich die Wut. Eulalia war tot. Lina war tot. Der ›Bart‹ war betrunken. Zelide war verschwunden. Jetzt, da wir endlich einen der Hauptakteure in dem Drama gefunden hatten, der nicht nur am Leben, sondern auch nüchtern war, mußte es ausgerechnet ein Elefant sein.

»Die weiße Rose, Edwina«, sagte Iris schmeichelnd. »Und die rote Rose.«

Aus der fernen Manege ertönten schmetternde Beckenschläge.

Die Zirkusvorstellung hatte begonnen.

Die Beckenschläge zeigten bei den Elefanten augenblicklich Wirkung. Edwina trompetete erneut und ließ ihre Schleife auf und ab wippen. Ihre Herde schüttelte die Lethargie ab und erwachte zu regem Leben. Einige der

Tiere wiegten rhythmisch den Kopf hin und her, andere bewegten sich schwerfällig mit unbeholfenen Tanzschritten, wieder andere schlangen ihre Rüssel um die Schwänze ihrer Nachbarn. Ihr Zirkusblut geriet in Wallung.

Sie waren bereit für ihr Publikum.

Ich zog Iris von Edwina fort. »Komm, Liebling, wir müssen zu Zelide.«

Nach links ging ein Gang ab, wie es uns die Zwergin erklärt hatte. Wir eilten ihn entlang und merkten schließlich, daß wir uns einem der großen Eingänge zur eigentlichen Manege näherten. Es herrschte hektische Betriebsamkeit, als die Eröffnungsparade zu ihrem Triumphzug in die mit rotem, weißem und blauem Sägemehl bestreute Manege einzog. Clowns und Bodenakrobaten in grellbunten Kostümen rasten purzelbaumschlagend an uns vorbei. Hinter ihnen folgte eine Reihe von Pferden, die tänzelten und ihre prächtigen Mähnen schüttelten. Riesige Ballonfiguren hüpften hin und her, mischten sich unter Männer auf Stelzen und Männer, die bizarre Tierköpfe aus Pappmaché trugen. Weiter vorn in der Menge spielte die Blaskapelle einen ohrenbetäubenden Marsch, während von den vollbesetzten Zuschauerrängen tosender Beifall ertönte. Ein Hund mit einer Schürze vor dem Bauch bewegte sich behende auf seinen Hinterbeinen an mir vorbei; im Maul trug er eine Kaffeetasse mit Unterteller.

Wir suchten uns einen Weg durch das Chaos. Ich schnappte mir einen Akrobaten. »Wo ist die Garderobe von Zelide?«

Er zeigte nach hinten. »Den Korridor entlang, erst nach links, dann nach rechts – die dritte Tür.«

Wir kämpften uns gegen den Strom den Gang hinunter, bogen nach links in einen menschenleeren Korridor mit Türen auf beiden Seiten ab, bogen dann nach rechts ab und blieben vor der dritten Tür stehen.

Ich klopfte an die verschlossene Tür. Von innen war kein Geräusch zu hören. Ich klopfte erneut.

Iris sagte beunruhigt: »O Peter, du glaubst doch nicht ...?«

»Vermutlich ist sie noch immer ganz davon in Anspruch genommen, Mr. Annapoppaulos' Braut zu sein«, bemerkte ich. »Schließlich dauert's bis zu ihrem Auftritt noch ein Weilchen.«

Ich stieß die Tür auf, und gemeinsam betraten wir Madame Zelides Garderobe.

Sie war nur provisorisch eingerichtet. Ein tragbarer Schminktisch mit Spiegel stand an der Wand. Um den Spiegel herum stellten zahllose Hochglanzfotos von Mrs. Zelide Rose höchstpersönlich ihren herzhaften Narzißmus unter Beweis. Ein Wandschrank mit halb zugezogenem Vorhang offenbarte ein Sortiment von rosa, lavendelfarbenen und gelben Artistentrikots, die mit Pailletten und gefärbten Federn grell herausgeputzt waren. Die abgestandene Luft roch schal nach Make-up.

Alle diese Details registrierte ich automatisch. Was mir besonders ins Auge stach, war eine Vase auf einem Ecktisch, in der ein großer Strauß blutroter Rosen stand.

»Rosen auch für Zelide«, rief Iris aus.

Wir gingen rasch zu den Blumen. Die Schachtel, in der sie geliefert worden waren, lag neben ihnen auf dem Tisch. Am Stiel einer der Blumen war die Karte eines Blumenhändlers befestigt. Darauf standen in akkurater, pedantischer Handschrift die Worte: »Denken Sie an Gino Forelli. Seien Sie hiermit gewarnt. Emmanuel Catt.«

12

Iris und ich blickten einander an.

»Emmanuel Catt«, stieß Iris hervor. »Die Katze. Kätzchen.« Und dann: »Gino Forelli. Wer ist Gino Forelli?«

Ich wußte es natürlich nicht. Ich starrte auf die Karte. Falls Emmanuel Catt der Name des ›Bartes‹ war, und ich war mir inzwischen fast sicher, daß dies zutraf, dann hatte der ›Bart‹ den drei Frauen die Rosen geschickt. Warum? Um sie an Gino Forelli zu erinnern. Wieso wollte er sie an Gino Forelli erinnern? Gehörten Mr. Catt und seine Rosen zu dem mörderischen Bund, der sich offenbar zusammengetan hatte, um Eulalia, Lina und Zelide zu töten? Oder war er nur eine ihnen wohlgesonnene Randfigur, die wußte, daß sie in Gefahr waren, und sich für diese altruistische, aber exzentrische Methode entschieden hatte, um sie zu warnen? Und wieso waren die Rosen für Eulalia rot, jene für Lina weiß und die für Zelide nun wieder rot?

Die rote Rose... die weiße Rose...

Ich warf einen Blick auf die Schachtel, in der die Blumen gewesen waren. Sie kamen von einem Blumenhändler in San Francisco. Das half uns auch nicht weiter.

»Ich glaube nicht, daß Zelide hier gewesen ist«, sagte ich. »Wenn sie die Blumen selbst in die Vase gegeben hätte, hätte sie die Karte abgenommen und die Schachtel weggeworfen. Irgend jemand muß die Rosen einfach ins Wasser gestellt haben, damit sie frisch bleiben, bis sie zurückkommt.«

»Das bedeutet dann also, daß sie die Warnung nicht erhalten hat«, sagte Iris nervös. »Sie wird sich nicht vorgesehen haben. Die ganze Zeit über hat sie keine Ahnung gehabt, in welch schrecklicher Gefahr sie schwebt.«

Iris hatte natürlich recht. Die Zeitungen, in denen über den Tod von Eulalia und Lina berichtet wurde, hatten nichts Schlimmes über Zelide erwähnt. Trotzdem mochte ich nicht daran denken, was vielleicht schon in Madame Zelide Rose Annapoppaulos' Hochzeitsnacht geschehen war.

Ich blickte zum Spiegel mit seiner Umrandung aus drallen, lächelnden Zelides. Wenn sie am Leben war, würde sie rechtzeitig zum Vogelballett erscheinen. Dessen war ich mir sicher. Und falls sie kam, würde sie bald hier sein.

Der Klang ihres stürmischen Lachens draußen im Gang wäre der süßeste Klang, den ich mir für meine Ohren vorstellen könnte.

Unter dem Spiegel auf dem Schminktisch bemerkte ich ein braunes Päckchen, das bedenklich wacklig zwischen den Cremetöpfen stand. Ich ging hinüber und nahm es in die Hand. Es trug die Anschrift *Mrs. Z. Rose, Lawrence Stadion, San Francisco*. Es war mit einer Reihe Briefmarken beklebt und hatte die Aufschrift *Dringend, Eilzustellung*. In der Ecke oben links war auch der Absender zu finden: *Emmanuel Catt, c/o Continental Studios, Hollywood, Cal.*

»Mach es auf«, drängte Iris.

Unter Mißachtung des Postgeheimnisses riß ich das braune Papier ab. Als der Inhalt aus der Verpackung auftauchte, sagte Iris:

»Ach, es ist nur ein Buch.«

Ich ließ das Papier zu Boden fallen und sah mir das Buch an. Es hieß: *Verbrechen unserer Zeit*, herausgegeben von John L. Weatherby.

Ich sah das Buch nicht zum erstenmal. In Linas Wohnzimmer war auch schon ein Exemplar gewesen. Linas Exemplar hatte keinen Schutzumschlag gehabt wie dieses hier. Unter dem Titel stand: ›Eine Anthologie von Untersuchungen der berühmtesten Kriminologen zu authentischen Morden.‹ Ich drehte das Buch um. Iris und ich stöhnten gleichzeitig auf.

Die gesamte Rückseite des Schutzumschlages wurde von acht Fotos eingenommen. Es waren die Porträts der berühmtesten Kriminologen, die auch die verschiedenen Aufsätze geschrieben hatten. Unter den Fotos der einzelnen Autorinnen oder Autoren stand der jeweilige Name. Doch nur einer dieser ›berühmtesten Kriminologen‹ interessierte uns.

Zwischen den Porträts von Miss Janet Flanner und Mr. William Bolitho blickte ein verblüffend nüchternes Gesicht zu uns auf, ein Gesicht, das von einem majestätisch wallenden, schwarzen Bart geziert wurde. Und unter diesem Gesicht stand: *Emmanuel Catt.*

»Dann ist der ›Bart‹ tatsächlich die Katze. Mr. Emmanuel Catt ist der berühmteste betrunkene Kriminologe Amerikas«, sagte Iris in unbewußter Gertrude-Stein-Manier. »Genau das ist er – ein Kriminologe.«

Ich schlug das Deckblatt auf. Darauf stand in derselben pedantischen Handschrift, mit der die Nachricht auf die Karte geschrieben worden war, die erschreckende Widmung:

Gnädige Frau: Ich schicke Ihnen dieses Buch, um Sie zu warnen. Ludwig und Bruno Rose sind aus dem Gefängnis entlassen worden und befinden sich in San Francisco. Ich muß Sie wohl nicht erst davon überzeugen, daß sie auf Blut aus sind... auf Ihr Blut, Linas Blut, Eulalias Blut, ja sogar Edwinas Blut. Sie sind in großer Gefahr. Seien Sie auf der Hut. Schlagen Sie die Seite vierundachtzig auf.

E. C.

Während ich das las, verspürte ich einen Schauer der Erregung. Endlich waren wir der Wahrheit zum Greifen nahe. ›Die rote Rose und die weiße Rose sind raus.‹ Plötzlich ergab der scheinbar sinnlose Vers doch einen Sinn. Die rote Rose und die weiße Rose waren zwei Männer namens Ludwig und Bruno Rose – und sie waren aus dem Gefängnis entlassen.

Iris sagte: »Seite vierundachtzig, endlich! Peter, das ist es. Schlag Seite vierundachtzig auf.«

Ich blätterte fieberhaft die Seiten um. Ich überging die Untersuchung zum Hall-Mills-Fall, auf die ich am Abend zuvor einen Blick geworfen hatte. Ich setzte alles auf die Seite vierundachtzig. Gleich würden wir vielleicht etwas über die genauen Zusammenhänge erfahren, nach denen wir seit unserem ersten verhängnisvollen Gespräch mit Emmanuel Catt suchten.

Aus der fernen Manege konnte ich schwach die Klänge der Blaskapelle hören, die ›Yankee Doodle‹ schmetterte. Die entfernte ausgelassene Musik ließ die Stille im Raum noch eindringlicher erscheinen.

Ich kam zur Seite vierundachtzig. Es war die erste Seite eines Essays mit dem Titel *Der Rosen-Mord*, von Emmanuel Catt.

Unter der Überschrift stand ein kurzer Absatz, der die Hauptgedanken der nachfolgenden Untersuchung zusammenfaßte. Iris umklammerte meinen Ellbogen, während ich las:

Die Untersuchung eines relativ unbekannten, aber faszinierenden Mordfalles. Die Brüder Rose, zwei im Zirkus auftretende Trapezkünstler, führten während einer öffentlichen Vorführung ihrer Trapeznummer den Tod ihres Partners Gino Forelli herbei und wurden schließlich dank der mutigen Bemühungen dreier Frauen und eines Elefanten überführt.

»Gino Forelli!« stieß Iris aus. »Sie waren alle Trapezkünstler, und Ludwig und Bruno Rose haben Gino Forelli ermordet.«

»Und Eulalia und Lina und Zelide und Edwina haben es irgendwie geschafft, sie deswegen vor Gericht zu bringen.«

Ich starrte auf diese Sätze, die trotz ihrer Kürze soviel für uns bedeuteten. »Darum ging's also, Liebling. Der lispelnde Mann und der andere Mann, der meine Uniform anhatte, sind die Brüder Rose. Sie sind aus dem Gefängnis raus und haben es auf die Damen abgesehen, die sie ins Kittchen gebracht haben.«

»Darling, mir fehlen die Worte, so herrlich ist das. Wir werden die ganze Wahrheit erfahren. Wir sind nicht einmal mehr auf den ›Bart‹ oder sonst wen angewiesen. Wir können einfach mit dem Buch hier zur Polizei gehen und dann… Los, lesen wir. Schnell.«

Wir vertieften uns beide in die erste Seite von Mr. Emmanuel Catts Essay. Es war gut geschrieben, zweifellos, mit sanftem Charme und Psychologie und dezenten Anspielungen auf die enge Freundschaft zu dem verstorbenen Mr. Alexander Woollcott. Genau das Richtige für einen gemütlichen Abend zu Hause mit einer Pfeife, einem Feuer im Kamin und einem Spaniel. Doch bedauerlicherweise ging es mit Fakten überaus sparsam um.

Während wir uns weiter durch den Text quälten und darauf warteten, daß Mr. Catt endlich zur Sache kam, wurde mir undeutlich bewußt, daß sich ein weiteres Geräusch unter die fernen Klänge von ›Yankee Doodle‹ gemischt hatte. Zunächst war es nur ein verschwommenes Stimmengewirr. Dann hörte ich vereinzeltes Lachen und Singen.

Der literarische ›Bart‹, der sich noch immer um die Fakten herumdrückte, als wären sie die Pest, beschrieb derweil ein elegantes Abendessen in Philadelphia. Plötzlich legte mir Iris ihre Hand auf den Arm und sagte: »Hör doch mal, Peter.«

Das Geräusch draußen war sehr viel lauter geworden. Offenbar kam eine Gruppe von Leuten den Korridor entlang in unsere Richtung. Das Gelächter hallte lautstark wider. Das Singen übertönte die Kapelle. Es war eine lärmende Interpretation von Mendelssohns ›Hochzeitsmarsch‹.

Iris strahlte übers ganze Gesicht. »Der ›Hochzeitsmarsch‹, Darling. Der ›Hochzeitsmarsch‹. Zelide.«

Sie eilte zur Tür der Garderobe und riß sie auf. Ich folgte ihr, Mr. Catts Buch unter den Arm geklemmt. Als meine Frau und ich auf den Korridor traten, sahen wir gerade, wie ein Zug von Menschen um die Ecke bog.

Es war ein so buntgemischter Haufen, wie ich ihn noch nie gesehen hatte. In der dichtgedrängten Menge machte ich den größten Mann der Welt aus, die dickste Frau, ein paar flachsblonde Zwerge, die tätowierte Dame, die Schlangendame, einen pummeligen, gewichtigen Zirkusdirektor mit Zylinder und Frack, junge Leute in Akrobatentrikots und einen Schwarm junger, blonder Trapezkünstlerinnen in federgeschmückten Trikots und Umhängen – zweifellos die ›Vögel‹ von Madame Zelides weltberühmten Vogelballett. Um sie herum hüpfte, gleich einem Rudel aufgeregter Pudel, eine Gruppe grellbunter Clowns.

Alle waren in Jubelstimmung, sie tanzten und schlugen sich gegenseitig auf den Rücken. Die dickste Dame hatte eine Flasche Wein in der Hand. Auch die meisten Trapezkünstlerinnen schwangen Flaschen. Und alle zusammen sangen sie, mit unterschiedlichem musikalischem Erfolg, lauthals den ›Hochzeitsmarsch‹.

Während sie auf uns zukamen, sah ich, daß vor allem zwei Figuren den Mittelpunkt des Triumphzuges bildeten. Eine von ihnen war ein dunkelhäutiger griechischer Gentleman mit einer riesigen Gardenie im Knopfloch. Die andere war eine Frau, die sich bei ihm eingehakt hatte – eine stattliche Blondine, auf deren Lockenpracht eine exotische, malvenfarbene Kreation thronte.

Als ich sie sah, hätte ich vor lauter Erleichterung am liebsten in den fröhlichen Chor miteingestimmt.

Denn dort, am Arm ihres grinsenden Bräutigams, ging Madame Zelide Rose Annapoppaulos.

Das war's. Jetzt würde alles gut werden.

Zelide hatte auf wundersame Weise ihre Hochzeitsnacht überlebt.

Die Prozession hatte uns nun fast erreicht. Die dröhnende Stimme des Zirkusdirektors übertönte den Lärm. »Ah, Madame Zelide, Sie haben uns einen schönen Schrecken eingejagt. Sie sind nicht in Ihrem Hotel. Sie kommen nicht zur Vorstellung. Keiner weiß, wo Sie sind. Irgendwas Schreckliches ist Madame passiert, sagen wir. Und jetzt das hier – dieses glückliche Ereignis. Eine Braut. Nicht mehr Madame Zelide Rose.« Er küßte seinen eigenen dicklichen Zeigefinger. »Von jetzt an, Mrs. Zelide Annapoppaulos.« Er verbeugte sich vor dem Bräutigam. »Die Braut eines Zirkusdirektors in der Stunde seines größten Ruhmes.«

»Madame Annapoppaulos«, riefen die anderen glücklich im Chor.

»Ja«, verkündete Madame Zelide geziert. »Gestern treffen wir uns per Zufall in San Francisco, mein alter Freund und iich – und im Nu wir beide siind wieder verliebt, und wir fliegen nach Nevada, um zu heiraten.« Sie lachte erfrischend auf. »Aber der Zirkus kommt noch iimmer zuerst. Ich sage zu Dmitrios, meine Karriere kommt iimmer zuerst. Ich sage zu Dmitrios, sogar im Hochzeitsbett, daß ich hierher muß zum Vogelballett. Ich lasse meine lieben Freunde niicht im Stiich.«

»Madame Zelide ist wegen des Vogelballetts hier«, skandierten die blonden Trapezkünstlerinnen mit gut einstudierter Ehrfurcht.

Ich grinste Iris an. Iris grinste mich an. Sie waren nach Nevada geflogen, um zu heiraten. Ohne es zu wissen, waren sie den Brüdern Rose entwischt, und nun waren sie wieder da.

Die Hochzeitsprozession wogte an uns vorbei wie eine Flutwelle und trug Madame Zelide und Mr. Annapoppaulos in die Garderobe. Wir schlossen uns der Prozession an. Innerhalb weniger Sekunden war die ganze Gruppe bis auf zwei Clowns, die mit dem Rücken zu uns vor der Tür standen, sicher im Raum.

Ich stieß einen von ihnen ungeduldig an und sagte: »Lassen Sie uns bitte vorbei. Wir müssen mit Madame Zelide sprechen.«

Im Innern des Raumes konnte ich Madame Zelides ungestümes Lachen und das Knallen von Korken hören. Die beiden Clowns drehten sich um. Der eine trug ein Kostüm mit blau-weißen Karos, der andere eins mit rot-weißen. Sie standen da und versperrten uns den Eingang. Sie starrten uns aus ihren weißgeschminkten Gesichtern mit den roten Knollennasen eindringlich an.

Ich sagte: »Lassen Sie uns doch vorbei. Wir müssen sofort mit Madame Zelide sprechen.«

Die Augen des rot-weißen Clowns flackerten. Plötzlich

drehte er sich um und schloß die Tür zur Garderobe, so daß wir von den Leuten im Innern getrennt waren. Wir und die Clowns waren die einzigen Menschen im Korridor.

Ich fragte: »Verstehen Sie mich nicht? Wir möchten da hinein.«

Ganz langsam steckte der rot-weiße Clown die Hand in die ausgebeulte Tasche seines Kostüms. Ganz langsam holte er sie wieder hervor. Iris stieß erschreckt einen Laut aus, denn seine Finger umschlossen einen glänzenden Revolver.

»Leutnant und Missus Duluth«, sagte er lispelnd. »Wie dumm von Ihnen, hierherssukommen.«

Der blau-weiße Clown lachte. Der Revolver war direkt auf meine Frau gerichtet.

»Ein Muckss von einem von Ihnen«, fuhr der lispelnde Clown fort, »und Missus Duluth kriegt eine Ladung in den Bauch.«

13

Das Schicksal schien eine teuflische Schwäche für überraschende Wendungen zu haben. In einem Augenblick lief alles vorzüglich. Im nächsten Augenblick war alles schrecklich. Jetzt war es gerade schrecklich. Ich legte den Arm um Iris. Die Clowns starrten. Der Revolver schimmerte. Ich konnte noch immer Zelides kräftiges Lachen hören, das in der Garderobe hinter der verschlossenen Tür erschallte.

Was nützte es uns, ihr Lachen zu hören, wenn die Rote Rose und die Weiße Rose zwischen ihr und uns eine unüberwindbare Barriere bildeten?

Denn genauso war es. Es stand außer Zweifel, daß diese beiden wenig einnehmenden Clowns Ludwig und Bruno Rose waren.

Ich betrachtete die beiden Fremden, die mir die schlimmsten vierundzwanzig Stunden meines Lebens beschert hatten. Die weiten Kostüme verbargen ihre Körper. Kegelförmige Clownshüte bedeckten ihr Haar. Die falschen Nasen, die weißgeschminkten Wangen, die grotesken Lippenstiftmünder nahmen ihren Gesichtern jegliche Individualität. Es waren ganz einfach Clownsgesichter.

Das einzige, was ich sehen konnte, waren ihre Augen. Ich traute diesen leuchtenden, fanatischen Augen genauso wenig, wie ich dem Revolver traute.

Der rote Clown ließ die Hand, die die Waffe hielt, in seine geräumige Tasche gleiten. Die Ausbeulung zeigte, daß er noch immer auf Iris zielte. Er bewegte den Kopf ruckartig nach links.

»Bewegen Sie sich«, sagte er. »Den Gang runter. Loss.«

Ich hätte schreien können, und die Leute auf Zelides Hochzeitsfeier wären nach draußen gerannt. Doch ehe sie bei uns anlangten, wäre meine Frau schon tot. Ich glaubte, Ludwig und Bruno Rose mittlerweile gut genug zu kennen, um mir dessen sicher zu sein.

Ich hielt meinen Arm weiterhin schützend um Iris. Bemüht gleichgültig sagte ich: »Schatz, die freundlichen Gentlemen möchten, daß wir mit ihnen gehen.«

»Wie reizend von ihnen«, antwortete Iris.

»Beeilen Sie sich«, sagte der lispelnde rote Clown.

Wir gingen nach links, fort von der Manege und tiefer ins Labyrinth von Korridoren. Der Gang, in dem eigentlich etwas Betrieb hätte herrschen müssen, war leer. Die beiden Clowns folgten uns. Der Revolver des roten Clowns war gegen Iris' Rücken gepreßt.

»Wenn unss jemand begegnet und ihr auch nur mit der Wimper ssuckt, isst Missus Duluth erledigt«, sagte er.

Ich konnte ein wenig Judo. Wäre ich allein gewesen, hätte ich es riskiert, nach der Waffe zu greifen, aber da Iris dabei war, traute ich mich nicht. Ich hatte noch immer Emmanuel Catts Buch unter dem Arm. Wahrscheinlich kannten die Brüder Rose es vom Sehen. Falls ja, würden sie annehmen, daß wir es gelesen hatten und daß wir der Wahrheit bereits dicht auf der Spur waren. Bislang verkörperten wir für sie bloß harmlose Marionetten, deren Fäden sie nach Lust und Laune ziehen konnten. Doch jetzt, da wir etwas wußten oder zumindest zu wissen schienen, wurden wir für sie gefährlich. Es war nicht ihre Art, lange zu zögern, bevor sie ihre Liste um zwei weitere Morde erweitern würden.

Dennoch hatte ich das Gefühl, daß sie uns nicht erschießen würden. Es ging ihnen vor allem um Zelide. Sie würden ihren Plan, sie zu beseitigen, nicht dadurch gefährden wollen, daß sie zunächst uns töteten; es sei denn, es könnte diskret geschehen, ohne das verräterische Geräusch eines Revolverschusses.

Der schwache, dumpfe Rhythmus der Blaskapelle, die in der Manege spielte, wurde noch schwächer, als wir uns dem Ende des Korridors näherten.

»Hier linkss«, sagte der rote Clown. »Linkss rum.«

Iris war blaß, doch ihr an meinen gepreßter Arm war ruhig. Ich fragte: »Was haben Sie mit uns vor?«

»Dass werdet ihr noch früh genug merken«, sagte der rote Clown. »Linkss rum.«

Wir bogen in den nächsten Gang, gefolgt von den beiden Clowns. Er war schmaler als derjenige, den wir verlassen hatten. Die Wände waren kahl und ungestrichen. Vor uns, am Ende des Ganges, befand sich eine Stahltür. Jetzt herrschte völlige Stille. Wir hatten den entlegendsten Teil des Stadions erreicht. Die Brüder Rose kannten sich offenbar gut aus. Vielleicht waren sie in ihrer Zeit als Trapezkünstler einmal hier aufgetreten.

Mir gefiel das alles ganz und gar nicht.

Wir erreichten die Stahltür am Endes des Ganges. An einem Haken neben dem Lichtschalter hing ein Schlüssel. Der blaue Clown trat nach vorne, nahm den Schlüssel und zog die Tür auf. Dahinter verlor sich eine abwärts führende Steintreppe in der Dunkelheit eines Kellers.

»Umdrehen«, sagte der rote Clown.

Iris und ich drehten uns um. Wir starrten direkt in den Revolver. Darüber blickten die Augen des roten Clowns stechend scharf.

»Rückwärtss die Treppe runter«, sagte er.

Falls er schießen würde, hätten wir auf dem Weg rückwärts die Treppe hinunter nicht den Hauch einer Chance. Jetzt oder nie war der Moment, nach dem Revolver zu greifen. Ich blickte kurz zu Iris hinüber. Bei dem Gedanken, was passieren würde, wenn es mir nicht gelang, ihn zu fassen, krampfte sich mir der Magen zusammen.

Als könnte er meine Gedanken lesen, sagte der rote Clown: »Stellen Sie sich vor Ihren Mann, Missus Duluth.«

Iris trat vor mich hin. Sie stand wie eine Wand zwischen mir und dem roten Clown. Damit war jeder Versuch, nach der Waffe zu greifen, unterbunden worden.

Der blaue Clown stand still neben dem anderen, sagte noch immer kein Wort.

Der rote Clown sagte: »Rückwärtss die Treppe runter.«

Ich faßte Iris' Ellbogen und zog sie rückwärts die Treppe hinunter in die Dunkelheit. Die beiden Clowns standen über uns, umrahmt von der offenen Tür – die eine Figur mit rot-weißen Karos, die andere mit blau-weißen. Je weiter wir nach unten kamen, desto größer schienen sie aufzuragen. Die Mündung des Revolvers schimmerte gefährlich.

Wenn sie an der Tür stehenblieben, bedeutete dies, daß sie nicht schießen würden, denn der Knall würde in sämtlichen Korridoren widerhallen. Wenn sie uns jedoch die Treppe herabfolgten, dann würden sie versuchen, uns zu töten, und es käme zu einem Kampf um Leben und Tod.

Iris' Ellbogen zitterten unter meinen feuchten Händen. Dieser langsame Gang rückwärts schien nicht enden zu wollen.

Plötzlich schlug die Tür über uns zu, und wir standen völlig im Finstern. Ich hörte, wie sich der Schlüssel im Schloß drehte, und dann das laute Getrappel von Schritten, mit denen die Rose-Brüder über unseren Köpfen hinweg den Korridor entlangeilten.

Ich lockerte meinen Griff um Iris' Ellbogen. Ich empfand kaum etwas, außer der Erleichterung darüber, daß ihr nichts zugestoßen war. *Verbrechen unserer Zeit* klemmte unangenehm unter meinem Arm. Ich steckte es in die Tasche. Iris drehte sich zu mir um. Ein nervöses Lachen kam aus der Dunkelheit.

»Das mit dem Leben, das man vor dem inneren Auge an sich vorbeiziehen sieht, stimmt tatsächlich. Als ich wirklich dachte, daß er schießen würde, fiel mir sogar ein, daß ich einmal mit fünf in meinem Zimmer eingeschlossen wurde, weil ich zu Tante Susan Schwein gesagt hatte.«

»War sie denn ein Schwein?« fragte ich.

»Ja.« Die Hand meiner Frau fand meine Hand. »Peter«, sagte sie plötzlich verzweifelt, »ist es nicht schrecklich? Wir waren so nahe an Zelide dran, und jetzt...«

»Stimmt.«

»Hätten wir nicht irgend etwas tun können? Ich kam mir so blöd vor, wie wir da direkt vor ihrer Garderobe festgehalten wurden.«

»Wir hätten etwas tun können, aber dann wären wir jetzt schon zu tot, um uns daran zu erinnern.«

Ein moschusartiger Geruch wehte uns aus dem Keller entgegen. Jetzt, da Iris nicht mehr in Gefahr war, bekam ich eine Heidenangst um Zelide.

»Wir müssen schleunigst hier raus«, sagte ich. »Es ist jetzt niemand da, der Zelide warnen kann. Wir haben sogar Catts Buch aus der Garderobe mitgenommen. Jeden Augenblick werden sie versuchen, sie zu töten.«

»Aber sie können sie jetzt nicht töten – zumindest so lange nicht, wie all die vielen Leute in ihrem Zimmer sind. Und so viel, wie ich von Hochzeitsfeiern verstehe, wird diese hier bis kurz vor dem Vogelballett dauern.«

Mir kam ein Gedanke, bei dem es mir kalt den Rücken herablief. »Das Vogelballett. Das ist es natürlich.«

»Wieso?«

Ich packte in der Dunkelheit den Arm meiner Frau. »Wie ist Gino Forelli gestorben?«

»Während einer regulären Zirkusvorstellung, stand geschrieben. Peter, du glaubst doch nicht...«

»Doch. Du hast recht, daß sie nicht an sie rankommen werden, solange sie in der Garderobe ist. Aber sie sind Clowns. Clowns können in der Manege überall hingehen, während die anderen Nummern dran sind. Außerdem sind die beiden Trapezkünstler. Sie könnten vor den Augen der Zuschauer an den Trapezen hochklettern, und die Leute würden das für einen Gag halten. Der Zirkusdirektor würde keinen Verdacht schöpfen, Zelide würde keinen Verdacht schöpfen, und so könnten sie ein Seil durchschneiden – oder sonst was machen. Schatz, so wie ich die Brüder Rose kenne, haben sie genau das vor, nämlich Zelide in der Manege zu töten.«

»Peter!«

»Was bleibt ihnen denn anderes übrig? Sie müssen sie möglichst bald töten. Sie hätten sie gestern abend umgebracht, wenn sie gekonnt hätten. Jetzt, wo die Polizei die beiden anderen Leichen gefunden hat, ist es nur noch eine Frage der Zeit, bis die Wahrheit über den alten Mord ans Licht kommt. Sie haben gegen die Zeit gearbeitet und mich als Köder benutzt, um die Polizei auf eine falsche Fährte zu locken, während sie sich aus dem Staub machen wollten. Vermutlich haben sie schon alles vorbereitet. Sobald sie Zelide getötet haben, werden sie sich ihrer

Clownskostüme entledigen und still und heimlich verschwinden. Deshalb haben sie sich vorhin auch nicht die Mühe gemacht, uns zu töten. Sie werden sich in Sicherheit bringen, bevor wir hier raus sind.«

»Ja, Peter. Aber was machen wir jetzt? Die Tür aufbrechen?«

»Das schaffen wir nicht. Auch klopfen hat keinen Zweck. Wir sind zu weit weg von den Leuten. Wir könnten uns die Seele aus dem Leib schreien, bevor uns jemand hören würde. Es gibt nur eins. Wir müssen einen anderen Weg aus diesem verdammten Keller finden – und zwar schnell.«

Ich spähte in die Dunkelheit. »Es gibt hier bestimmt irgendwo Licht.«

»Hast du Streichhölzer?«

»Ein paar.«

»Probier's an der Tür. Da muß irgendwo ein Lichtschalter sein.«

»Da ist keiner. Er ist draußen im Gang. Ist mir aufgefallen, als sie uns eingeschlossen haben.«

Ich zündete ein Streichholz an. Sein schwaches Licht erhellte den direkt unter uns liegenden Teil des Kellerbodens. Er war übersät mit alten Rohren, Latten, zerbrochenen Stangen, einem vermodernden Turnpferd, kurz, mit all dem nutzlosen Zeug, das im Keller eines Sportstadions endet. Der Keller selbst verlor sich irgendwo in der Dunkelheit.

Bevor das Streichholz erlosch, gingen wir rasch die letzten Steinstufen hinunter. Ich entzündete ein weiteres Streichholz. Als es aufflammte, bahnten wir uns einen

Weg durch das Gerümpel. Die Luft war schlecht. Es war absolut still. Eine Atmosphäre der Verlassenheit hing über allem, als wäre seit Monaten keine Menschenseele mehr hier unten gewesen. Eine Ratte schoß aus einem alten Eishockeytor hervor und huschte uns über den Weg. Iris schrie kurz auf, und das Streichholz ging aus.

Streichholz um Streichholz suchten wir uns einen Weg immer tiefer ins Innere des Kellers. Das Lawrence Stadion war ein Paradebeispiel für Gebäude mit extrem großen Kellern. In diesem hier hätten zwei Dutzend Phantome der Oper leben können, ohne sich gegenseitig in ihrer Privatsphäre zu stören. Ich hatte gehofft, irgendwelche Heizkessel zu finden, denn wo es Heizkessel gab, mußte es auch irgendeine Öffnung nach draußen geben. Doch wir fanden keine.

Die Heizanlage war bestimmt in einem gesonderten Bereich untergebracht. Dieser große Raum war lediglich ein Friedhof für ausrangierte Sportgeräte.

Mein Vorrat an Streichhölzern ging bedrohlich zur Neige. Bevor das Streichholz in meiner Hand ausging, zundete ich zwei Zigaretten an und gab Iris eine. An der Wand waren etliche leere Kisten gestapelt. Wir setzten uns mutlos hin.

Iris' Zigarette glühte in der Dunkelheit. »In zehn Jahren werden wir eine Sensation sein«, sagte sie. »Die Skelette des Stadion-Kellers.«

»Es muß irgendwo noch einen Ausgang geben.«

»Aber wo? Vielleicht sollten wir Feuer legen?«

»Und uns zu Tode rösten lassen?«

»Ach, Darling, es ist alles so entmutigend. Wir wissen,

daß Zelide ermordet werden soll, und wir können sie nicht retten. Die Lösung des Rätsels steht in diesem Essay hier, und wir können das verfluchte Ding nicht mal lesen. Es ist einfach zum Verrücktwerden. Es ist…«

Iris verstummte. Sie schob ihre Hand langsam auf mein Knie und umklammerte es.

»Horch mal«, flüsterte sie.

Ich horchte. Aus einiger Entfernung links von uns war aus der undurchdringlichen Dunkelheit ein Geräusch zu vernehmen – das verhaltene, schlurfende Geräusch von etwas sich Bewegendem.

Es war nicht ein Geräusch, wie es eine Ratte hätte machen können, es sei denn, sie wäre um ein Vielfaches größer als jede Ratte, die mir je begegnet war. Das Geräusch ertönte erneut – ein Schlurfen, dann ein scharfer, gellender Fluch.

Damit war alles klar.

Wir waren nicht die einzigen Menschen im Keller.

Während Iris' Finger sich in mein Knie gruben, blieb ich ganz still sitzen. Es war durchaus möglich, daß die Rose-Brüder zurückgekehrt und in den Keller heruntergekommen waren, ohne daß wir gehört hatten, wie die Tür sich öffnete. Wir waren sehr weit von der Treppe entfernt. Doch falls die Rose-Brüder zurückgekommen waren, dann einzig und allein in der Absicht, uns zu töten. Sie würden sich bestimmt nicht durch Herumschlurfen und Fluchen verraten.

Es war deshalb nicht unwahrscheinlich, daß die dritte Person in der Dunkelheit da ein potentieller Freund war.

Ich flüsterte Iris zu: »Warte hier. Ich seh' mal nach.«

Die Haare meiner Frau streiften meine Wange. »Gehen wir zusammen. Das können nicht die ›Rosen‹ sein.«

Irgendwo zu unserer Linken ertönte ein krachendes Splittern, als etwas zu Boden stürzte. Danach hörte man ein wütendes Brüllen.

»Das sind bestimmt nicht die ›Rosen‹«, sagte Iris.

Wir rutschten von der umgestülpten Kiste hinunter. Um uns nicht zu verlieren, tasteten wir uns Hand in Hand vorsichtig durch die Dunkelheit. Wieder ertönte vor uns ein Stöhnen und Fluchen.

Ich rief: »Wer ist da?«

Das Stöhnen und Fluchen hörte auf. Meine Stimme hallte schaurig wider und verklang.

Iris rief: »Wer ist da, bitte?«

Die Frauenstimme schien die unsichtbare Person zu beruhigen, denn es kam eine Antwort: »Wo sind Sie? Ich habe mich verirrt, und ich habe leider keine Streichhölzer.«

»Bleiben Sie, wo Sie sind«, sagte ich. »Wir kommen zu Ihnen.«

Ich zündete eines meiner wenigen verbliebenen Streichhölzer an. In seinem Schein suchten wir uns einen Weg durch ein Dickicht aus gestapelten Holzstühlen – vermutlich Überreste von längst vergessenen politischen Versammlungen. Wir tauchten am anderen Ende wieder auf. Das Streichholz war bis zu meinen Fingern heruntergebrannt, und ich blies es aus.

Ich konnte den unbekannten Mann ganz in unserer Nähe hören. Um Streichhölzer zu sparen, tastete ich mich zu ihm vor. Ich streckte eine Hand aus, um mich zu orientieren. Plötzlich faßten meine Finger in etwas Weiches und Haariges, und eine zornige Stimme sagte: »Pfui!«

Ich zog meine Hand zurück, entzündete ein Streichholz und hielt es hoch. Das flackernde Licht fiel auf einen Mann, der ausgerechnet zwischen einem alten, hochkant stehenden Klavier und einem Haufen schäbiger Tennisnetze breit vor uns stand.

Er war ein großer Mann in einem korrekten, grauen Anzug mit einer frischen weißen Nelke im Knopfloch. Würde umhüllte ihn wie ein Abendmantel. Und unter seinen zwei dunklen, empörten Augen sproß ein prächtiger schwarzer Rauschebart.

Eine Sekunde lang meinte ich, daß das eine durch die giftigen Kellerdämpfe hervorgerufene Halluzination sein müsse. Doch die Vision war durchaus real.

Da standen wir, verirrt in den Katakomben des Stadions, von Angesicht zu Angesicht mit Mr. Emmanuel Catt.

14

Mr. Emmanuel Catt starrte uns an. Er erkannte uns offensichtlich nicht in dem flackernden Licht des Streichholzes. Ebenso offensichtlich war er wieder nüchtern, obwohl seine sonst makellose Hose mit rußigen Staubflecken beschmutzt war und ein Strohhalm keck hinter seinem linken Ohr hervorlugte.

Mit vorwurfsvoller Donnerstimme sagte er: »Sir, Sie haben mir am Bart gezogen.«

»Tut mir leid«, antwortete ich kleinlaut.

Mit einer majestätischen Kopfbewegung akzeptierte er meine Entschuldigung. Er wandte sich Iris zu und verbeugte sich. »Sie müssen entschuldigen, junge Dame. Ein Mißgeschick hat mich in diesen Keller – äh – eingeschlossen. Ich wäre Ihnen überaus dankbar, wenn Sie mich zu einem Ausgang führen würden. Ich habe dringende Geschäfte, deren Erledigung keinen Aufschub duldet.«

Er sprach so, als wäre es völlig normal, einen Marineleutnant und eine junge Frau im Keller anzutreffen. Vermutlich dachte er, wir würden hier wohnen.

Iris, der es anscheinend vor Verblüffung die Sprache verschlagen hatte, schnappte nach Luft. Das Streichholz ging aus. Dann sagten meine Frau und ich wie aus einem Munde: »Mr. Catt.«

Er stammelte in der Dunkelheit. »Sie – äh – bringen mich in Verlegenheit. Ich glaube nicht, daß ich bereits das Vergnügen hatte...«

»Und ob Sie bereits das Vergnügen hatten«, sagte Iris. »Sie haben gestern nacht in unserer Badewanne geschlafen.«

»Ihre Badewanne, gnädige Frau?« Er hüstelte peinlich berührt, so als hätte sich Iris eine gräßliche Unschicklichkeit zu schulden kommen lassen. Dann fügte er verlegen hinzu: »Ich bedaure, eingestehen zu müssen, daß ich – äh – letzte Nacht nicht ganz ich selbst war. Eine leichte Unpäßlichkeit. Es ist ein Leiden, das – äh – mich in regelmäßigen Abständen befällt. Überaus lästig. Falls ich Ihnen irgendwelche Unannehmlichkeiten bereitet habe, möchte ich die Gelegenheit ergreifen, um Entschuldigung zu bitten. Und nun, wenn Sie so liebenswürdig wären...«

Ich hatte noch nie erlebt, daß jemand eine lüsterne Sauforgie als leichte Unpäßlichkeit bezeichnete.

Sarkastisch bemerkte ich: »Denken Sie nur nicht, daß Sie uns Unannehmlichkeiten bereitet haben, Mr. Catt. Ihretwegen sind wir bloß in zwei Morde verwickelt worden. Mehr nicht.«

»Morde!« wiederholte der Bärtige. »Sie – äh – sind doch nicht etwa dieser Leutnant Duluth und seine Frau, über die ich in der Nachmittagszeitung gelesen habe?«

»Natürlich sind wir das«, antwortete Iris. »Sie müssen sich doch an uns erinnern. Hatch und Bill – unsere Freunde suchen Sie in der ganzen Stadt. ›Die rote Rose... die weiße Rose... der Elefant... Seite vierundachtzig... ssönes Kind... Kätzchen.‹ Ach, ist ja egal, ob Sie sich an uns erinnern oder nicht. Während Sie über alles Bescheid wissen, wußten wir gerade genug, um dabei verrückt zu werden. Sie müssen uns helfen, Zelide zu retten.«

»So, so. Leutnant Duluth und Mrs. Duluth!« Die Stimme von Emmanuel Catt hatte ihre unterkühlte Förmlichkeit verloren und säuselte nun zufrieden. »Ich muß gestehen, daß ich mich absolut nicht entsinnen kann, gestern abend Ihre Bekanntschaft gemacht zu haben. Mein Leiden führt häufig zu geringfügigen Gedächtnislücken. Wenn ich in Ihrer – äh – Suite geschlafen habe, muß ich mich immerhin so gut gefühlt haben, daß ich in mein Hotel zurückkehren konnte, denn dort bin ich heute nachmittag zweifelsohne aufgewacht.«

Während Hatch und Bill bis nach Oakland falschen Bärten nachgejagt waren, hatte Mr. Catt also seinen Champagnerrausch im eigenen Bett ausgeschlafen.

Emmanuel Catt säuselte weiter: »Welch glücklicher Zufall, Ihnen zu begegnen, Leutnant. Ich bin nur sehr unzureichend über die schrecklichen Tragödien informiert. Arme Eulalia; arme Lina. Ich habe vorhergesehen, daß so etwas passieren würde, und ich habe sie vor der Gefahr, in der sie schwebten, auf eine ganz besondere Art und Weise gewarnt, nämlich mit Rosen und einer Ausgabe meines Essays. Damit ihnen nichts zustößt, bin ich sogar eigens aus Hollywood angereist, wo ich als psychologischer Berater in den *Continental Studios* arbeite – eine Reise, die unglücklicherweise aufgrund meiner Unpäßlichkeit keinen Erfolg gezeitigt hat. Sie scheinen in diesem Drama eine tragende Rolle zu spielen. Vielleicht hätten Sie die Güte, mir mitzuteilen…«

Ich konnte sehen, wie sein Verstand arbeitete. Amerikas berühmtester Kriminologe dachte bereits an seinen zweiten Essay über die Brüder Rose. Was ihn betraf, so waren die ›Rosen‹ und die tödliche Gefahr für Zelide vergessen. Ludwig und Bruno konnten in aller Ruhe weiter für Material für den Abschluß des Essays sorgen, während sich Mr. Catt im Keller unter dem Zirkus die Zeit für ein gemütliches Plauderstündchen nahm, um dabei Leutnant Duluths Psyche bis in die Tiefe zu ergründen. (*Ein pikanter Schauplatz*. Im Geiste sah ich es bereits gedruckt vor mir.)

Ich antwortete: »Im Moment, Mr. Catt, habe ich die Güte, Ihnen eine einzige simple Tatsache mitzuteilen. Die Rose-Brüder sind hier im Zirkus. Sie planen, Zelide zu ermorden, vermutlich während des Vogelballetts. Weiß der Himmel, wie Sie in diesen Keller geraten sind. Auch das spielt keine Rolle. Das einzige, was zählt, ist – wie wir hier rauskommen.«

»Ja, ja.« Der ›Bart‹ klang ein wenig geknickt. »Sie haben zweifellos recht. Wie gedankenlos von mir. Die Begegnung mit Ihnen hat mich derart stimuliert, daß ich einen Augenblick lang... Aber gerade deshalb, weil ich Madame Zelide helfen wollte, bin ich ja umgehend von meinem Hotel hierhergeeilt, als ich von den Tragödien las. Da die beiden anderen Damen offenbar so unvorsichtig waren, meine Warnung außer acht zu lassen, wollte ich unbedingt dafür sorgen, daß Madame Zelide – eine bewundernswerte Frau – in Sicherheit sein würde. Ich bin vor kurzer Zeit im Zirkus eingetroffen und direkt zu Madame Zelides Garderobe gegangen. Ich wollte gerade hineingehen, als zwei Clowns mit – äh – einem Revolver...«

»Also deshalb«, sagte ich. Ich hätte mir denken können, daß der ›Bart‹, der so viel zu wissen schien, eine noch größere Bedrohung für die Pläne der ›Rosen‹ darstellte als wir. Es war deshalb verständlich, daß sie ihn in unser exklusives Keller-Gefangenenlager eingewiesen hatten.

»Eine überaus farbenprächtige und einfallsreiche Verkleidung«, sagte er gerade. »Ich muß zugeben, ich hätte keinen der beiden Brüder erkannt, während sie mich natürlich sofort erkannt haben.« Mr. Catt hatte zwar geleugnet, uns zu kennen, doch jetzt sprach er, als wären wir die besten Freunde und allesamt Verbrechensexperten, die der Lösung zum Greifen nahe waren. »Ein recht prickelndes Gefühl, von einer Pistole in Schach gehalten zu werden, Leutnant. Obwohl ich in jenem Augenblick Angst hatte, bin ich jetzt außerordentlich dankbar, diese Erfahrung gemacht zu haben.« Er kicherte. Ich konnte mir vorstellen, wie der Bart in der Dunkelheit auf und ab wippte. »Ich hatte schon immer eine große Schwäche für diesen Fall, und daß ich den Protagonisten auf so – nun, so intime Weise – begegnet bin … Äußerst faszinierend!«

Ich versuchte, diesen Redeschwall einzudämmen. Ich wußte plötzlich, wie sich der kleine holländische Junge gefühlt haben mußte, als er mit dem Finger das Loch im Deich zuhielt.

Mr. Catt fuhr fort: »Und meiner Ansicht nach ist Ihre Vermutung richtig, daß die Rose-Brüder versuchen werden, Zelide auf ähnliche Weise zu ermorden, in der die ›Purpurne Rose‹ zu Tode gekommen ist. Sie haben die beiden durchschaut. Rache ist süßer, wenn sie einem gewissen ästhetischen Muster folgen kann. Und angesichts ihrer besonderen Monomanie … du meine Güte, ich gerate schon wieder ins Plaudern, nicht wahr? Ja, Sie haben vollkommen recht. Wir müssen uns überlegen, mit der wir aus diesem etwas übelriechenden Keller herauskommen.«

Ich fragte: »Haben die Brüder Rose Sie über einen Gang und durch eine Stahltür hierhergebracht?«

»Ja. Eine sehr massive Tür. Sie haben sie sogar vorsichtshalber verschlossen. Ich fürchte, wir werden sie nicht aufbrechen können. Du meine Güte, die Zeit ist knapp. Ich wünschte nur, ich hätte die Polizei um Hilfe gebeten, statt selbst übereilt hierherzukommen, um Zelide zu warnen. Das ist ärgerlich, überaus ärgerlich.«

›Ärgerlich‹ war ein treffendes Wort für unsere Lage. Während Emmanuel Catt weiterplauderte, fuhr ich mit den Fingern über die verbliebenen Streichhölzer im Briefchen. Ich hatte noch fünf. Wir konnten immer noch zurückgehen und versuchen, gegen die Tür zu trommeln, wobei die Chancen gering waren, daß jemand auf uns aufmerksam werden würde. Oder wir konnten die Streichhölzer dafür verwenden, den Rest des Kellers zu erkunden. Ich beschloß, das Wagnis einzugehen, nach einem zweiten Ausgang zu suchen. Iris stimmte zu. Emmanuel Catt konnte sich nicht äußern, denn er war zu sehr damit beschäftigt, uns zu erläutern, daß er in einer faszinierenden Frage der Verbrechenspsychologie anderer Meinung war als der kürzlich verstorbene Alexander Woollcott.

Ich verharrte einen Augenblick, um mir den Grundriß des Kellers, so wie ich ihn im Schein des letzten entzündeten Streichholzes gesehen hatte, in Erinnerung zu rufen. Hinter uns führte der Weg zurück zu der Stahltür. Vor uns lag jener Teil des Kellers, den Iris und ich bereits erkundet hatten. Links von uns war eine Wand, die nicht besonders vielversprechend aussah. Ich beschloß, beherzt den Weg nach rechts ins Ungewisse einzuschlagen.

Ich ging voran, Iris hinter mir her, und Mr. Catt bildete wortreich die Nachhut. Die Streichhölzer mußten für einen eventuellen Notfall gespart werden. Ich streckte die Arme nach vorne aus und bewegte mich in einer Art Zeitlupen-Gänseschritt durch die Dunkelheit vorwärts, um nicht über irgendein unsichtbares Hindernis zu stolpern.

Wir waren ein gutes Stück vorangekommen, als Iris' Stimme in Mr. Catts gelehrten Monolog mit einem scharfen: »Pst, Mr. Catt!« einfiel.

Amerikas berühmtester Kriminologe brach gehorsam mitten im Satz ab.

»Hör mal, Peter«, sagte Iris.

Bis dahin war es im Keller bis auf die Geräusche, die wir selbst machten, völlig still gewesen. Doch jetzt, als ich genauer hinhorchte, hörte ich aus der Dunkelheit vor uns ein eigenartiges Rumpeln. Es kam von oben und klang wie das dumpfe Beben von schwerem Straßenverkehr.

»Was ist das?« fragte Iris.

Ich wußte es nicht. Ich ging weiter, auf das Geräusch zu. Es wurde deutlicher – ein schweres, rhythmisches Stampfen. Es war bestimmt kein Straßenverkehr. Das waren keine Autogeräusche. Es war, als ob riesige Tänzer über uns eine Sarabande stampften. Sogar die Bohlen der unsichtbaren Decke ächzten und knarrten.

Während ich angestrengt lauschte, rief der ›Bart‹ plötzlich: »Ha! Jetzt wissen wir, wo wir sind.«

»Was meinen Sie mit ›Ha‹?« fragte Iris.

»Mrs. Duluth, Sie sind doch bestimmt ein so großer Zirkus-Fan, daß Sie den behenden Schritt des Elefanten erkennen.«

»Die Elefanten!« wiederholte Iris aufgeregt. »Sie haben recht. Wir sind unter den Elefantenverschlägen. Sie müssen gerade aus der Manege zurückgekommen sein.«

Während sie sprach, drang ein schwacher, neuer Geruch in meine Nase. Er war ganz anders als die übelriechenden Düfte, die bislang vorherrschten. Es war ein süßer, nostalgischer Geruch, ein Landgeruch, und ich erkannte ihn sofort.

Es roch nach Heu.

Ich sagte: »Wartet hier. Ich bin gleich wieder da.«

Wie ein Spürhund folgte ich meiner Nase. Ich tastete

mich auf den überraschenden Wohlgeruch zu. Nach mehreren Schritten berührten meine ausgestreckten Hände etwas, das unverkennbar Heu war.

Über uns erklang weiterhin das Rumpeln sich bewegender Elefanten. Ich rief: »Iris, Mr. Catt. Hierher. Keine Gefahr. Es ist nichts im Weg.«

In wenigen Augenblicken waren sie bei mir.

»Was ist das, Peter?« fragte Iris.

»Heu«, sagte ich. »Frisches Heu. Elefanten über uns. Heu hier. Elefanten essen Heu.«

»Heu muß zu Elefanten geschafft werden«, fiel Iris enthusiastisch ein. »Es muß einen Ausgang geben. Mach ein Streichholz an – schnell.«

Ich entzündete ein Streichholz. Es war tatsächlich Heu, ein großer Stapel, der bis zur Decke reichte. Ich drehte mich um und hielt die kleine Flamme von mir weg. Rechts von uns stand eine Leiter, die vom Boden nach oben führte und mit Haken an der Decke befestigt war.

Mit einem äußerst unwürdigen Freudenschrei lief Emmanuel Catt auf sie zu. Ich sah, wie sein breiter Körper auf die unterste Sprosse stieg. Dann ging das Streichholz aus.

Iris und ich eilten zur Leiter. Aufgrund des Schnaufens, das aus der Dunkelheit kam, wußte ich, daß der ›Bart‹ kletterte. Ich spähte zur Decke und erkannte Ritzen, durch die schwaches Licht drang.

Iris sah sie auch und rief: »Da oben ist eine Falltür, Mr. Catt. Direkt über Ihnen.«

Mr. Catts majestätische Stimme dröhnte zu uns herab. »Ich habe die schmalen Lichtstreifen bereits bemerkt, Mrs. Duluth. Ich hoffe, sie unverschlossen vorzufinden.«

Über uns hatten die Elefanten ihren Spaß. Die Aussicht, aus diesem abscheulichen Keller zu entkommen, machte mich übermütig. Es kam mir mit einem Mal völlig absurd vor, daß Amerikas berühmtester Kriminologe, mit Bart und allem, eine Leiter erklomm, um in einer Box voller Elefanten aufzutauchen.

Aus der Dunkelheit über uns ertönte ein besonders lautes Stöhnen. Dann, langsam, weiteten sich die Ritzen. Licht strömte herein und ließ Mr. Catts Hände erkennen, die eine hölzerne Falltür gepackt hielten und hochdrückten. Dann konnte man sein Gesicht sehen, wie es durch die Öffnung in der Decke spähte. Auf seinen Haaren und im Bart war Stroh. Er sah aus wie Pluto, der gerade aus seinem unterirdischen Palast steigen will.

Plötzlich verzog sich sein Gesicht zu einem alarmierten Ausdruck. Er ließ die Luke zufallen und rief: »Erbarmen!«

Mit verblüffender Behendigkeit war er die Leiter wieder heruntergeklettert und stand nun neben uns.

Iris fragte: »Was ist los?«

Mr. Emmanuel Catt schnaufte vor Anstrengung. »Die Falltür scheint völlig in Ordnung zu sein, Mrs. Duluth. Doch sie liegt unglücklich. Als ich in die Box darüber spähte, starrte ich direkt auf das – äh – Hinterteil eines großen Elefanten mit einer rosa Schleife um den Hals. Ich bin nahezu überzeugt, daß dieser Elefant Edwina ist. Wie ich bereits in meinem Essay klargestellt habe, ist sie für ihr unberechenbares Temperament berüchtigt. Ich glaube nicht, daß sie entzückt sein wird, wenn plötzlich fremde Menschen sozusagen aus der Tiefe der Erde auftauchen. Bevor wir weitere Schritte unternehmen, schlage ich vor, daß wir einen Pfleger auf uns aufmerksam machen, damit er – äh – sie festhält.«

»Aber wir wollen keinen Pfleger rufen«, sagte Iris. »Dann müßten wir ihm nämlich erklären, was wir im Keller gemacht haben. Das würde uns nur aufhalten. Er würde mißtrauisch werden. Wir müssen schnellstens zu Zelide. Ich habe keine Angst vor Edwina. Ich glaube, sie ist lieb. Laßt mich zuerst gehen, schließlich sind wir beide Damen.«

Der ›Bart‹ schnalzte beunruhigt mit der Zunge. Ich sagte: »Nein, Schatz. Ich bin zwar auch der Meinung, daß wir keinen Pfleger holen sollten. Doch ich gehe zuerst.«

Ich trat auf die Leiter zu und kletterte nach oben.

Mr. Catts Stimme klang plötzlich hektisch: »Aber Leutnant, Edwina ist für ihre Gewalttätigkeit bekannt. Wie Sie vielleicht wissen, hat sie – äh – Bruno Rose das Schlüsselbein gebrochen.«

Das hatte ich natürlich nicht gewußt. Die Hälfte von dem, was er sagte, war ohnehin dummes Geschwätz. »Vielleicht mochte sie Bruno Rose ja nicht«, sagte ich. »Und falls dem so war, kann ich es ihr nicht verübeln. Gegen mich wird sie nichts haben.«

Ich tastete über meinem Kopf nach der Falltür und drückte sie hoch. Ich stieg noch eine weitere Sprosse der Leiter hinauf. Ich blinzelte in das ungewohnteLicht und starrte in die Box. Da war Edwina, zweifellos. Sie stand sehr nahe an der Falltür. Diesmal war es nicht ihr – äh – Hinterteil, das mir gegenüberstand, sondern ihr Kopf. Sie starrte mir direkt aus ihren kleinen, unerschrockenen Augen ins Gesicht. Die Schleife um ihren Hals war verrutscht, und der große rosa Knoten baumelte hinter einem ihrer Ohren.

»Hallo, Edwina«, begrüßte ich sie schwach. »Du bist ein braves Mädchen. Wie läuft's denn so, Edwina?«

Ich wußte nicht, wie man mit Elefanten redet. Ich nahm einfach an, daß man sie wie Hunde behandelt. Sie schlug mit den Ohren, nahm Heu mit dem Rüssel hoch und streute es sich über den Kopf. Sie beobachtete mich noch immer.

In einem Anflug von Selbstsicherheit wand ich mich aus der Falltür auf den mit Heu übersäten Boden der Box heraus. Auf einmal trompetete Edwina. Ich zuckte zusammen. Ich fragte mich, ob Elefanten wie Hunde waren und das Adrenalin rochen, oder was immer es ist, das die Drüsen in angstvollen Augenblicken absondern. Doch Edwina schien sich weder für meine Drüsen noch für mein Schlüsselbein zu interessieren. Sie nahm bloß noch mehr Heu hoch, um es sich über die Schultern zu werfen.

»Brave Edwina«, schmeichelte ich. »Braves Mädchen, Edwina.«

Das Gitter, das die Box umgab, war nicht hoch. Es würde ein leichtes sein, darüberzuklettern. Kein Pfleger war in Sicht. In den anderen Boxen erholten sich die übrigen Elefanten von ihrem Auftritt in der Manege und wiegten sich stampfend hin und her. Ich machte einen Schritt auf Edwina zu. Es schien sie nicht zu stören.

Dann rief ich über die Schulter nach hinten: »Okay, Iris.«

Im Nu tauchte meine Frau aus der Falltür auf. Obwohl sie auch Heu im Haar hatte, sah sie sehr schön aus. Sie hatte ein Büschel Heu in der Hand. Sie kam zu mir und schenkte Edwina ein strahlendes, herzliches Lächeln.

»Guten Tag, Edwina.«

Sie hielt ihr das Heu hin, als wäre es eine Teetasse. Edwina blickte darauf und wandte sich dann unsäglich gelangweilt halb ab. Dabei beobachtete sie Iris allerdings aus den Augenwinkeln mit der duldsamen Unduldsamkeit einer sehr alten Dame.

Kurz darauf kam Mr. Emmanuel Catt durch die Falltür und schloß sie. Er warf Edwina einen ängstlichen Blick zu und sagte: »Je schneller wir die Box verlassen, so denke ich, desto klüger wäre es.«

Ich sagte: »Dann mal los. Wir müssen klettern.«

Ich hob Iris hoch, und sie kletterte übers Gitter. Es war schwieriger, Mr. Catt hochzubugsieren, aber ich schaffte es doch noch. Dann schwang ich mich selbst hoch.

Während der ganzen Prozedur bewahrte Edwina die Ruhe. Sie war zu alt und zu weise, als daß sie sich über das unorthodoxe Verhalten eines Marineleutnants, einer jungen Frau und eines bärtigen Gentleman Gedanken gemacht hätte.

Wir drei standen einen Augenblick lang vor der Box und sahen einander an. Iris' Silberfuchspelz und die Nelke des ›Bartes‹ paßten nicht zum Staub und Heu. Ich selbst sah auch nicht gerade wie ein Marinesoldat aus. Aber es war mir egal. Wir waren endlich frei.

Das Blatt hatte sich wieder gewendet.

15

Ein Blick auf meine Armbanduhr ernüchterte mich etwas. Es war fast halb fünf. Der Zirkus war bereits seit anderthalb Stunden im Gange. Das Vogelballett mußte jeden Augenblick beginnen.

»Los«, sagte ich. »Jetzt ist Eile angesagt.«

Wir hasteten alle drei an den Elefanten vorbei auf den überwölbten Durchgang zu, der hinter die Manege zu den Garderoben und Zelides Hochzeitsfeier führte. Zwei unauffällige Männer, vermutlich die Pfleger der Elefanten, lungerten in einer Ecke. Sie starrten uns an, waren aber nicht so neugierig, daß sie uns folgten.

Wir rannten durch den Durchgang. Vor uns war der Eingang der Artisten zur Manege. Draußen in der Manege schmetterte die Kapelle eine martialische Melodie. Im Eingang herrschte ein wirres Menschengewühl. Wir drängten uns hinein. Iris schlängelte sich vor mir durch. Plötzlich wirbelte sie herum, packte meinen Arm und zeigte über die Köpfe hinweg auf die eigentliche Arena.

»Sieh mal, Peter«, stieß sie nach Luft schnappend hervor.

Genau am Eingang zur Manege, fast zum Greifen nahe und dennoch schier unerreichbar, sah ich, wie federgeschmückte Blondinen dicht hintereinander auf das rotweiß-blaue Sägemehl hinausmarschierten. Sie marschierten im Paradeschritt zum Rhythmus der Kapelle und wurden mit donnerndem Applaus begrüßt. Und an ihrer Spitze bewegte sich pompös eine Blondine mit einem noch prächtigeren Federschmuck.

Es war Madame Zelide selbst.

Wir waren um den Bruchteil einer Minute zu spät gekommen.

Das weltberühmte Vogelballett hielt gerade seinen Einzug zum glanzvollen Finale der Galavorstellung des Zirkus.

Ich starrte mutlos vor mich hin. Das Blatt hatte sich wieder gewendet. Dann sah ich noch etwas, das mein Blut vor Verzweiflung in Wallung brachte.

Um die Schar der Luftakrobatinnen herum sprangen, rannten, purzelten und tanzten zwei Clowns.

Ein rot-weißer Clown und ein blau-weißer Clown.

»Die ›Rosen‹«, rief ich.

Rücksichtslos drängte ich mich durch die umstehenden Zuschauer hindurch zum Rand der Manege. Iris und Mr. Catt folgten mir dicht auf den Fersen.

»Zelide!« rief ich in die farbenprächtige Parade. »Madame Zelide.«

Im selben Augenblick packten mich Arme und zogen mich zurück. Die Bühnenarbeiter hielten auch Iris und Mr. Catt fest. Einer sagte zu mir: »Mensch, bist du verrückt? Die Vorstellung läuft. Du kannst da nicht raus.«

Ich riß mich los. »Ich muß aber zu Madame Zelide. Wir müssen die Nummer unterbrechen.«

Die Männer umzingelten uns jetzt.

»Du kannst die Nummer nicht unterbrechen, Mann. Das ist doch wohl klar.«

»Aber Madame Zelide – sie ist in großer Gefahr«, sagte Iris.

Ich sah, wie sich die Prozession immer mehr der Mitte

der Manege näherte. Ich sah das Gewirr der Trapezseile, die vom Deckengewölbe herabhingen, und die hohen rosa Plattformen, die für das Vogelballett gedacht waren. Die Kapelle spielte mit dröhnenden Tubas weiter. Und die beiden Clowns bewegten sich mit aufsehenerregenden Überschlägen im Zickzack zwischen den Luftakrobatinnen hin und her.

Iris und Mr. Catt stritten mit den Arbeitern. Sie erreichten nicht das geringste. Alles, was sie sagten, bestätigte die Zuhörenden in ihrer Meinung, daß wir harmlose Irre waren. Die Männer hatten sich wieder neu gruppiert, so daß sie einen undurchdringlichen Keil zwischen uns und dem Eingang zur Manege bildeten. Es war zwecklos. Bis wir die Sache erklärt hatten, würde es bereits zu spät sein.

Ich wußte plötzlich, was wir tun mußten.

»Okay«, rief ich den Männern zu. »Entschuldigen Sie, daß wir Sie belästigt haben. Vergessen Sie's.«

Ich packte Iris und Mr. Catt an den Armen.

»Wir haben Manegenplätze. Das ist unsere einzige Chance. Geht runter zu den Plätzen und dann über die Abschrankung in die Manege.«

»Klar«, sagte Iris nach Atem ringend. »Kommen Sie, Mr. Catt.«

Die Arbeiter grinsten ungläubig, als wir davonliefen und zu den Tierverschlägen zurück rannten. Wir kamen an den Elefanten, an den gelangweilten, in Käfigen eingesperrten Tieren und den Plätzen der Nebenvorstellungen vorbei, wo sich der größte Mann der Welt und die dickste Frau und die tätowierte Dame und die Schlangendame, alle vom Wein von Zelides Hochzeitsfeier erfrischt, auf die Besucher vorbereiteten, die bald ihre Schaubuden überschwemmen würden. Als wir die Treppe hochliefen, die zum Zuschauereingang des Stadions führte, zog ich die Eintrittskarten aus meiner Tasche. Wir hatten nur zwei. Aber das war jetzt nicht zu ändern.

Wir stürzten in den ersten Zuschauergang auf unserem Weg zur Manege. Niemand stand am Eingang, um die Karten zu kontrollieren. Wir eilten durchs Publikum nach unten.

Das Stadion war riesengroß: Tausende von Menschen drängten sich auf den überfüllten Rängen. Sie machten einen ohrenbetäubenden Lärm, und das weite Oval sah aus wie ein weißes Meer aus Gesichtern.

Unten in der Manege wurden die Trapeze aus dem Nest von Seilen an der Decke heruntergelassen. Die Kapelle hatte ihren Marsch beendet und ging jetzt zu einer honigsüßen Version von *Chiribiribin* über. Die federgeschmückten Blondinen schwärmten mit kleinen Trippelschritten zu ihren jeweiligen Trapezen aus. Genau in der Mitte der Manege, unter einem sich langsam senkenden rosa Trapez, war Madame Zelide selbst: Ganz in Rosa, verbeugte sie sich und warf dem Publikum Kußhände zu.

Doch es waren die beiden Clowns, die meine Aufmerksamkeit auf sich zogen. Sie kletterten beide an den Tauen hoch, die rechts und links von Zelide lose von der Decke hingen. Sie kletterten so behende wie Affen und schnatterten und schnitten den Zuschauern Grimassen, während sie kletterten. Ich sah den Zirkusdirektor, der auf der Seite stand und in seinem Zylinder und Frack einen prachtvollen Anblick bot. Er starrte zu den Clowns hoch, als hätte er sie in dieser Nummer nicht erwartet. Kurz darauf blickte er jedoch wieder weg. Die Clowns fanden offensichtlich Anklang beim Publikum. Ebenso offensichtlich mußte der Zirkusdirektor wohl annehmen, daß sie entweder Zelide selbst im Vogelballett aufgenommen hatte oder daß sie, mit der Narrenfreiheit, die Clowns nun einmal genießen, eine Nummer improvisierten, um deren Wirkung zu erhöhen.

Wir liefen durch die Zuschauerreihen auf die Manege zu. Ich wußte weder genau, was wir tun würden, noch was die Rose-Brüder tun würden. Ich wußte lediglich, daß größte Gefahr bestand und daß Zelide gewarnt werden mußte.

Plötzlich, als ich an einer bestimmten Sitzreihe vorbeikam, spürte ich, wie mich jemand am Arm packte. Ich drehte mich um, und mit sinkendem Mut blickte ich direkt in die wäßrigen Augen von Cecil Grey. Der Schauspieler, der mich am Abend zuvor zu Lina gefahren hatte, saß am äußersten Ende einer Bank. Seine Hand hielt noch immer meinen Arm gepackt, und sein Griff war alles andere als freundschaftlich. Auch sein Gesichtsausdruck war nicht freundlich. Er hatte offensichtlich die Nachmittagszeitung gelesen und zitterte jetzt am ganzen Leibe in der Aufregung eines rechtschaffenen Bürgers, der gerade einen Doppelmörder entlarvt.

Iris und Mr. Catt waren weitergelaufen. Wenn ich stehenblieb, um Cecil Grey die Lage zu erklären – was konnte ich ihm erzählen? Andererseits, wenn ich mich losriß, würde er bestimmt zum nächstbesten Polizisten laufen und die Verfolgung aufnehmen.

Nach einem Augenblick der Unentschlossenheit fiel mir ein, daß eigentlich der Zeitpunkt gekommen war, wo ein paar Polizisten durchaus nützlich sein konnten. Ich würde bestimmt verhaftet werden, und Hatch hätte vermutlich eine sehr viel bessere Idee gehabt. Doch Hatch war nicht da, und wir brauchten Hilfe. Mit einem Ruck befreite ich meinen Arm aus Greys Griff und stieß ihn zurück, so daß er seitlich gegen seinen Nachbarn plumpste.

Als ich hinter Iris und Mr. Catt den Gang hinunterpolterte, hörte ich, wie Grey mit seiner Schauspielerstimme schrie: »Schnell. Schnell. Das ist Leutnant Duluth. Der Mann, der wegen Mordes gesucht wird. Schnell.«

Hinter mir brach ein gemäßigtes Durcheinander aus. Es war mir egal. In der Manege waren die Nebenakrobatinnen alle auf ihre Trapeze gesprungen. Zum flotten Rhythmus von *Chiribiribin* schwebten sie langsam nach oben, wobei sie kokett ihre rosaumhüllten Beine schwangen. Doch um die Spannung zu erhöhen, war Madame Zelide selbst noch immer am Boden, wo sie sich vor ihrem ausladenden rosa Trapez stehend verbeugte.

Die beiden Clowns waren mittlerweile bis zum Gewölbe des Stadions geklettert. Die Menge, die gebannt verfolgte, was unten passierte, interessierte sich nicht mehr für sie. Sie befanden sich vor den Augen von Tausenden von Menschen, und doch waren sie praktisch unbeobachtet. Widerwillig empfand ich Bewunderung für ihre Unverfrorenheit.

Aber was hatten sie vor?

Der Tumult hinter mir wurde immer bedrohlicher. Iris und Mr. Catt waren am Fuße des Ganges angelangt. Sie umklammerten die Brüstung, die sie von der Manege trennte, und starrten nach oben. Ich erreichte sie. Genau in diesem Moment stieß Iris einen kurzen Schrei aus.

»Peter, da oben... irgend etwas hat im Scheinwerferlicht aufgeblitzt. Der rote Clown hat ein Messer.«

Das also war der Plan der ›Rosen‹. Sie wollten ein Stück von Zelides Trapezseilen durchschneiden. Sie würden die Fäden nicht vollständig durchtrennen. Das wäre ja zu plump. Sie würden bloß die Stränge ausdünnen, so daß das Seil, sobald Madame Zelide hoch über der Manege hing und ihre Luftpirouetten vorführte, nach und nach ausfransen würde. Zelides Sturz in den Tod würde wie ein Unfall aussehen.

Plötzlich erstarb *Chiribiribin*, und ein aufwühlender Trommelwirbel setzte ein. Madame Zelide warf ihrem Publikum eine letzte Kußhand zu, griff nach den Seilen hinauf und sprang graziös aufs Trapez.

Iris' Finger schlossen sich um meinen Arm. »Sieh doch, Peter. Sie haben es getan. Sie klettern die Seile runter. Sie werden verschwinden, bevor es passiert.«

Ich sah hoch. Die beiden Clowns glitten an den Tauen zu Boden. In wenigen Minuten würden die Rose-Brüder unbehelligt aus der Manege sein, unbehelligt aus dem Zirkus, unbehelligt auf dem Weg in ein Versteck, das sie sich mit großer Wahrscheinlichkeit bereits ausgedacht hatten. Ich warf einen Blick über die Schulter und sah, wie Cecil Grey und zwei Polizisten den Gang heruntergestelzt kamen.

Jetzt oder nie.

»Auf geht's«, sagte ich. »Ran an den Feind.«

Ich sprang über die Absperrung und hinunter auf das Sägemehl der Manege. Iris kam hinter mir hergestolpert. Mit unerwarteter Geschicklichkeit schwang sich Mr. Emmanuel Catt zu uns herab.

Hinter uns erhoben sich Rufe und Schreie. Das neugierige und alarmierte Raunen schwoll zu tosendem Lärm an. Von allen Seiten der Manege kamen Aufseher auf uns zu, entsetzt über den Anblick von Unbefugten in der Manege. Undeutlich sah ich, daß die beiden Clowns fast den Boden erreicht hatten.

Der Trommelwirbel dauerte noch immer an. Vor uns, mitten in der Manege, saß Madame Zelide auf ihrem rosa Trapez und schwebte langsam und unerbittlich ihrem Verhängnis entgegen.

Emmanuel Catt, der einen vortrefflichen Spurt einlegte, stürmte an mir vorbei aufs Trapez zu – ein bärtiger Jupiter mit der Schnellfüßigkeit eines Merkurs. Iris und ich jagten hinter ihm her. Im Stadion herrschte ein Höllenlärm. Die beiden Clowns sprangen von den Tauen und bewegten sich mit Luftsprüngen und Purzelbäumen unauffällig auf den Ausgang zu. Der Zirkusdirektor näherte sich uns peitschenschwingend.

Mr. Emmanuel Catt erreichte als erster das Trapez. Zelide schwebte jetzt über unseren Köpfen. Ihre rosafarbenen, muskulösen Beine baumelten herab. Obgleich sie völlig perplex zum ›Bart‹ hinabblickte, waren ihre Lippen noch immer zu einem breiten, professionellen Lächeln gedehnt.

Der Zirkusdirektor hob die Peitsche. Ich warf mich auf ihn. Im selben Augenblick kauerte sich Mr. Catt wie ein wuchtiger, bärtiger Leopard nieder und sprang in die Höhe. Es war ein absurder Augenblick. Ich sah, wie seine großen Hände nach Zelides Knöcheln griffen. Der Zirkusdirektor und ich waren unzertrennlich ineinander verkrallt.

Und dann purzelten Amerikas berühmtester Kriminologe und die weltberühmte Madame Zelide in einem lächerlichen Haufen zusammen auf das rot-weiß-blaue Sägemehl zu unseren Füßen hinunter – ein unentwirrbarer Knoten aus blondem Haar, schwarzem Bart und rosa Trikot.

Aufseher und Polizisten drängten sich um uns. Der Zirkusdirektor zappelte vergeblich in meinen Armen. Das Knäuel aus Emmanuel Catt und Madame Zelide wand sich im patriotischen Sägemehl.

Ich dagegen empfand nichts als Siegesfreude. Ich hatte zwar immer noch kaum eine Ahnung, worum es eigentlich ging, doch das war mir egal.

So unwahrscheinlich komisch und aufsehenerregend der Höhepunkt auch verlaufen war, wir hatten gewonnen. Diesmal würde sich das Blatt nicht mehr wenden.

Trotz aller Widrigkeiten hatten wir Madame Zelide Rose Annapoppaulos schließlich doch noch gerettet.

16

Von diesem Augenblick an passierten so viele Dinge auf einmal, daß ich mich nur noch verschwommen daran erinnere. Irgend jemand plärrte über die Lautsprecheranlage in einem vergeblichen Versuch, das in helle Aufregung geratene Publikum zu beruhigen. Der Zirkusdirektor riß sich von mir los, warf einen verzweifelten Blick auf seine Starakrobatin, die sich in der Manege wand, und ergriff ein Mikrofon, das offenbar mit einem Verstärker hinter der Bühne verbunden war. Über den allgemeinen Lärm hinweg hörte ich ihn ins Mikrofon stöhnen: »Bringt die Elefanten. Schnell. Die Nummer ist ruiniert. Bringt irgend etwas, damit die Leute was zu gucken haben. Die Elefanten.«

Zelide brabbelte aufgebracht vor sich hin und kam taumelnd auf die Beine. Auch Mr. Catt stand auf. Überall drängelten Leute, schrien und rempelten sich gegenseitig an. Iris und ich waren vergessen. Niemand schien sich genau zu erinnern, wer eigentlich womit angefangen hatte.

Ich stellte mich auf die Zehenspitzen und starrte über die wippenden Köpfe hinweg. Ich konnte gerade noch einen kurzen Blick von den beiden Clowns erhaschen, die sich unaufhaltsam gegen den Menschenstrom auf den Ausgang zu bewegten.

»Die Clowns da hinten!« rief ich. »Haltet sie. Haltet die Clowns auf.«

Niemand achtete darauf. Ich war bloß noch jemand, der irgend etwas rief. Mit Iris hinter mir kämpfte ich mich durch die Menschenmasse. Ich war ein paar Schritte gegangen, als sich eine Hand auf meine Schulter legte und mich herumriß. Zwei Polizisten standen da mit Cecil Grey dramatisch an ihrer Seite.

»Das ist der Mann«, sagte der Schauspieler. »Das ist

Leutnant Duluth.« Er zeigte auf Iris. »Und das ist seine Frau.«

Der zweite Polizist ergriff Iris' Arm. Beide Beamten schauten verwirrt drein. Derjenige, der mich an der Schulter festhielt, brummte: »Leutnant Duluth, Sie sind verhaftet.«

Inmitten des Tumults klang diese Bemerkung eher nüchtern.

»Okay, Chef«, sagte ich. »Ich komme mit Ihnen. Aber zuvor gibt es für Sie noch etwas anderes zu tun.«

Ich stürzte mich in einen unzusammenhängenden Redeschwall über die beiden Clowns, deutete und gestikulierte. Iris tat es mir gleich.

Ich konnte hören, wie Mr. Catt in der Nähe, als wollte er es mit unseren Stimmen aufnehmen, Madame Zelide, die sich erbost auf italienisch ausließ, dröhnend ins Wort fiel.

»...Madame, es tut mir furchtbar leid, daß ich Ihren Auftritt verdorben habe... aber Sie müssen mir zuhören... Die ›Rosen‹, sage ich... Ludwig und Bruno... sie sind hier... sie wollten Sie ermorden...«

Die Zuschauer waren noch immer in heller Aufregung. Auch die Lautsprecheranlage plärrte noch.

»Die ›Rosen‹!« echote Madame Zelide entsetzt.

»Ja, ja«, ertönte Mr. Catt wieder im Wettstreit mit meinem leidenschaftlichen Appell an die Polizisten. »Sie sind hier, sage ich. Die Clowns. Haben Sie denn meine Warnung, die Blumen, nicht erhalten? Haben Sie denn nicht in der Zeitung gelesen, daß Eulalia und Lina tot sind?«

»Tot!« schrie Madame Zelide. »Ich sehe die Blumen, ja.

Aber ich lese keine Zeitung. Eulalia und Lina – tot. Oh, oh, dann iist es wahr. Es...«

Sie brach ab. Eine Sekunde später war sie bei meinem Polizisten, ihre blonden Locken zerzaust, das federgeschmückte Trikot voller Sägemehl.

»Schnell, schnell«, sagte sie keuchend. »Die Clowns. Mörder. Ihnen nach. Mörder. Die Rosen.«

Madame Zelide und ich hatten die beiden Polizisten zwischen uns in einen Zustand fast idiotischer Verwirrung versetzt. Während sie noch stammelnd mit der Trapezkünstlerin redeten, ergriff ich die Gelegenheit, mich durch die Menschenmenge davonzumachen und rannte den rasch entschwindenden Gestalten der beiden Clowns nach.

Durch meine Aktion war der Bann gebrochen. Bis auf den letzten Mann nahmen alle, die sich ziellos um Madame Zelides Trapez drängten, überstürzt die Verfolgung auf. Zunächst, glaube ich, waren sie hinter mir her. Doch schon bald hatte mich Madame Zelide selbst eingeholt. Ihr Trikot war zerdrückt und das blonde Haar flatterte hinter ihr her. Doch sie wirkte so furchterregend wie der Geist der Freiheit, der die revolutionären Massen anführt, und sie schrie, als wäre es ein verrückter Siegesruf: »Clowns. Mörder. Rosen. Clowns. Mörder. Rosen.«

Von da an waren Zelide und ich die anerkannten Führer der Truppe. Mr. Catt und Iris schlossen sich uns stolpernd an. Ich glaube nicht, daß die übrigen überhaupt wußten, wem oder was sie eigentlich folgten, doch die Massenhysterie trieb sie vorwärts. Auch sie riefen schließlich wie ein sinnloses Echo von Zelide: »Clowns. Mörder. Rosen.«

Jetzt gerieten die Zuschauer völlig außer Rand und Band. Ich konnte es ihnen nicht verübeln. Sie waren gekommen, um eine Zirkusvorstellung zu sehen. Nun bekamen sie ein absurdes Verfolgungsrennen geboten. Das Gebrüll von den vollbesetzten Rängen brandete wie eine gigantische Flutwelle über uns hinweg.

Die Clowns vor uns hatten den Ausgang fast erreicht. Eine kleine Traube Menschen stand um die Öffnung in der Absperrung herum und sah zu, wie wir näher kamen. Es hatte nicht den Anschein, daß sie die Clowns mit etwas in Verbindung brachten. Ich schrie ihnen aus vollem Halse zu, die Clowns aufzuhalten, doch der Lärm war so groß, daß ich kaum meine eigene Stimme hören konnte.

Die Clowns erreichten den Ausgang, stoben zwischen den Schaulustigen hindurch und waren verschwunden. Zelide, der ›Bart‹, Iris und ich drängten uns an der Spitze unserer Kohorten weiter. Zelide und ich kamen gleichzeitig am Ausgang an.

Zelide schnappte sich mit funkelnden Augen den erstbesten Mann.

»Die Clowns. Schnell. Wo siind sie lang?«

»Clowns?« echote der Mann. Dann ging ihm ein Licht auf, und er drehte sich um und zeigte den Korridor hinunter in Richtung auf die Elefantenboxen. »Sie meinen die beiden Clowns? Sind gerade da runter.«

»Hier lang!« schrie Zelide und winkte über die Schulter. »Hier lang. Schnell.«

Wir rannten den Gang hinunter. Die anderen folgten uns, dicht gedrängt wie Ölsardinen. Ich wußte, daß mindestens einer der Rose-Brüder eine Waffe hatte. Ich wußte, sie würden genauso gefährlich sein wie Tiger in der Falle. Doch die Menge, die uns weiterdrängte, war nicht mehr zu bändigen.

Weiter vorne machte der Gang eine Biegung nach rechts. Zelide und ich flogen auf die Stelle zu. Wir erreichten sie im selben Augenblick, als aus dem Gang vor uns ein noch größerer Lärm ertönte als jener hinter uns. Wir hörten ein ohrenbetäubendes Krachen und Stampfen und die heiseren Schreie von Männern. Doch ein Klang übertönte alle übrigen. Es war ein Dschungelgeräusch, so wild, daß selbst das heißeste Blut in den Adern gefror. Ich erkannte es sofort.

Es war das wütende Trompeten eines Elefanten.

Die anderen trampelten hinterdrein, als Zelide und ich um die Ecke jagten. Nie werde ich den Anblick vergessen, der sich uns bot.

Da waren sie, die Rose-Brüder. Sie standen am Ende des Ganges mit ihren Clownsrücken zu uns. Sie standen vollkommen still und starrten auf das, was vor ihnen war.

Und das vor ihnen war Edwina. Sie ragte quer über dem Gang auf und blockierte ihnen den Fluchtweg. Ihr runzliger Kopf war gesenkt. Ihr Rüssel war bedrohlich nach vorn gebogen, und die riesige rosa Schleife flatterte hinter ihrem Ohr wie ein gigantischer Schmetterling.

In dem Gang hinter Edwina sah ich flüchtig die anderen Elefanten, geduldig und gelangweilt, und die Männer, die den Auftrag hatten, sie zur Beruhigung des Publikums in die Manege zu bringen. Die Männer schrien auf Edwina ein, die die ganze Parade aufhielt. Aber sie reagierte nicht.

Sie stand einfach da, vollkommen still, und starrte die Clowns an, die zurückstarrten.

Als wir um die Ecke geschossen kamen, blickte der blaue Clown kurz über die Schulter zu uns zurück und flüsterte seinem Bruder etwas ins Ohr. Der rote Clown starrte weiterhin Edwina an. Plötzlich machte er einen Schritt auf sie zu, und im Korridor hallte das Geräusch eines Revolverschusses.

Augenblicklich erwachte Edwina zum Leben. Mit einem Brüllen bäumte sie sich auf ihren riesigen Hinterbeinen auf. Sie warf sich nach vorne. Ein seitlicher Stoß mit dem Kopf streckte den blauen Clown zu Boden. Sie trompetete. Der rote Clown feuerte erneut. Edwinas Rüssel schnellte vor und schlug ihm die Waffe aus der Hand. Dann schlang sich der Rüssel um seine Taille und hob ihn mit Schwung in die Luft.

Wir stürzten alle vorwärts. Mit einem Mut, der mich sehr beeindruckte, lief Zelide auf Edwina zu und rief:

»Nein, nein, Edwina. Töte ihn niicht. Laß ihn runter, Edwina. Töte ihn niicht.«

Trotz ihrer wahnsinnigen Schmerzen und blinden Wut schien die Elefantendame Zelides Stimme zu erkennen. Sie schüttelte heftig den Kopf, senkte ihren Rüssel und ließ den schlaffen Körper des roten Clowns vor die Füße der Trapezkünstlerin fallen. Dann blieb sie ganz ruhig stehen, während ihr das Blut über die dicke, graue Haut sickerte.

Die Menge strömte heran und stürzte sich auf die Clowns. Zwei Männer stellten den benommenen blauen Clown auf die Beine und fesselten ihm die Hände auf den Rücken. Zwei andere packten den keuchenden roten Clown. Jemand hob den Revolver auf.

Alle riefen durcheinander. Irgend jemand hatte meinen

Arm ergriffen. Ich drehte mich um. Es war mein Polizist. In seinem Gesicht lag noch immer ein verständnisloser, verblüffter Ausdruck, doch diesmal zog er ein Paar Handschellen hervor und ließ sie um meine Handgelenke schnappen.

»Ich hab' gesagt, Sie sind verhaftet«, stotterte er. »Dieser ganze Irrsinn... Clowns, Rosen. Zum Teufel damit. Ich bin hier, um Leutnant Duluth und seine Frau zu schnappen, und das werd' ich auch tun.«

Ich grinste ihn an. Der andere Polizist und Mr. Emmanuel Catt hatten die beiden Rose-Brüder sicher im Griff. Dessen war ich mir gewiß. Jetzt war ich durchaus gewillt, mich verhaften zu lassen.

Bis auf die Schreie und ein paar Erklärungen war jetzt alles vorbei.

Als der Polizist Iris und mich abführte, warf ich einen letzten Blick über die Schulter auf Edwina.

Sie war wieder in ihre alte, duldsame Apathie verfallen. Das Blut sickerte ihr zwar noch immer über die Flanke, doch die beiden Revolverschüsse schienen sie nicht viel mehr zu stören, als mich zwei Mückenstiche gestört hätten. Zelide tätschelte ihr den Rüssel. Ganz vorsichtig hob Edwina die Rüsselspitze und wand sie um das Handgelenk der weltberühmten Trapezkünstlerin.

Ich hatte keine Ahnung, was Edwina gegen die Rose-Brüder hatte oder was die Rose-Brüder gegen Edwina hatten. Aber eines stand außer Zweifel. Aus dieser letzten Runde ihres ungewöhnlichen Kampfes war Edwina, die Elefantendame, ganz eindeutig als Siegerin hervorgegangen.

17

Wir werden nie erfahren, wie es dem Madden Zirkus gelungen ist, nach dem Chaos, das wir bei seiner Galavorstellung angerichtet hatten, wieder Ordnung herzustellen. Während das Stadion bis auf die Grundfesten erbebte, schaffte der Polizist Iris und mich durch einen Nebenausgang in einen wartenden Polizeiwagen. Er traute uns nicht über den Weg. Er saß in der Mitte des Rücksitzes, hatte mich mit Handschellen an sein linkes Handgelenk gefesselt und hielt Iris mit seinem rechten Arm in Schach. Er befahl dem Fahrer, uns zum Präsidium zu bringen.

Die Hochstimmung, die mich befallen hatte, als ich sah, daß die Rose-Brüder verhaftet wurden, legte sich allmählich. Es war gut zu wissen, daß das Recht triumphiert hatte, auch wenn noch viele Fragen offen waren. Doch obwohl unser Weg zum Sieg mit guten Absichten gepflastert war, hatte er doch einen sehr unorthodoxen Verlauf genommen. Ich hatte unterwegs zwei Leichen einfach so liegen gelassen; ich hatte wichtige Informationen zurückgehalten; ich hatte mich als Zivilist ausgegeben; ich hatte praktisch gegen alle Anstandsregeln eines Offiziers und Gentleman verstoßen. Und darüber hinaus hatte mein Bild auf den Titelseiten der Zeitungen geprangt.

Obwohl Mr. Catt, Hatch und Bill sich für mich einsetzen würden, bezweifelte ich, daß ich bei der Polizei auf Zuneigung stoßen würde. Auch mein vorgesetzter Offizier tauchte drohend vor meinem inneren Auge auf. Würde er mich trotz meiner Wochenendaktivitäten für den seriösen Typ eines Oberleutnants zur See halten, der eine Beförderung verdient?

Als unser Wagen beim Präsidium hielt, war vor uns gerade ein zweites Fahrzeug vorgefahren. Ihm entstieg ein Polizist, der mit Handschellen an den roten Clown, und ein anderer, der an den blauen Clown gefesselt war. Die Rose-Brüder hatten durch Edwinas Rüssel augenscheinlich keine ernsthaften Verletzungen davongetragen. In ihrem Schlepptau folgten Mr. Catt und Madame Zelide, deren unziemliches Federtrikot teilweise durch ein Artistencape verhüllt wurde. Sie alle gingen plaudernd die Treppe ins Gebäude hoch. Wir, eine etwas unauffälligere Gruppe, gingen hinter ihnen her. Als wir die triste Eingangshalle betraten, sahen wir gerade noch, wie die anderen durch eine Schwingtür verschwanden.

Unser Polizist präsentierte uns großspurig einem anderen Mann in Uniform hinter einem hohen Pult und sagte: »Leutnant Duluth und Mrs. Duluth. Mordverdächtige. Ich habe sie geschnappt.«

Seinem Gesichtsausdruck konnte ich entnehmen, daß ich nicht der einzige war, der über eine Beförderung nachdachte. Er führte uns in einen kleinen, leeren Raum, wo er mir die Handschellen abnahm.

»Der Inspektor wird Sie holen lassen, wenn er soweit ist«, sagte er. »Ich muß meinen Bericht fertig machen.«

»Okay«, sagte ich. »Hören Sie, tun Sie mir einen Gefallen. Kennen Sie Williams und Dagget, ein Detektivbüro hier in der Stadt?«

Der Polizist nickte mißtrauisch. »Klar. Wieso?«

»Rufen Sie dort an. Sagen Sie ihnen, was passiert ist.

Sie wissen über alles Bescheid. Sie sollen sofort herkommen.«

Der Polizist zögerte, willigte aber schließlich ein. Dann ließ er uns allein und verriegelte die Tür hinter sich.

Es war ein schrecklicher kleiner Raum mit nur einer Bank, die an der Wand stand, und mit vergitterten Fenstern. Iris und ich setzten uns auf die Bank. Iris schob ihre Hand unter meinen Arm.

»Gib mir eine Zigarette, Darling.«

Ich zündete mit einem meiner letzten drei Streichhölzer zwei an. Meine Frau inhalierte verträumt. »Clowns. Mörder. Rosen«, zitierte sie. »Darling, war das nicht aufregend?«

»Könnte man so ausdrücken«, sagte ich und dachte daran, wie sich jeweils die Nasenflügel meines vorgesetzten Offiziers aufblähten, wenn er wütend war.

»Und wie Edwina die ›Rosen‹ zur Strecke gebracht hat, einfach so. Peter, wir haben es Hatch doch noch gezeigt. Wir haben Zelide gerettet.« Sie hielt inne. »Wovor haben wir Zelide eigentlich gerettet?«

»Vor den Rose-Brüdern«, sagte ich. »Erinnerst du dich?«

»Ach, das weiß ich doch«, sagte meine Frau gereizt. »Ich meine, was genau hatten die Rose-Brüder eigentlich gegen Zelide und Eulalia und Lina? Und was hat Edwina damit zu tun? Und wieso war die arme Eulalia in einen Mord im Zirkus verwickelt? Und wer war eigentlich Gino Forelli? Und… ich möchte zu gern wissen, wie das alles zusammenhängt, und jetzt hocken wir hier eingeschlossen in diesem erbärmlichen Raum und… Peter!«

Das letzte Wort kam in einem plötzlichen Aufschrei.

»Was ist los?« sagte ich, während sich die Nasenflügel meines Vorgesetzten noch immer vor meinem geistigen Auge aufblähten.

»Mr. Catts Essay.« Meine Frau zog die vergessenen *Verbrechen unserer Zeit* aus meiner Tasche. »Auch wenn sie uns wegen Mordes verhaften, können wir zumindest herausfinden, wen wir ermordet haben und warum. Seite vierundachtzig. Schnell.«

Iris' Enthusiasmus steckte mich an. Sie schlug Seite vierundachtzig auf. Wir fingen an zu lesen. Jetzt, da Zelide in Sicherheit war und die Rose-Brüder hinter Schloß und Riegel, ärgerte uns Mr. Catts gemächlicher Stil nicht mehr. Es ging vielmehr eine merkwürdige Faszination von ihm aus.

Während wir lasen, vergaß ich sogar die sich blähenden Nasenflügel.

*Verbrechen unserer Zeit**, herausgegeben von John L. Weatherby, Copyright 1943 by Featherstone Press, N.Y.C. Nachdruck mit freundlicher Genehmigung des Autors und des Verlages.

* In diesem Buch – das meiner Ansicht nach dafür den angemessensten Rahmen bildet – lege ich den ungekürzten Text von Mr. Emmanuel Catts aufschlußreichem Essay über den Rosen-Mord vor. Ich sollte den Leser vielleicht davon in Kenntnis setzen, daß Mr. Catt derzeit an einer Fortsetzung seiner Untersuchung arbeitet, die die Endphase dieses bemerkenswerten Falles behandelt. Ernsthafte Studenten der Kriminologie werden zweifellos feststellen, daß Mr. Catt das Thema mit größerem psychologischem Verständnis und literarischem Können behandelt, als ich es selbst in meinem eigenen, äußerst persönlich gehaltenen Text vermochte: P.D.

Der Rosen-Mord
von
Emmanuel Catt

Dieses Verbrechen läßt mich nicht mehr los. Es löst bei mir ganz ähnliche Gefühle aus, wie sie der kürzlich verstorbene Mr. Edmund Pearson angesichts der brutalen Morde in der Familie Borden empfunden haben muß. Wahrscheinlich sogar noch stärkere, denn, während Mr. Pearson seine göttliche Lizzie nur indirekt und aus weiter Ferne studieren konnte, hatte ich buchstäblich einen Logenplatz, von dem aus ich den Rosen-Mord beobachten konnte, und ich war den Beteiligten so nahe, daß ich hinter den Kulissen Einblicke gewann, wie sie Kriminologen nur selten gewährt werden.

Abgesehen von meiner persönlichen Besessenheit gibt es noch weitere Gründe, weshalb ich es als meine besondere Pflicht erachte, dafür zu sorgen, daß diese Affäre nicht in Vergessenheit gerät. Die »Rosen« sind nämlich wahrhafte *fleurs du mal*, deren böse Triebe keinesfalls verwelkt sind, sondern – wenn man einen Blick in die Kristallkugel wagt, die die Zukunft verheißt – eines Tages wieder knospen und ihre giftigen Blüten in einem noch tieferen und blutigeren Rot entfalten werden.

Ich möchte hiermit eine apathische Öffentlichkeit – und bestimmte Individuen, die an späterer Stelle im einzelnen genannt werden – warnen, daß wir nicht zum letzten Mal von den »Rosen« gehört haben. Sie haben mit der Gesellschaft zweifelsohne noch nicht ganz abgerechnet.

Ich war zwar nicht überrascht, aber doch enttäuscht

über die nahezu allumfassende Gleichgültigkeit gegenüber meinem Lieblingsmord. Obwohl in der Boulevardpresse und in den Beilagen der Sonntagszeitungen mit den üblichen plumpen Übertreibungen und Ungenauigkeiten ausführlich darüber berichtet wurde und obwohl die Zeitungen in Philadelphia der ursprünglichen Tragödie eine Schlagzeile widmeten, bedachte man die endgültige Festnahme und Verurteilung der Verbrecher nur mit ein paar Zeilen, während die tieferliegenden psychologischen Aspekte des Falles – sosehr er auch mit der ganzen Skala menschlicher Emotionen überfrachtet war – bis auf meine Wenigkeit niemals auch nur einen ernsthaften Analytiker zur Feder greifen ließen.

Die Öffentlichkeit ist weiterhin teilnahmslos. Die Intellektuellen haben gegähnt. Sogar mein verstorbener Freund, Mr. Alexander Woollcott, erklärter Kenner in den komplizierteren Bereichen der Materie, wollte von meinen »Rosen« nichts wissen. Er behauptete, der Fall sei zu extravagant; es fehle ihm an Licht und Schatten; den Figuren des Dramas mangle es an Kontrast und Schärfe. Er führte meine übertriebene Beschäftigung damit (und hier mag man einen leichten Anflug von professionellem Neid vermuten) ganz einfach auf die Tatsache zurück, daß ich persönlich zugegen war, als der Mord geschah.

Das stimmt. Ich war zugegen – und das ist gewiß der wahre Höhepunkt in der Karriere eines jeden Kriminologen – ich war tatsächlich Augenzeuge bei, nach meinem Dafürhalten, einem der interessantesten und raffiniertesten Morde des Jahrhunderts.

Ich war Zeuge, zusammen mit etwa dreitausend anderen Personen, als der gutaussehende junge Trapezkünstler Gino Forelli, bekannt unter dem Künstlernamen die »Purpurrote Rose«, am 4. Juni 1936 in der Zirkusarena in Philadelphia zu Tode stürzte.

Die Tatsache, daß so viele Menschen seinen Tod mit ihren eigenen Augen sahen – so viele Tausende, die diese Tragödie als ihre eigene persönliche Tragödie betrachteten und dementsprechend davon erzählen könnten –, mag zu der voreiligen Annahme führen, daß diesem Fall ein großes und lebhaftes öffentliches Interesse beschieden wurde. Doch in diesem Punkt stoßen wir auf ein eigenartiges Charakteristikum der Massenpsychologie. Wenn Menschen, sogar Kinder, in einen Zirkus gehen, um spektakuläre und gefährliche Kunststücke zu sehen, hegen sie in ihrem Unterbewußtsein die prickelnde Erwartung, ja sogar Hoffnung, daß sie Zeugen einer spektakulären Katastrophe werden. Als Gino Forelli also durch seinen spektakulären Tod die latente Erwartung dieser Tausenden von Menschen erfüllte, waren sie zwar entsetzt, aber dieses Entsetzen war lediglich die übertriebene und doch ganz logische Verstärkung der Erregung, die sie verspürt hatten, als sie ihr Eintrittsgeld bezahlten. Und selbst wenn sie später gelesen hätten, daß der Unfall, den sie persönlich miterlebten, in Wahrheit ein Mord war, hätte das allein bei ihnen weder Erregung noch ein Prickeln ausgelöst, da es nicht jene besonderen Hirnreflexe stimulierte, die normalerweise durch Mord stimuliert werden.

Darüber hinaus sprach der Schauplatz selbst dagegen, daß dieser Vorfall als ein denkwürdiger Mord betrachtet werden konnte. Der Zirkus spiegelt, im Gegensatz zum

Theater oder Kino, nicht das gewöhnliche Leben oder gewöhnliche Menschen wider. Er hat den Anspruch, das ungewöhnliche Schauspiel, den ungewöhnlichen Nervenkitzel zu bieten. Folglich ist ein Mord in einem Zirkus, wo durchaus mit allen möglichen Ungeheuerlichkeiten zu rechnen ist, weitaus weniger prickelnd als beispielsweise ein Mord in einem Pfarrhaus auf dem Lande.

Ferner ist der Zirkus eine Welt, die mit Puppen und grotesken Figuren bevölkert ist. Seine »Häßlichen«, zum Beispiel die Clowns, die Zwerge, die Freaks, sind zu häßlich, um selbst den unbeliebtesten Nächsten zu ähneln. Die »Schönen«, wie sie von den zauberhaften Kunstreiterinnen, dem Löwenbändiger im Leopardenfell und den faszinierenden Trapezkünstlern verkörpert werden, sind bewußt als zu heldenhaft, zu schön und gut dargestellt, als daß die menschliche Natur sie tagtäglich verkraften könnte. Es sind Personifizierungen, keine Menschen, und ihre Persönlichkeit ist ihren Kunststücken eindeutig untergeordnet. Das Privatleben der Artisten ist, im Gegensatz zu dem von Filmschauspielern und Bühnenstars, selbst für die leidenschaftlichsten Zirkusgänger kein Gegenstand der Neugier. Wer interessiert sich schon für den Mann oder die Frau hinter dem Flitter? Wir alle, jung und alt gleichermaßen, wissen, daß sie bloße Marionetten sind, heute präsent und schon morgen erbarmungslos vergessen.

Einige meiner eher snobistischen Freunde haben einen weiteren Grund angeführt, warum der Rose-Fall niemals – um einen populären Ausdruck zu verwenden – »eingeschlagen« hat. Sie räumen zwar herablassend ein, daß der

Zirkus einen gewissen Unterhaltungswert besitzt, behaupten aber hartnäckig, daß seine Artisten weder von ihrer gesellschaftlichen Bedeutung noch von ihrer Persönlichkeit her als Mörder oder Mörderinnen von Interesse sind. Sie tun die Zirkusleute achselzuckend als bloße Vagabunden ab, deren Leben ohnehin so erbärmlich und primitiv ist, daß sich niemand darum schert, wenn sie sich gegenseitig umbringen, ebensowenig wie es uns kümmerte, als sich die Chicagoer Mafiabanden gegenseitig umbrachten.

Ich muß diese Snobs, die der Ansicht sind, daß sich die wahrhaft interessanten Morde ausschließlich in den gehobenen Einkommensschichten oder unter den oberen Zehntausend ereignen, daran erinnern, daß blaues Blut – und zudem das edelste blaue Blut der feinen Bostoner Gesellschaft – in dieser Affäre durch eine der Hauptakteurinnen vertreten war. Miss Eulalia Crawford gehörte zur »Schickeria«, um ein abscheuliches Wort zu gebrauchen, das in den Zeitungen gerne verwendet wird, und hätte durch ihre Schönheit, ihre bemerkenswerte Persönlichkeit und ihr Talent als Puppenmacherin jeden Mordfall zur Legende gemacht. In ihrem Beruf hat sie einen Ruf erlangt, der nur von jenem des bewundernswerten Tony Sarg übertroffen wird. Miss Crawford hatte mehr beizusteuern als bloßen Snob-Appeal.

Aber genug von diesen abstrakten Überlegungen. Es gibt mindestens einen absolut konkreten Grund, weshalb dem Rose-Mord bis heute nicht jene Aufmerksamkeit zuteil wurde, die er verdiente. Er ist eine Art unvollendete Sinfonie. Aber nicht in dem gleichen Sinne unvollendet wie die großen ungelösten Rätsel, so zum Beispiel die Entführung von Ross oder der Elwell-Mord, die stets die Phantasie der Bevölkerung beflügelt haben. Denn im Falle der »Rosen« waren die eigentlichen Verbrecher bekannt, und sie wurden gefaßt. Sie wurden sogar bestraft, wenn auch zu milde. Doch es wurde ihnen nie der Prozeß im landläufigen Sinne des Wortes gemacht. Ein Mordprozeß, mit seiner Publicity, mit seinem Heer von Fotografen und Reportern, brennt den Leuten die Merkmale eines Falles und seiner Beteiligten unauslöschlich ins Gedächtnis. Er hebt sogar einen kleineren Mordfall aus dem Alltag heraus, und ganz gleich, wie das Urteil lautet, schafft er es, die Fäden wieder aufzunehmen und einen Fall zur Zufriedenheit der Öffentlichkeit ordentlich abzuschließen.

Der Rose-Prozeß wurde nie ordentlich abgeschlossen. Eines Tages, wie ich bereits angedeutet habe, werden die Rose-Brüder die losen Fäden des Falles vielleicht selbst wieder aufnehmen und die Sache auf eigene Rechnung abschließen.

Nun zu meiner Geschichte. Und da ich in dem grausigen Drama von Gino Forellis Tod Augenzeuge des ersten Aktes war, bitte ich den Leser, mir meine ungebührliche Egozentrik zu verzeihen und mich die Ereignisse so, wie ich sie erlebt habe, erzählen zu lassen.

Den Abend des 4. Juni 1936 werde ich nie vergessen. Ich hielt mich damals in Philadelphia auf, wo ich das Glück hatte, im Hause eines hervorragenden Bücherfreundes, des verstorbenen Mr. A. Edward Newton, zu dinieren, einer der wenigen Männer in Amerika – und zweifellos der einzige in Philadelphia –, der es verstand, ein Abendessen zu geben, das diesen Namen auch verdiente. Das Essen war um so angenehmer, als im Anschluß daran ein Besuch im Zirkus auf dem Programm stand, eine Form von Unterhaltung, für die ich noch heute eine kindliche Leidenschaft hege. Auch der reichlich fließende Pol Roger 1926 trug seinen Teil dazu bei.

Während der Wagen in Richtung Arena im Norden Philadelphias durch den milden Sommerabend rollte, warf die Tochter meines Gastgebers, eine geistreiche Psychoanalytikerin, die interessante Frage auf, ob das Vergnügen Erwachsener am Zirkus lediglich das Relikt eines atavistischen Infantilismus sei oder ob es dem in uns allen latent vorhandenen sadistischen Impuls entspringt, an gefährlichen und spektakulären Kunststücken Gefallen zu finden, weil wir unbewußt hoffen, Verletzungen und Leiden zu sehen. Da ich letzteren Aspekt bereits angeschnitten habe, gehe ich nur deshalb erneut darauf ein, weil ich deutlich machen will, daß Miss Newton eine gewisse hellseherische Begabung besaß.

Es erübrigt sich, die Zirkusmanege mit ihren gelbbraunen primitiven Szenen und Klängen, ihren grellbunten Lichtern, ihren monströsen Gestalten und ihrer Ausgelassenheit zu beschreiben. Schon der Geruch des Sägemehls war so berauschend wie der Pol Roger, an dem ich mich beim Abendessen gütlich getan hatte.

Ebenso erübrigt es sich, die ersten Artistennummern zu beschreiben, die, soweit ich mich erinnere, nach althergebrachtem Schema abliefen und weder besser noch schlechter als üblich waren. Lassen Sie mich gleich zum Höhepunkt meiner Geschichte kommen.

Der dramatische Höhepunkt des Abends war die Trapeznummer, die den Namen die »Fliegenden Rosen« trug. Obwohl es sich um einen Drei-Manegen-Zirkus handelte, waren die Trapeze ausschließlich in der Mitte angebracht. Um jedoch den Eindruck von Leere zu vermeiden, verblieben in den beiden äußeren Manegen Elefanten, die reglos auf kreisförmig angeordneten, umgestülpten Tonnen saßen. Doch alle Augen von den Seiten- und Mittelrängen waren auf die »Fliegenden Rosen« gerichtet. Die beiden jungen Frauen der Nummer wurden als Mesdames Lina und Zelide angekündigt. Die drei Männer – benannt nach der Farbe ihrer engen Trikots – waren die »Weiße Rose«, die »Rote Rose« und die »Purpurne Rose«, wobei letztgenannter (Gino Forelli) der Star war.

Es ist immer ein spannender Augenblick, wenn die Trapezkünstler in die schwindelnde Höhe hinaufklettern, wo ihre Vorführung beginnt. Und alle guten Trapeznummern sind so aufgebaut, daß sich die Spannung regelmäßig steigert, ein stetig wachsender Nervenkitzel. Zunächst zeigen die beiden jungen Damen, während das Netz darunter gespannt bleibt, anmutige Darbietungen, die in erster Linie den Sinn für das Ästhetische ansprechen. Dann führen sie zusammen mit der »Weißen Rose« und der »Roten Rose« schwierigere Kunststücke vor. Währenddessen hält sich unser Star, die »Purpurne Rose«, diskret im Hintergrund.

Dann übernehmen die beiden Damen, Zelide und Lina, die Assistentenrolle, indem sie »zuarbeiten«, d. h. die Trapeze soweit in Schwung halten wie nötig, während sich die drei Männer an die eigentliche Arbeit machen. Zuerst wird das Sicherheitsnetz entfernt, was der Nummer die Würze richtiger Gefahr verleiht. Die »Rote Rose« und die »Weiße Rose« vollführen ein paar Routineübungen, die, wenngleich etwas spektakulärer, eigentlich nur das Horsd'œuvre sind, um den Appetit auf das Hauptgericht anzuregen, das nun der Star, die »Purpurne Rose«, servieren wird.

Und von jenem Augenblick an, in dem er seinen ersten leichten Trapezschwung macht, fühlt man sich in der Gegenwart eines Genies. Gino Forelli ist ein Nijinsky unter den Trapezkünstlern, und seine Darbietung ist derart gekonnt, derart faszinierend, daß seine Partner neben ihm so unbeholfen und so schwerfällig wirken wie die Elefanten, die unten ernst auf ihren umgestülpten Tonnen sitzen. Die »Purpurne Rose« bereichert die Nummer nicht nur durch die physische Vollkommenheit seines Gesichts und Körpers, sondern auch durch dieses lächelnde, unbestimmbare Etwas, das man nur als Charme bezeichnen kann.

Ich bin kein Kenner männlicher Schönheit. Meine fanatische Konzentration auf die göttliche Schönheit des weiblichen Körpers ließ mir nur wenig Muße, jene der Männer zur beachten. In einem anderen Jahrhundert hätte der junge Forelli mit seinen breiten Schultern und schmalen Hüften vielleicht Praxiteles inspiriert, zum Meißel zu greifen. Sein *élan* und seine Männlichkeit müssen auf Frauen besonders anziehend gewirkt haben. Er war, kurz gesagt, der traditionelle Eroberer von Frauenherzen – der gutaussehende junge Mann am fliegenden Trapez.

Nachdem er wie eine purpurne Libelle blitzschnell ein paar weitere Nummern absolviert hat, erfolgt die letzte Ansage des Zirkusdirektors:

»Ladies und Gentlemen, Sie werden nun Zeugen des

schwierigsten und gefährlichsten Kunststücks, das je von einem Trapezkünstler auf der Welt dargeboten wurde – der berühmte Zweieinhalbfache. Kurzum, Ladies und Gentlemen, die »Purpurne Rose« wird einen zweieinhalbfachen Salto in der Luft vollführen, während er von einem seiner Partner zum anderen geschleudert wird.«

Die Kapelle hebt zu einem gewichtigen Trommelwirbel an. Die »Weiße Rose« und die »Rote Rose«, an den Knien an ihren Trapezen hängend, fangen an, sich als eine Art Aufwärmübung die »Purpurne Rose« gegenseitig zuzuwerfen. Dann hält die »Weiße Rose« ihn fest und schwingt ihn höher und höher, und sobald er den höchstmöglichen Punkt erreicht hat, wird sie ihn loslassen, damit er den zweieinhalbfachen Salto vollführen kann, wonach die »Rote Rose«, genau im richtigen Moment von unten heranschwingend, ihn im Fallen auffangen wird.

Das Schwingen dauert lang, scheinbar stundenlang, während das Publikum zuschaut, die Köpfe im Rhythmus der Trapeze bewegend, die Augen vor angenehm prickelnder Erwartung weit aufgerissen.

Das Trommeln der Kapelle wird lauter. Endlich kommt der Augenblick des Loslassens, direkt unter dem Dach der Arena, mehr als achtzehn Meter über dem Boden. Wir sehen atemlos zu, wie die »Purpurne Rose« in einem eleganten Bogen die Luft mit zweieinhalb Kreisen durchschneidet. Wir sehen zu, wie die »Rote Rose« von seiner Seite heranschwingt und die Arme ausstreckt, um ihn zu fangen und so seinen Abwärtsflug zu stoppen.

Die Spannung ist unerträglich, als sich die »Purpurne Rose« nach seinem letzten Salto streckt, seine Hände seinem Partner entgegenwirft, sich für den Bruchteil einer Sekunde festklammert und dann – krampfartig öffnen und schließen sich die Finger, versuchen verzweifelt festen Halt zu fassen, doch – sie sind den millionsten Bruchteil einer Sekunde zu früh oder – zu spät.

Aus einer Höhe von über achtzehn Metern stürzt die »Purpurne Rose« grauenerregend nach unten – auf den mit Sägemehl bestreuten Boden.

Wohl niemand wird den halb keuchenden, halb kreischenden Aufschrei vergessen können, der aus der vollbesetzten Arena hervorbrach. Ich kann mir gut vorstellen, daß er, wie ich am nächsten Tag las, in der mehrere Meilen entfernten Stadthalle zu hören war und dabei den tosenden Lärm des Abendverkehrs in Philadelphia übertönte.

Danach war es einen langen Augenblick lang totenstill. Man nahm undeutlich wahr, daß eine junge, dunkle und schöne weibliche Gestalt nach vorne gelaufen war und sich über den Körper von Gino Forelli beugte.

Sonst regte sich nichts. Die Kapelle war restlos verstummt. In diesen entsetzlichen halben Sekunden äußerster Stille schien es, daß die ganze Szene völlig erstarrt war. Wie auf einer grellbemalten Leinwand sah man die beiden Rose Brüder still in der Höhe auf ihren Trapezen sitzen; die törichten Elefanten saßen auf ihren umgestülpten Tonnen; der rotbefrackte Zirkusdirektor starrte regungslos auf die junge Frau, die in der Manege über den Körper von Gino Forelli gebeugt war. Rundherum verharrte die Menge entsetzt in der gewaltigen Stille des Todes.

Stille...

Dann wurde die Stille plötzlich von einem Geräusch

zerrissen, das noch seltsamer, noch primitiver war als der Schrei, der soeben aus dem schockierten Publikum aufgestiegen war. Es war das grelle, wütende Trompeten eines Elefanten.

Ich nahm rasche Bewegungen wahr. Einer der Elefanten, ein häßlich gerunzelter Dickhäuter namens Edwina, war von seiner Tonne in der Seitenmanege gestiegen und rannte, mit erhobenem Rüssel brüllend, quer über die Manege auf den ausgestreckt daliegenden Trapezkünstler zu.

Jetzt gerieten alle gleichzeitig in Bewegung. Der Zirkusdirektor eilte nach vorne und bemühte sich vergeblich, mit entsprechenden Handbewegungen die Zuschauer von den vorderen Plätzen zurückzuhalten. Die Rose-Brüder glitten von ihren hohen Sitzstangen herunter. Alle liefen wie Ameisen ziellos herum, offenbar ohne sich der Gefahr bewußt zu sein, die von der wild gewordenen Edwina ausging. Ich sah, wie sie, noch immer brüllend und zielstrebig vorwärtsrennend, ihren erhobenen Rüssel auf die Schulter der »Weißen Rose« senkte und ihn zu Boden warf.

Dann wurden auch die anderen Elefanten unruhig, und die Hölle brach los. Wir drei waren fast ganz vorn, und es wurde allmählich gefährlich. Ich fühlte mich verpflichtet, meine freundlichen Begleiter möglichst schnell aus der Gefahrenzone zu bringen.

Bevor wir uns auf den Heimweg machten, erfuhren wir, daß Gino Forelli tot war. Er hatte sich beim Sturz das Genick gebrochen und war auf der Stelle gestorben.

Die gerichtliche Untersuchung des Todesfalles fand am nächsten Tag statt. Dank Mr. Newtons Einfluß hatte ich das Glück, daran teilnehmen zu können.

Es war eine freudlose, prosaische Angelegenheit. Zuerst sagte die Zirkusverwaltung aus, daß die Nummer ganz normal durchgeführt worden sei; daß sie geprobt und tatsächlich in etlichen hundert Vorstellungen gezeigt worden sei; daß die Artisten sie derart perfekt beherrschten, daß man ein Sicherheitsnetz nicht für notwendig erachtet habe. Mesdames Zelide und Lina wurden als nächste aufgerufen. Sie bestätigten, daß die Nummer wie gewöhnlich vorgeführt worden war. Sie sagten weiter – und an dieser Stelle meinte ich, ein leichtes Zögern zu bemerken –, daß es keinen Fehler oder eine Fahrlässigkeit seitens der überlebenden Partner gegeben habe.

Dann waren die Rose-Brüder an der Reihe. Unauffällig in Schwarz gekleidet, sagten beide dasselbe aus, nämlich, daß ihr lieber Kollege ein prima Trapezkünstler und großartiger Artist gewesen sei und daß es niemals Anzeichen für eine Unsicherheit gegeben habe, bis – nun, in letzter Zeit. Auf Drängen des Coroners gaben sie bekümmert zu, daß er in letzter Zeit immer nervöser zu werden schien. Kurzum, Gino hatte ihnen anvertraut, daß er kurz vor den Auftritten eine bestimmte Droge einnehme, weil sie anscheinend seinen nachlassenden Mut stärkte. Mehr wußten sie nicht; mehr hatten sie nicht zu sagen, außer, daß sie beide gesehen hatten, wie er irgendwelche Pillen einnahm, bevor er in die Manege ging.

Mr. Annapoppaulos, der Zirkusdirektor und offensichtlich ein Ehrenmann, bestätigte die Aussage, daß der junge Mann die Gewohnheit hatte, »irgend etwas zu nehmen«. Auch er hatte bei mehreren Gelegenheiten gesehen, wie Gino sich Tabletten in den Mund steckte. Man hatte ihm gesagt, daß sie gegen einen überempfindlichen Magen wirksam seien.

Das Gutachten des medizinischen Sachverständigen erhärtete ihre Aussagen weitgehend. Die Obduktion hatte ergeben, daß sich im Körper die beträchtliche Menge einer Droge befand, die unter der Bezeichnung Benzedrin oder Amphetamin bekannt ist und die damals ohne Rezept mühelos erhältlich war. Darüber hinaus war in Ginos Garderobe ein Tablettenvorrat gefunden worden.

Daraufhin wurden Fachärzte zur Wirkungsweise dieser Droge angehört. Die Experten erklärten, daß Benzedrin zwar normalerweise relativ harmlos sei, daß es aber nicht nur die Funktion der Augen, sondern auch die Koordination zwischen Nerven und Muskeln deutlich beeinflusse. Kurzum, obgleich es ein Gefühl von Mut und Selbstvertrauen auslöse, sei es ein äußerst gefährliches Medikament, wenn es ohne ärztlichen Rat von jemandem (insbesondere von einem Trapezkünstler) eingenommen werde, der ein akrobatisches Kunststück vollführt, bei dem sekundengenaues Timing und die uneingeschränkte Koordination sämtlicher Bewegungen übers Gelingen oder Scheitern des Kunststücks entscheiden. Oder, wie in diesem speziellen Fall, über Leben oder Tod.

Wie zu erwarten war, befand die Kommission auf Tod durch Unfall.

Das gesamte Verfahren hindurch beobachtete ich fasziniert eine schöne junge Dame, in der ich sofort die Frau wiedererkannt hatte, die am Abend zuvor in die Manege gelaufen war. Fast während der ganzen Zeugenanhörung drückte ihr Gesicht eher Entrüstung oder unterdrückte

Wut als Trauer aus. Mir fiel außerdem auf, daß sie bei mehreren Gelegenheiten den Mund öffnete, um etwas zu sagen oder zu protestieren. Doch sie unterließ es jedesmal.

Unmittelbar nach der Anhörung ergriff ich die Gelegenheit, ihr zu folgen und mich vorzustellen. Miss Eulalia Crawford, die offenbar noch nie von mir gehört hatte, weigerte sich zunächst, mir die geringste Beachtung zu schenken. Als ich jedoch erwähnte, daß ich ein bekannter Kriminologe sei, stockten ihre ungestümen Schritte. Sie drehte sich rasch zu mir um und stieß hervor: »Kriminologe? Das ist doch so etwas wie ein Privatdetektiv, nicht wahr?«

In Anbetracht ihrer überreizten Verfassung sah ich geflissentlich über diese Beleidigung hinweg und bat sie, mich an irgendeinen Ort zu begleiten, wo wir uns in Ruhe unterhalten konnten. Geistesabwesend folgte sie mir in die Cocktail-Lounge des Bellevue-Stratford-Hotels. Doch von sich aus sprach sie kein einziges Wort, nicht einmal, nachdem wir Platz genommen hatten und ich eine Flasche vom besten Champagner des Hotels bestellt hatte.

Dennoch spürte ich instinktiv, daß sie darauf brannte, jene Bemerkungen loszuwerden, die sie bei der Anhörung nicht ausgesprochen hatte.

Schließlich fragte ich sanft: »Sie haben dem armen Gino nahegestanden, nicht wahr?«

Und leise, aber mit jenem leidenschaftlichen Freimut, der für sie typisch war, erwiderte sie: »Er war mein Geliebter.«

Einen Augenblick lang sprach keiner von uns ein Wort, und dann sagte sie unvermittelt heftig: »Die haben gelogen, alles, was Sie heute morgen gehört haben, war gelogen. Gino hat nicht die Nerven verloren. Er hat diese verdammte Droge nicht genommen.«

»Aber meine liebe junge Dame, das medizinische Gutachten...«

»Zum Teufel mit dem medizinischen Gutachten«, unterbrach sie mich. »Ich weiß es. Ich sage Ihnen, diese beiden Teufel haben schon länger versucht, Gino zu töten. Ich weiß weshalb. Und Sie« – sie wandte sich fast vorwurfsvoll an mich –, »Sie sind doch angeblich Verbrechensexperte. Na, dann hören Sie mal genau zu und bilden sich dann eine Meinung.«

Miss Crawford erzählte mir leidenschaftlich und erregt ihre Geschichte. Während ich zuhörte, berauschte ich mich an ihrer Schönheit – und am Champagner. Soweit ich mich erinnern kann, war ihre Geschichte in etwa die folgende:

Eulalia Crawford hatte ein knappes Jahr zuvor im Welland Zirkus angefangen, und zwar – wie ich annehme – einerseits, um dem geistig anspruchslosen Dasein einer jungen Dame der Bostoner Oberschicht zu entfliehen, und andererseits, um in dem von ihr ausgewählten Fachgebiet Erfahrung zu sammeln. Da sie bereits eine kunstfertige Puppenmacherin und -spielerin war, erhielt sie problemlos ein Engagement in einer der Nebenvorstellungen. Das Künstlerleben gefiel ihr, und sie fand ihre Artistenkollegen – vor allem die männlichen – erfrischend und anregend. Zwar war Eulalia alles andere als eine *femme fatale*, doch sie war keinesfalls prüde. Sie gab offen zu, daß sie sich zunächst von der trägen Männlichkeit Ludwig Roses (die

»Rote Rose«) angezogen fühlte. Sie hatte sogar mit dem Gedanken gespielt, ein unverbindliches Verhältnis mit ihm einzugehen, obwohl er mit Madame Zelide verheiratet war. Doch Ludwig, obgleich er sich leidenschaftlich zu ihr hingezogen fühlte, war nur der eine Teil eines Zwei-Mann-Teams. Er und sein älterer Bruder Bruno (die »Weiße Rose«) waren in ihren Liebschaften ebenso unzertrennlich wie in ihrer Trapeznummer. Als Ludwig Miss Crawford gegenüber diesen unnatürlichen Sachverhalt andeutete, war sie zutiefst angewidert, und das um so mehr, als sie Bruno körperlich abstoßend fand und ihn für durchtrieben und unehrlich hielt.

Sie gab Ludwig den Laufpaß, und zwar (das kann ich mir bei ihr besonders gut vorstellen) auf recht unmißverständliche Art und Weise.

Doch die Natur, die ja bekanntlich das Leere verabscheut, entschädigte Eulalia mit einem anderen ihrer Kinder. Gino Forelli war ein echtes Naturkind, und er liebte Eulalia mit einer natürlichen, hemmungslosen Leidenschaft, die für beide äußerst reizvoll war und für Außenstehende keinen Platz mehr ließ. Sie waren beide jung, schön und außergewöhnlich talentiert. Kein Wunder, daß sie bei den sie umgebenden Menschen häufig Mißgunst und Eifersucht erregten.

Und es ist erst recht kein Wunder, daß die Brüder Rose auch eifersüchtig wurden. Ludwig hatte Eulalias Abfuhr nur äußerst widerwillig hingenommen und sie bei mehreren Gelegenheiten unter Mißachtung der ungeschriebenen Gesetze des Zirkus regelrecht belästigt. Einmal erwischte ihn Gino dabei, und es kam zu Handgreiflichkeiten. Ich möchte Ihnen die Episode in Miss Crawfords eigenen, anschaulichen Worten schildern:

»Gino war stark wie ein Löwe, und so kämpfte er auch. Doch sobald er Ludwig zu Boden gebracht hatte, war er wie verwandelt. Der Gute konnte keiner Fliege was zuleide tun. Er half Ludwig auf; wischte ihm die blutige Nase mit seinem eigenen Taschentuch ab und bemutterte ihn so zärtlich wie eine Frau. Er entschuldigte sich sogar dafür, daß er die Beherrschung verloren hatte; sagte, daß das Ganze ein Irrtum gewesen sein müsse, und umarmte Ludwig, wobei er ihn seinen ›guten Kumpel‹ und ›Freund‹ nannte. Dann brachte er uns alle dazu, einander die Hand zu geben, und holte eine Flasche Orvieto hervor. Ludwig trank zwar mit, doch mit einem Ausdruck in seinem Gesicht, den ich nie vergessen werde. Jetzt weiß ich, daß Gino sein eigenes Todesurteil unterschrieben hatte, als er ihn niederschlug.«

Miss Crawfords schöne dunkle Augen funkelten gefährlich, als sie weitererzählte. Genau von jenem Tag an, so behauptete sie, lief bei Gino auf rätselhafte Weise alles schief. Nach jedem Essen klagte er über unerklärliche Bauchschmerzen, vor allem, wenn er zusammen mit den Rose-Brüdern gegessen hatte. Dieser herrlich gesunde, junge Naturbursche, der nicht einen Tag in seinem Leben krank gewesen war, mußte zum Arzt gehen. Der Arzt tat sein Leiden geringschätzig als Sodbrennen ab und verschrieb ihm Natrontabletten. Die Beschwerden verschwanden genauso rätselhaft, wie sie begonnen hatten.

Als Nächstes wurde Gino eines Abends überfallen, nachdem er gerade Edwina, der Elefantendame, die er ganz besonders mochte, einen Besuch abgestattet hatte. Jemand warf ihm dabei einen Mantel über das Gesicht, und er spürte, wie er rückwärts geschleift wurde. Der Ort des Angriffs erwies sich für die Angreifer jedoch als verhängnisvoll, da Edwina, die Ginos unterdrückte Hilfeschreie hörte, aus ihrer Box ausbrach und seine Widersacher in die Flucht schlug. Obwohl niemand körperlichen Schaden genommen hatte, war unübersehbar, daß sich die Rose-Brüder seit diesem Vorfall davor hüteten, Edwina, die ihnen gegenüber eine äußerst heftige Abneigung entwickelt hatte, zu nahe zu kommen.

Doch der arglose Gino dachte nicht im Traum daran, seine beiden »Kumpel« oder Partner zu verdächtigen. Nicht einmal, als Ludwigs Frau Zelide heimlich zu ihm kam und ihn anflehte, den Welland Zirkus zu verlassen. Sie wollte keinen klaren Beweggrund für ihre Bitte nennen, doch Eulalia zweifelte nicht daran, daß sie irgend etwas wußte, das ihr Mann gesagt oder angedeutet hatte und das sie um die Sicherheit des jungen Mannes fürchten ließ. Auch Miss Crawford hatte Gino damals diesbezüglich bedrängt und ihre Befürchtungen geäußert, doch er hatte sie bloß ausgelacht und beteuert, die »Rosen« seien gute Freunde von ihm, die ihn wie einen Bruder liebten.

»Und so«, sagte Eulalia abschließend, »ist er geblieben und ermordet worden. Ja, vorsätzlich ermordet.«

Eine Weile saßen wir ratlos in der Lounge des Bellevue-Stratford-Hotels. Ich füllte die Champagnergläser. Ihr Glas war praktisch unberührt.

Schließlich legte ich ihr so taktvoll wie möglich nahe, daß sie, wenn sie einen so starken Verdacht hege, wie eben geschildert, zur Polizei gehen solle. Es sei denn, natürlich, ihr Ruf...

»Zum Teufel mit meinem Ruf«, fiel sie mir heftig ins Wort. »Aber wenn ich wirklich beweisen könnte –«

Sie brach plötzlich ab und starrte vor sich hin. Dann murmelte sie, eher mit sich selbst als mit mir sprechend: »Vielleicht könnte ich das ja. Vielleicht würden Zelide und Lina mir helfen. Vielleicht...«

Erneut brach sie ab. Dann, unvermittelt und ohne ein weiteres Wort zu verlieren, stand sie auf und ging – so daß ich, nebenbei erwähnt, fast eine ganze Flasche lauwarmen Champagner alleine austrinken mußte.

Ich habe Eulalia Crawford seit jenem Tag nie mehr gesehen.

Zwei oder drei Wochen später entdeckte ich in der *New York Times* zufällig die folgende Kurzmeldung.

Fliegende Rosen verhaftet

Die Polizei hält Bruno und Ludwig Rose in Gewahrsam, die man in der Zirkuswelt unter dem Namen die »Weiße Rose« und die »Rote Rose« kennt und die mit ihrer Trapeznummer als die »Fliegenden Rosen« berühmt geworden sind. Die Brüder wurden aufgrund der von ihren Ehefrauen Lina und Zelide Rose und von Miss Eulalia Crawford, Puppenspielerin im Welland Zirkus, eingereichten Klage wegen Körperverletzung verhaftet. Die Polizeibehörde wollte sich nicht zu den Gerüchten äußern, die besagen, daß die beiden Akrobaten [*sic*] auch wegen des Todes ihres Partners Gino Forelli (die »Purpurne Rose«) vernommen werden, der sich am 4. Juni dieses

Jahres bei einem Sturz im Zirkusstadion in Philadelphia das Genick gebrochen hat. Es wurde keine Kaution festgesetzt.

Es hatte den Anschein, als hätten Nemesis, oder Miss Crawford, die beiden Rose-Brüder eingeholt.

Doch während Nemesis zögernd voranschreitet, wollen wir unseren Blick einmal zurückwenden und die Ereignisse betrachten, die zu unserer Katastrophe führten.

Irgendwo in Italien, irgendwann Ende der achtziger Jahre des letzten Jahrhunderts, kamen zwei Brüder Rosa zur Welt, die ein außergewöhnliches Talent als Trapezkünstler entwickelten. Wann oder wie sie nach Amerika kamen, entzieht sich meiner Kenntnis. Ich kann jedoch mit Sicherheit sagen, daß die beiden, zusammen mit den Frauen, die sie ausgebildet und geehelicht hatten, bereits im Jahre 1908 die Attraktion des Welland Zirkus waren und daß ihre Nummer schon damals unter dem Namen die »Fliegenden Rosen« bekannt war. Aus meiner Kindheit erinnere ich mich vage an zwei junge Männer mit dünnen Beinen und dichtem Schnurrbart und an zwei rundliche, lächelnde Frauen, die sich in wechselnden Formationen und Kombinationen an den Trapezen schwangen, wie ich es bis dahin faszinierender und aufregender nicht erlebt hatte.

Sie waren bis in die späten zwanziger Jahre eine beliebte Attraktion, als ihre Ehefrauen, die ursprünglichen Mesdames Rose, ein wenig zu rundlich wurden und Krampfadern bekamen, und sie selbst, die schnauzbärtigen *signori*, etwas zu steif wurden und zu dünne Beine kriegten.

Doch die »Fliegenden Rosen« waren nun mal eine etablierte Nummer. Und im Zirkus darf eine erfolgreiche Nummer nie sterben.

Fortuna hatte die Brüder Rosa (jetzt unter dem Namen Rose bekannt) mit Talent und Fleiß ausgestattet. Aber sie hatte ihnen etwas verwehrt, das notwendig ist, um dieses Talent und diesen Erfolg in ihrer eigenen Familie fortbestehen zu lassen. Sie hatten keine Söhne, die die Tradition fortsetzen konnten. Jeder der beiden Brüder hatte jedoch eine Tochter. Die beiden Cousinen Lina und Zelide waren praktisch unter dem Trapez aufgewachsen. Somit war es ihre Pflicht, sobald sie das entsprechende Alter erreicht hatten, ihre *mammas* in der Nummer zu ersetzen.

Doch auch ihre *papas* wurden langsam müde, und vielleicht ein bißchen arthritisch. Obgleich ihnen die Nummer, die sie bekannt gemacht hatte, sehr am Herzen lag, waren sie vernünftige Männer, die die Zeichen der Zeit rechtzeitig erkannten. Sie wußten, daß Luftakrobaten im mittleren Alter, auch wenn ihnen anmutige junge Frauen zur Seite standen, für ein anspruchsvolles Publikum kein ästhetisches Vergnügen mehr waren. Sie wußten, daß die beste Nummer anämisch wird, wenn ihr kein frisches Blut in die Adern gepumpt wird. Und da dieses Blut nicht ihr eigenes sein konnte, waren sie sich einig, daß es aus einer anderen Quelle kommen mußte.

Daher hatten sie, einige Zeit bevor sie sich endgültig vom aktiven Zirkusleben zurückzogen, angefangen, die Ausbildung jener beiden jungen Lehrlinge zu überwachen, die sie schließlich ersetzen sollten.

Ihre Wahl war auf zwei junge Männer preußischer Abstammung gefallen, die im Zirkus als Clowns, Bodenakrobaten und gelegentlich auch in anderen Rollen auftraten. Die beiden Männer zeigten ein gewisses natürliches Talent und besaßen zudem jenen Ehrgeiz und jene Geduld, die für ihr eintöniges Training als Trapezkünstler erforderlich waren. Die Lehrlinge, Bruno und Ludwig Kramer – auch sie Brüder –, waren weder brillant noch besonders aufsehenerregend, doch sie waren körperlich gut gebaut, verfügten über Ausdauer und Verbissenheit und zeigten in seltener Einmütigkeit sowohl Begeisterung als auch Entschlußkraft, was sie zu einem ausgezeichnet funktionierenden Team machte. Zu jener Zeit scheinen sie ernste, zurückhaltende junge Männer gewesen zu sein, die stets unter sich blieben und warten konnten, bis ihre Stunde gekommen war.

Schließlich, und ich denke, es war um das Jahr 1932, wurde ihre Mühe belohnt, und man übertrug ihnen per Vertrag offiziell die Leitung der »Fliegenden Rosen«. Zum Zeichen ihrer Aufnahme in die Familie nahmen Bruno und Ludwig unverzüglich per Patenturkunde den Namen Rose an und heirateten die beiden Rose-Töchter, Zelide und Lina, die auch ihre Partnerinnen werden sollten. Daß diese Verbindungen aus Zynismus und Ehrgeiz und nicht aus Zuneigung zueinander eingegangen wurden, geht aus der Tatsache hervor, daß die Brüder eine Münze geworfen hatten (wie sie später großspurig erzählten), um auszumachen, wer von ihnen welche Frau bekommen sollte.

Und während die ursprünglichen Rosa-Brüder sich mit ihren arthritischen Gliedern in den wohlverdienten Ruhestand begaben, übernahmen die beiden Kramers (nun die

»Weiße Rose« und die »Rote Rose«) die Nummer und flogen auf ihre eigene elegante Art von Trapez zu Trapez.

Es hat mich schon immer erstaunt, daß Lina und Zelide (besonders Zelide, die die selbstbewußtere Persönlichkeit war) sich bereit erklärt hatten, diese beiden unsympathischen jungen Preußen zu heiraten. Aber es liegt nicht an mir, die Tiefen des weiblichen Herzens zu ergründen. Vielleicht fühlten sie sich der Artistennummer verpflichtet. Vielleicht empfanden sie anfänglich echte Zuneigung zu ihren Ehemännern. Die Ernüchterung muß allerdings rasch erfolgt sein, denn die beiden Brüder zeigten schon bald ihr wahres Gesicht. Die ruhigen, zurückhaltenden jungen Männer waren verschwunden, und an ihrer Stelle traten zwei tyrannische, arrogante Burschen auf den Plan.

Ludwig, der jüngere der beiden, konnte durchaus als gutaussehend bezeichnet werden, doch aufgrund seines mürrischen Wesens und seiner stumpfsinnigen Bösartigkeit schlug ihm fast in der ganzen Zirkuswelt Antipathie entgegen. Bruno, die »Weiße Rose«, hatte ein gewinnenderes Auftreten und war sehr viel intelligenter. Er gewöhnte sich eine schroffe, joviale Art an, hinter der sich, trotz der gespielten rauhbeinigen Aufrichtigkeit, im Grunde eine niederträchtige Form geduldiger Verschlagenheit verbarg, die der seines berühmteren Namensvetters Bruno Hauptmann, des Kindesentführers, nicht unähnlich war. Einen Charakterzug hatten beide Brüder gemeinsam. Sie legten, wenn auch nicht gerade Zuneigung, so doch eine blinde, unerschütterliche Treue zueinander an den Tag, die eine bessere Motivation verdient hätte. Das war mehr als bloße Treue: das war eine *Einmütigkeit* des Denkens und Verlangens und ging weit über die Teamarbeit am Trapez hinaus. Sie teilten alles – ihren Ehrgeiz, ihr Vergnügen, ihren Haß. Sie hätten sich sogar ihre Frauen geteilt, wenn diese sich nicht dagegen gewehrt hätten. Miss Crawford deutete an, daß sie versuchten, sich auch ihre Geliebten zu teilen, und es war allgemein bekannt, daß sie, wenn sie außereheliche Eskapaden hatten, ihre Liebhaberinnen derart maßlos untereinander austauschten, daß selbst das abgebrühteste leichte Mädchen entsetzt gewesen sein muß.

Doch besonders bemerkenswert war, daß jeder der beiden die Animositäten und kleinen Feindschaften des anderen mitempfand. Eine Beleidigung Ludwigs zahlte Bruno mit irgendeiner gemeinen Vergeltungsmaßnahme heim. Und wenn jemand Bruno kränkte, konnte er damit rechnen, daß er sich das Schienbein an einem Hindernis aufschürfte, wenn er im Dunkeln seine Garderobe verließ, oder daß er in seinem Bett einen schmutzigen oder übelriechenden Gegenstand fand – ein Geschenk von Ludwig, der eine dümmliche Vorliebe für derbe Streiche hegte.

Ihre Einstellung zu Frauen verriet den Preußen in ihnen. Frauen waren Leibeigene, und jeder der beiden glaubte, daß er – oder sein Bruder – eine Art gottgegebenes Recht besaß, sich mit jeder Frau zu amüsieren, an der er gerade Gefallen fand. Ihre Frauenverachtung zeigte sich auch darin, daß sie, sobald sie die Leitung der Trapeznummer in die Hand bekommen hatten, ihren Ehefrauen Statistenrollen zuwiesen, während sie sich mehr und mehr ins Rampenlicht drängten.

Das war ebenso unklug wie unberechtigt. Die Rose-Brüder waren zwar tüchtige Trapezkünstler, doch es fehlte ihnen an etwas, das ich in Ermangelung eines treffenderen Wortes als »Farbe« bezeichnen möchte. Der Erfolg ließ sie im Stich. Konkurrenzunternehmen wie *Ringling Bros. and Barnum Bailey* hatten bessere, »farbigere« Trapezkünstler. Schon bald wurde der Zirkusdirektion – wenn schon nicht den Hauptakteuren – klar, daß die »Fliegenden Rosen« wieder einmal frisches Blut brauchten, wenn sie überleben wollten.

Und frisches Blut wurde ihnen bald darauf in der Person von Gino Forelli aufgezwungen, dem brillanten und unglückseligen jungen Mann, der später unter dem Namen »Purpurne Rose« bekannt werden sollte. Bruno und Ludwig duldeten ihn zunächst, da sie dachten, daß seine Ausbildung wie bei ihnen selbst, eine endlose Schinderei bedeuten und Jahre dauern würde. Er stellte keine unmittelbare Bedrohung für ihren schwindenden Ruhm dar. Doch dabei hatten sie die Rechnung ohne Gino gemacht.

Gino war nämlich eine Ausnahmeerscheinung in der Zirkuswelt. Seine Eltern waren Italiener, und er wurde buchstäblich in den Zirkus hineingeboren. Er kannte kein anderes Leben und interessierte sich kaum für etwas anderes. Seine Mutter war Kunstreiterin, sein Vater Elefantenpfleger. Von frühester Kindheit an war Gino die Freude und der Stolz des Welland Zirkus. Alle liebten diesen lustigen, dunkeläugigen Jungen – so auch Edwina, der älteste und abscheulichste Elefant im Zirkus. Gino entwickelte für sie eine besondere Zuneigung. Man erzählt sich die nicht nachprüfbare Geschichte, daß Gino einmal, als es ratsam erschien, Edwina aufgrund ihres unangenehmen Aussehens und Wesens einzuschläfern, zur Geschäftsleitung ging und um ihr Leben flehte. Mit einer aus Zuneigung und Verzweiflung erwachsenen Schläue schlug der Junge vor, daß man aus der schwieligen Erscheinung des Dickhäuters Profit schlagen sollte. Man könnte sie – und das war weiß Gott nicht belegbar oder widerlegbar – als »Edwina, der älteste Elefant in Gefangenschaft« ankündigen. Gino setzte sich durch; der Slogan kam bei der Öffentlichkeit an, und Edwina wurde der berühmteste Elefant seit Barnums Jumbo. Nach einem Leben als Ausgestoßene lernte Edwina nun die Freuden des Stardaseins mit all seinen Annehmlichkeiten und persönlichen Vorrechten kennen. Ein weiterer Grund, ihrem jungen Gönner dankbar und ergeben zu sein.

Edwina ist eine Abschweifung, aber nicht unwichtig.

Ginos Talent im Zirkus endete nicht bei den Tieren. Er scheint ein Wunderkind gewesen zu sein, mit einer Vielseitigkeit, die in seiner kleinen Welt jener Mozarts in der Musikwelt entsprach. Mit zehn Jahren konnte er, so hat man mir glaubhaft versichert, bei fast jeder Artistennummer geschickt einspringen. Er war ein meisterhafter Bodenakrobat, Jongleur, Seiltänzer, kühner Reiter, und er beherrschte die meisten Instrumente in der Kapelle. Eine Anekdote, die aus naheliegenden Gründen das Mißfallen der Zirkusleitung erregte, erzählt, wie der sechzehn Jahre alte Gino einmal für Tito, den »Furchtlosen Löwenbändiger« einsprang, als der Gute eine Entzündung an der Hand hatte und nicht in den Käfig gehen konnte. Gino dirigierte die Raubkatzen derart nonchalant und legte einen so großen Mut an den Tag, daß Tito gleich danach fast gekündigt hätte.

Gino brannte ebensosehr darauf, die Luft zu erobern, wie er den Boden erobert hatte. Luftakrobat zu sein war immer einer seiner sehnlichsten Wünsche gewesen. Madame Zelide hat mir erzählt, daß er nach der Vorstellung häufig an den Trapezen zu finden war, wo er hin und her schwingend neue Figuren ausprobierte, ohne sich im geringsten daran zu stören, daß unter ihm kein Sicherheitsnetz war. Zelide erzählte mir auch – und in diesem Punkt muß man sie als Expertin betrachten –, daß Gino, als er anfing, mit den Rose-Brüdern zu trainieren, bestimmte Nummern, für die man normalerweise jahrelang üben muß, innerhalb weniger Wochen perfekt beherrschte. Sein Timing, so sagte sie, war sehr gut; seine Technik fehlerlos. In unglaublich kurzer Zeit war er nicht nur der Hauptakteur, sondern auch der Star der »Fliegenden Rosen«.

Von seinem ersten öffentlichen Auftritt an war der Beifall phantastisch. Die Nummer wurde schon bald erneut als Sensation angekündigt und erhielt ihren alten Platz als Höhepunkt und Schlußnummer zurück.

Jetzt, da wir den Charakter der Rose-Brüder kennen, können wir uns unschwer vorstellen, wie sie den Erfolg ihres brillanten Kollegen empfunden haben müssen. Peinlich genau befolgten sie sämtliche Regeln der Teamarbeit während der Trainingszeit, bei Proben und den eigentlichen Vorstellungen. Sie taten so, als würden sie den »Kumpel« akzeptieren, der der Nummer einen solch schwindelerregenden Erfolg beschert hatte. Wahrscheinlich wußten nur ihre Frauen, was wirklich in diesen verqueren, geduldigen Köpfen vorging. In der Tat hat mir Zelide inzwischen erzählt, daß die Brüder Gino ihrer Meinung nach am Ende auch beseitigt hätten, wenn Eulalia niemals auf der Bildfläche erschienen wäre.

Doch Eulalia Crawford ist auf der Bildfläche erschienen, und Gino ist gestorben.

Wir wissen, wie er zu Tode gekommen ist und welche Begebenheiten dazu geführt haben. Wenden wir uns nun den Ereignissen zu, die sich im Anschluß daran abspielten. Oder besser, kehren wir rasch zu dem Punkt zurück, als mich Miss Crawford unvermittelt in der Cocktail-Lounge des Bellevue-Stratford-Hotels alleine ließ, und halten wir uns vor Augen, welche Schritte schließlich zur Verhaftung und Bestrafung der beiden »Rosen« geführt haben.

Obwohl ich Miss Crawford seit jenem Tag, an dem sie mir ihre handfesten Verdächtigungen mitteilte, nicht wiedergesehen habe, muß ich mich nicht auf reine Vermutungen stützen, was ihre anschließenden Tätigkeiten betrifft. Denn bald darauf hatte ich das Vergnügen, Madame Zelide kennenzulernen, aus deren leicht fragmentarischen Schilderung ich die Geschichte zusammensetzen kann.

Zelide verkörpert, wie dies bei herausragenden Artisten häufig der Fall ist, eine seltsame Mischung aus Vernunft und Sensibilität. Und als Gino starb, muß sie ein emotionales Wrack gewesen sein. Sie hatte den jungen Italiener mit der Intensität einer warmherzigen Frau und der Wertschätzung einer Künstlerkollegin geliebt. Sie waren gewissermaßen Landsleute. Sie liebte ihren Mann nicht, und er hatte in ihr ein so starkes Mißtrauen geweckt, daß sie Gino vor der drohenden Gefahr gewarnt hatte. Es ist jedoch *eine* Sache, jemanden zu warnen, solange er noch am Leben und gesund ist, und eine völlig andere Sache, nach dessen

Tod jemand anderen des vorsätzlichen Mordes zu bezichtigen.

Und – worauf konnte sie ihre Beschuldigungen eigentlich stützen? Zelide hatte bei der Anhörung ausgesagt, und zwar das, was sie für die Wahrheit hielt. Die Trapeznummer war wie gewöhnlich aufgeführt worden. Beide Brüder hatten ihre Aufgaben mit der üblichen Präzision erfüllt. Mit Tränen in den Augen erzählte sie mir, daß sie, selbst wenn sie bewußt darauf geachtet hätte, keinen Fehler hätte feststellen können. Der Fehler, soweit er *wahrnehmbar* war, mußte bei Gino gelegen haben. Doch die »Rote Rose« hätte durchaus ein Dutzend oder mehr *nicht wahrnehmbare* Dinge tun können, als er von unten herangeschwungen kam, um seinen fallenden Partner aufzufangen. Zelide wußte – und wer konnte das besser wissen? –, daß beispielsweise ein Timing-Fehler von einem millionstel Sekundenbruchteil, eine unsichtbare Verzögerung, die geringste Handbewegung, ja selbst eine kleine Krümmung eines Fingers im Augenblick des Kontaktes von ihr nicht bemerkt worden wäre, aber in jedem Fall tödliche Folgen gehabt hätte.

Kurzum, die Rose-Brüder waren in der einmaligen Lage gewesen, vor den Augen von Tausenden von Menschen einen perfekten Mord zu begehen und dies so zu tun, daß er wie ein Unfall aussehen würde, für den nur das Opfer selbst verantwortlich gemacht werden konnte.

Zelide erkannte das alles. Auch Lina erkannte es. Sie hatten Gino beide gemocht und waren zusätzlich über die Entweihung ihrer geliebten Trapeznummer entrüstet. Doch sie waren sich einig, daß sie nichts tun konnten.

Und dann stieß Eulalia zu ihnen, die ihrerseits entrüstet war und Verdächtigungen anbrachte, die für sie Gewißheit waren. Zunächst muß sie wie gegen eine Wand gerannt sein, denn weder Zelide noch Lina mochten Eulalia. Sie waren beide in der engen Zirkuswelt aufgewachsen und hielten die junge Frau aus der feinen Gesellschaft für einen Eindringling. Sie hatten sich über ihr enges Verhältnis mit Gino geärgert, weil sie meinten, sie hätte einen schlechten Einfluß auf ihn als Artisten und Mann. Wahrscheinlich ärgerten sie sich auch darüber, daß ihre Ehemänner sie attraktiv fanden.

Man kann sich die erste Zusammenkunft der drei Frauen vorstellen, deren einzige Gemeinsamkeit ihre Empörung war. Man kann sich denken, daß ihre Begegnung in einer Atmosphäre der Geheimhaltung – denn das war für alle drei von größter Wichtigkeit –, gegenseitiger Abneigung und Mißtrauen stattfand. Man kann sich die raschen Blicke vorstellen, die sich Lina und Zelide zuwarfen, als sie sich wortlos fragten, ob sie dieser Fremden ihre dunklen Verdächtigungen gegen ihre Männer anvertrauen wollten oder ob sie es überhaupt wagen konnten. Man kann nachempfinden, wie ihre Abneigung und ihr Mißtrauen wuchs, als Eulalia mit ihrer Geschichte fortfuhr. Man kann verstehen, wie aussichtslos es ihnen erschienen sein mußte, jemals eng zusammenzuarbeiten.

Aber noch ein anderes weibliches Wesen war über Ginos allzu frühen Tod erzürnt. Sein Mißtrauen war noch stärker als Eulalias Gewißheit, denn es stützte sich auf einen noch stärkeren Instinkt – den eines Tieres. Die Rede ist natürlich von Edwina, der Elefantendame. Sie hatte keine Zeit verloren, den Tod ihres geliebten Freundes zu rächen. Sie war gleich nach dem Unglück auf die »Weiße Rose« losgestürmt und hatte ihm das Schlüsselbein gebrochen. Ein paar Tage später stürzte sie sich auf die »Rote Rose«, als er dicht an ihrem Verschlag vorbeiging, und nur weil er flink einen Mast hinaufkletterte, konnte er dem sicheren Tod entfliehen.

Edwina war sich ihrer Sache sicher, und sie hatte den Mut, dementsprechend zu handeln. Zelide versicherte mir durchaus glaubhaft, daß sich die drei unschlüssigen Frauen durch Edwinas Gewißheit (und vielleicht Mut) bestärkt fühlten und zu einer festen Gemeinschaft zusammenwuchsen.

Nach mehreren weiteren Zusammenkünften dachten sie sich schließlich einen Plan aus.

An dieser Stelle sei darauf hingewiesen, daß für ihre Tat ein ungeheures Maß an Mut und Entschlossenheit vonnöten war, da die Hindernisse, die sich ihnen stellten, nahezu unüberwindlich schienen.

Für ihr Vorhaben konnten sie sich eigentlich nur auf ihre weibliche Intuition berufen. Eindeutige Beweise lagen nicht vor. Es war praktisch nicht nachzuweisen, daß die Brüder Gino gegenüber niederträchtige Gefühle hegten. Die beiden »Rosen« hatten dies niemals durch irgendeine offenkundige Handlung gegen ihren jüngeren Partner erkennen lassen. Sie waren, als er noch lebte, nach außen hin stets freundlich gewesen und hatten nach seinem Tod, wie es sich gehört, Trauer gezeigt. Ginos Magenschmerzen und der rätselhafte nächtliche Überfall bewiesen noch gar nichts. Selbst nach dem Handgemenge, das als feindselige

Handlung hätte ausgelegt werden können, hatte es ein einvernehmliches Händeschütteln und Beteuerungen kameradschaftlicher Verbundenheit gegeben. Ludwig und Bruno, die fleißigen, unverdrossenen Preußen, hatten ihre Spuren perfekt verwischt. Was Edwina und ihr wütendes Trompeten anging – solcherlei ließ sich als senile Marotte eines launischen und unberechenbaren Dickhäuters abtun.

Es gab nur eine einzige Möglichkeit zu beweisen, daß die Rose-Brüder vorsätzlich und hinterhältig gehandelt hatten. Man mußte von einem von ihnen, oder von beiden, ein Geständnis bekommen.

Doch weder der verschlossene Ludwig noch der verschlagene Bruno, die ja ihr gewünschtes Ziel erreicht hatten, würden sich wohl ohne weiteres zu einem Schuldbekenntnis nötigen lassen. Dazu mußte man schon eine List anwenden.

Der Panzer der »Rosen« hatte nur eine einzige Schwachstelle, nur einen einzigen Riß, und genau dort wollten die drei Frauen ansetzen. Diese Stelle oder Achillesferse, wie wir sie bezeichnen könnten, war Ludwigs Vernarrtheit in Eulalia, eine Leidenschaft, die, da sie unbefriedigt geblieben war, immer heißer entflammte. Somit fiel Eulalia die führende Rolle zu, und die muß äußerst unangenehm gewesen sein.

Sie stellte sich dieser Rolle beherzt und ohne zu zögern. Zunächst einmal tat sie so, als ob sie keinerlei Trauer um den toten Gino empfand. Sie verhielt sich fröhlich und verlockend und täuschte vor, alles andere als untröstlich zu sein. Sie machte sogar in aller Öffentlichkeit und im Beisein von Zelide eine Andeutung, die Zelide dann ihrem

Mann zutrug, daß es nämlich mit der Männlichkeit des jungen Italieners wider Erwarten nicht allzu weit hergewesen sei.

Ersparen wir uns doch die Mutmaßungen darüber, wie weit Miss Crawford gehen mußte. Begnügen wir uns zu erwähnen, daß Ludwig ihr schon bald aus der Hand fraß. Ob sie, als es schließlich soweit war, zur Erreichung ihrer Ziele darauf baute, daß die Leidenschaft ihm die Zunge lösen würde, oder ob sie sich – und darin läge quasi eine ausgleichende Gerechtigkeit – diese Wirkung eher vom Benzedrin versprach, möchten wir nicht näher untersuchen. Jedenfalls gewann sie Ludwigs uneingeschränktes Vertrauen, indem sie ihm schmeichelte und sich in negativen Andeutungen über Gino erging, bis sie es schließlich schaffte, ihn geschickt in eine Situation zu manövrieren, in der sie ihn, mit Lina und Zelide in Hörweite, dazu brachte, die Schritte zu gestehen, nein, sich dieser zu brüsten, die er und Bruno unternommen hatten, um ihren unglückseligen Partner zu beseitigen. Nachdem Ludwig erst einmal ins Plaudern gekommen war, gab er so viel preis, daß es ausreichte, ihm und seinem Bruder die Schlinge um den Hals zu legen. Und Lina und Zelide konnten jedes Wort mithören.

Er prahlte – und in diesem Punkt kann ich mich auf Zelides Aussage berufen –, daß er und sein Bruder es zunächst damit versucht hätten, Gino gemahlenes Glas ins Essen zu mischen. Sie unterließen dies schließlich, weil es ihnen zu »feige« [*sic*] erschien. Der nächtliche Überfall, den sie in angetrunkenem Zustand spontan durchgeführt hatten, war zwar nach Ludwigs Maßstäben männlicher, nach Brunos jedoch zu unbesonnen. Es war Bruno, der auf die Idee kam, das Natron, das Gino seit den Versuchen mit dem Glas eingenommen hatte, durch Benzedrinpillen zu ersetzen. Er hatte in einem Zeitungsartikel gelesen, wie Benzedrin die Funktionen der Muskulatur und die Zielgenauigkeit bei bestimmten Sportarten beeinträchtigte. Und dann, während der Trapeznummer, sollte Ludwig sicherheitshalber...

Leider erfuhr Zelide nie genau, was Ludwig laut ihrem gemeinsamen Plan während der Nummer hätte tun sollen. Sie konnte es nicht länger ertragen. Zitternd vor Entrüstung, stürzte sie aus ihrem Versteck, Lina im Schlepptau. Als sie ihrem Mann gegenüberstand, muß er augenblicklich erkannt haben, daß er in eine Falle geraten war.

»Niemals, niemals werde ich sein Gesicht vergessen«, stieß Zelide hervor, während sie mir die Geschichte erzählte. »Es war finster wie die Hölle, und Ludwig fauchte wie ein Tiger. Seine Augen blickten grausam...«

Auch was er dann tat, war grausam. Wie ein wilder Tiger griff er die Frauen an. Er rammte Zelide die Faust ins Gesicht, schlug Lina nieder und würgte Eulalia mit mordgierigen Fingern. Die Schreie der Frauen wurden leider von niemandem außer Bruno gehört, der nie weit weg war und Ludwig nun Beistand leistete. Er wußte sogleich, was geschehen war, und, von der Wut seines Bruders angesteckt (wahrscheinlich haben wir es hier mit einem echten Fall von *folie à deux* zu tun), stürzte auch er sich in den brutalen Kampf. Da er wegen seines gebrochenen Schlüsselbeines die Hände nicht benutzen konnte, nahm er die Füße zu Hilfe und trat seine am Boden liegende Frau derart brutal, daß ihr Hüftknochen verletzt und ihre Artistenlaufbahn für immer beendet wurde.

Endlich traf Hilfe ein, doch erst im letzten Moment. Als die Rose-Brüder schließlich überwältigt worden waren, stellte sich heraus, daß nicht nur Linas Hüfte verletzt, sondern auch Zelides Kiefer gebrochen war und daß Eulalia um Haaresbreite erwürgt worden wäre.

Diese Verletzungen, so schlimm sie auch waren, dienten zumindest *einem* nützlichen Zweck. Sie ermöglichten es der Polizei, die Rose-Brüder so lange in Haft zu halten, bis die drei Frauen soweit genesen waren, daß sie sie wegen der geplanten Ermordung von Gino Forelli verklagen konnten.

Und das taten sie dann auch.

Ich komme nun zum unbefriedigendsten Teil der Geschichte. Er ist insofern unbefriedigend, als die juristischen Details uninteressant sind. Er ist für mich auch unbefriedigend, weil er der einzige Teil meiner Erzählung ist, den ich weder voll und ganz verstehe noch uneingeschränkt dokumentieren kann. Der Ehrenkodex der Juristen machte es mir unmöglich, die Staats- und die Rechtsanwälte zu befragen. Folglich kann ich, da ich in den Feinheiten des Gesetzes nicht bewandert bin, nur eine laienhafte Darstellung der Grundlagen vorlegen, auf denen die gerichtlichen Schritte beider Parteien basierten.

Die Anklage gegen die »Rosen« wegen schwerer Körperverletzung war unbestritten. Doch die noch schwerwiegendere Anklage wegen Mordes gestaltete sich von Anfang an äußerst problematisch.

Vermutlich bestand auf seiten der Staatsanwaltschaft

kein Zweifel daran, daß die »Rosen« heimtückisch und in verbrecherischer Absicht den Mord an Gino Forelli geplant hatten. Das Beweismaterial war jedoch höchst unbefriedigend, beruhte es doch ausschließlich auf Hörensagen und auf den Aussagen von drei Frauen, die dem Angeklagten gegenüber voreingenommen waren. Es war natürlich problematisch, daß die Ehefrauen gegen ihre Männer aussagen mußten und daß kein unbeteiligter Dritter das »Geständnis« mit angehört hatte.

Die Anwälte der Verteidigung erkannten klar, daß all diese Umstände für ihre Mandanten sprachen. Doch sie hatten ihre Probleme. Sie wußten, daß der Auftritt von den so übel zugerichteten Frauen ihren Ehemännern in einem öffentlichen Mordprozeß hoffnungslos schaden würde. Noch größere Angst hatten sie vermutlich vor Eulalia Crawford, die zu allem bereit war und ihr Geld und ihren gesellschaftlichen Rang rücksichtslos einsetzen würde, um die Brüder zu Fall zu bringen.

Schließlich schlugen die Verteidiger einen Vergleich vor – der aus der Sicht ihrer Mandanten nicht unklug war. Sie überredeten die beiden »Rosen«, die Klagen wegen schwerer Körperverletzung durch großzügige Entschädigungszahlungen an die verletzten Frauen abzuwenden und im Fall von Forellis Tod auf fahrlässige Tötung zu plädieren. Es war natürlich fraglich, ob ein solcher Antrag angenommen würde. Darüber mußten das Gericht und die Staatsanwaltschaft befinden. Und die Staatsanwaltschaft wußte nur zu gut, wie schwierig die Situation war. Der mißlungene Vergiftungsversuch und der unbesonnene, nächtliche Überfall würden, da bestand für sie kein Zweifel, in jedem

Mordprozeß als Beweise unzulässig sein. Denn diese Vorwürfe waren damals nicht nachgewiesen und das Opfer nicht ernsthaft verletzt worden. Einziges Beweisstück für den Mord war das Benzedrin. Und das Gericht könnte durchaus auf die Schwäche dieses Beweises hinweisen, da Benzedrin kein Gift im eigentlichen Sinne ist und nur aufgrund der außergewöhnlichen Umstände, unter denen es verabreicht worden war, tödlich wirken konnte. Es würde äußerst schwierig werden, eine starrköpfige Jury damit zu überzeugen.

Demzufolge wurde der Antrag zugelassen.

Und so bekannten sich die Rose-Brüder der fahrlässigen Tötung schuldig und gaben zu, daß sie Ginos Natron durch Benzedrin ersetzt hatten. Sie gaben ein lächerliches Tatmotiv an: »Sie hofften, auf diese Weise die Beziehung zwischen ihrem Partner und Miss Crawford beenden zu können, da sie das Verhältnis als nicht wünschenswert und als dem Interesse ihrer Trapeznummer zuwiderlaufend erachteten.« Diese Aussage lag offenbar in dem Glauben begründet, daß Benzedrin eine Art *An*aphrodisiakum sei, was medizinisch auch belegbar ist. Natürlich behaupteten sie, nichts von irgendwelchen Eigenschaften der Droge gewußt zu haben, die für einen Trapezkünstler verhängnisvolle Folgen haben könnten, und sie gaben ihrer Überraschung und ihrem Bedauern darüber Ausdruck, durch ihre relativ harmlose Tat *unbeabsichtigt* den Tod ihres Partners verursacht zu haben.

Da die Höchststrafe, die das Gesetz für fahrlässige Tötung vorsieht, vergleichsweise milde ist, hatten die »Rosen« allen Grund, sich die Hände zu reiben.

Doch ihr Jubel war von kurzer Dauer. Die Frauen waren noch nicht fertig mit ihnen. Unter der Führung von Eulalia, die hartnäckig darauf bestanden hatte, ihre gesamten Krankenhauskosten aus eigener Tasche zu bezahlen, gingen die drei »Unbezähmbaren« jetzt geschlossen gegen die Rose-Brüder vor. Da sie wußten, daß sie betreffend des Mordes an Gino niemals eine gerechte Bestrafung erreichen konnten – denn niemand kann für ein und dasselbe Verbrechen zweimal vor Gericht gestellt werden –, konzentrierten sie sich auf die Verletzungen, die ihnen selbst zugefügt worden waren.

Sie lehnten alle Angebote auf Schadenersatz ab und setzten ihre Anklage unbarmherzig durch, wobei sie den früheren Vorwurf der schweren Körperverletzung um den Vorwurf des versuchten Totschlags erweiterten. Und in diesem Punkt hatten sie jede Menge Beweise. Ihre klaffenden Wunden waren eine stumme Anklage gegen die brutalen »Rosen«.

Und sie gewannen natürlich. Das Endergebnis ihres Sieges war eine Verurteilung – oder vielmehr eine Reihe von Verurteilungen – für die Rose-Brüder, die sich insgesamt auf ungefähr zehn Jahre Zuchthaus belief. Dennoch hätten die Brüder dankbar sein müssen, denn eigentlich verdienten sie eine sehr viel höhere Bestrafung.

Sie hätten, wie ich gerade erwähnte, dankbar sein müssen, daß ihnen die mit einem Mordprozeß normalerweise verbundene Publicity und die unerfreuliche, traurige Berühmtheit, die mit einer *cause célèbre* einhergehen, erspart blieben. Ihre Fotos wurden nicht in der Presse veröffentlicht, und ich bezweifle, ob mehr als eine Handvoll der Zuschauer, die gesehen haben, wie Gino in der vollbesetzten Arena starb, sich überhaupt die Mühe gemacht haben, das weitere Schicksal seiner Mörder zu verfolgen. Dennoch, die Öffentlichkeit hat ein Kurzzeitgedächtnis, und niemand wird Ludwig und Bruno erkennen und sich an sie erinnern, wenn sie aus dem Gefängnis kommen.

Wenn sie herauskommen... Welche Gedanken werden sie dann hegen? Was werden ihre Pläne sein?

Vielleicht kann ich ja meine Fragen selbst beantworten.

Letztes Jahr, als ich an diesem Essay über ihren Fall arbeitete, gelang es mir, mit den Rose-Brüdern in Philadelphia ein Interview zu führen, wo sie zur Zeit im *Eastern Penitentiary* einsitzen und wo ihre Führung übrigens als vorbildlich gilt.

Wie vorbildlich ihre Führung auch sein mag, ich würde doch meinen Ruf als Psychologe und Physiognom darauf verwetten, daß sie im Grunde ihres Herzens nicht geläutert sind. Als ich ihnen mitteilte, daß ich dem vorliegenden Sammelband sehr gerne eine Darstellung ihres Falles beisteuern würde, reagierten sie auf ungewöhnliche Weise. Sie waren nicht geschmeichelt und begeistert, wie es abgebrühte Kriminelle normalerweise sind, wenn sie hören, daß ihre Taten veröffentlicht werden sollen. Sie waren nicht empört, wie dies unschuldige Männer gewesen wären. Sie legten auch nicht die stumme Scham an den Tag, die von wahrer Reue zeugt. Sie sprachen mit mir, und zwar munter drauflos. In Brunos trüben Augen glimmte ein fanatisches Licht, wenn er sprach, Ludwig dagegen versprühte lispelnd so viel Gift, daß es eine ganze Familie von Klapperschlangen hätte töten können. Wieso waren sie so mitteilsam? Weil sie in mir, einem Autor, jemanden sahen, den sie vielleicht davon überzeugen konnten, die »Frauen, von denen sie verraten worden waren«, vernichtend zu kritisieren. Da sie selbst ohnmächtig und eingesperrt waren, wollten sie mich als Vermittler ihres angestauten Hasses benutzen. Ich hörte entsetzt zu, wie sie sich gegenseitig darin überboten, ihre Ehefrauen (heute ihre Exfrauen, wie ich mit Freude feststellen darf) und Eulalia Crawford mit Obszönitäten zu beschimpfen. Ihre Worte kann man nicht drucken, und auch meine Feder würde ich nicht mit solchem Unrat besudeln. Aber sie waren so beeindruckend, daß ich zur unerschütterlichen Überzeugung gekommen bin, daß die Rose-Brüder Monomanen sind und ihre psychopathische Rachsucht irgendwann ein Ventil finden muß, um herauszugelangen.

Sie muß *raus*! Irgendwann kommen sie *raus*! Und das wird nun nicht mehr lange dauern. Zehn Jahre sind fast vergangen, abzüglich der Zeit wegen guter Führung, und schon bald wird das Gefängnis zwei bösartige Killer ausspeien, die es nach blutiger Rache dürstet – und die niemand erkennen und an die sich niemand erinnern wird.

Wie werden sie die Welt außerhalb der Gefängnismauern vorfinden? Der Welland Zirkus existiert nicht mehr, sein Vermögen ist vom Madden Zirkus übernommen worden. Die »Fliegenden Rosen« fliegen nicht mehr. Die Trapeznummer ist mit Gino Forelli gestorben.

Doch die am Drama der »Rosen« beteiligten Menschen leben noch. Eulalia Crawford hat den Osten verlassen, lebt in San Francisco und stellt ihre Talente patriotisch in den Dienst des sich im Krieg befindlichen Amerika. Lina ist glücklich zum zweiten Mal verheiratet und lebt zurückgezogen gleichfalls in San Francisco. Zelide hat, als einzige von den »Rosen«, ihr Artistentrikot nicht an den Nagel gehängt und erfreut Besucher des Madden Zirkus mit ihrer ausschließlich aus Frauen bestehenden Trapeznummer, die als »Vogelballett« bekannt ist. Auch Edwina ist, während ich dies schreibe, in Amt und Würden und noch immer der »älteste Elefant in Gefangenschaft«.

Vorsicht, Edwina, falls du an dem Tag, an dem deine Feinde aus dem Gefängnis entlassen werden, noch lebst.

Vorsicht, Zelide; auch wenn du ein Vogel bist, so hoch kannst du nicht aufsteigen, daß du dem bösen Arm der Rache entgehst.

Vorsicht, Lina; die trügerische Sicherheit häuslichen Glücks wird dir keinen Schutz bieten, wenn der Tag der Abrechnung gekommen ist.

Vorsicht, Eulalia: dein Ruhm macht dich zu einer leichten Zielscheibe, und die Polizei, die mit Kriegsaufgaben überlastet ist, wird dich nicht beschützen können.

Und was mich betrifft, den selbsternannten Deuter und Propheten in diesem tragischen Fall, so sage ich: Vorsicht, Emmanuel Catt!

Wenn sie rauskommen!...

Denn die »Rosen« werden nach ihrer Entlassung in eine Welt kommen, die mit einem grausamen Holocaust beschäftigt ist, neben dem selbst die schauerlichsten Phantasien ihrer krankhaften Geister verblassen. Der Massenmord des Krieges wird ein riesiges Tarnnetz sein, das ihnen Deckung und Anonymität verleiht und die unbedeutenderen Morde vertuscht, nach denen sie trachten. Sie werden lautlos und schnell zuschlagen und genauso schnell und lautlos wieder verschwinden – zurück in den Schutz der Dunkelheit... erbarmungslos... ungeläutert.

18

Ich schloß die *Verbrechen unserer Zeit.* Unser dezentes Pendant einer Gefängniszelle war sehr ruhig, und das aufrüttelnde *Vorsicht*, mit dem das Essay sein dramatisches Ende erreichte, klang mir noch immer in den Ohren. Emmanuel Catt hatte sich trotz seiner unbestreitbaren Unzulänglichkeiten als wahrer Prophet erwiesen. Die rote Rose und die weiße Rose waren tatsächlich auf kaltblütige Morde ausgewesen, und obschon wir Zelide gerettet hatten, waren Eulalia und Lina der blutigen Rache, die die Brüder im Gefängnis ersonnen hatten, zum Opfer gefallen.

Eulalia, Lina, Zelide, Edwina, diese vier weiblichen Wesen, die in unserem Leben bislang nur als Namen oder Leichen eine Rolle gespielt hatten, waren für mich durch Emmanuel Catt zur lebendigen Wirklichkeit geworden. Eulalia, die schöne Bostoner Rachegöttin, die sich auf die Vernichtung der Mörder ihres Geliebten konzentrierte; Lina, die verschüchterte, kleine Ehefrau, die einmal in ihrem Leben ihren ganzen Mut aufgebracht hatte; Zelide, die warmherzige Artistin, die um der Gerechtigkeit willen ihr Leben im Kampf gegen gefährliche Killer aufs Spiel gesetzt hatte; Edwina, die betagte Elefantendame, die einen

Menschen geliebt und wie eine Kriegerin für ihn gekämpft hatte.

Sie waren ein tapferes Quartett gewesen.

»Arme Eulalia«, drang Iris' Stimme in meine Gedanken. »Sie war wunderbar, so tapfer. Und die ganze Familie hat sie immer nur von oben herab behandelt, weil sie eine Affäre mit einem Italiener hatte! Und was für eine Affäre! Darling, wenn ich doch nur von Gino Forellis Tod erfahren hätte, nur ein Sterbenswörtchen, dann hätten wir sie vielleicht retten können.«

Ich sah mich in dem kleinen, muffigen Raum um. Ich erinnerte mich wieder daran, wo wir waren, und es gefiel mir nicht.

»Im Essay heißt es, daß die ›Rote Rose‹ gelispelt hat, Peter«, hörte ich Iris. »Dann hat die ›Rote Rose‹ Eulalia und die ›Weiße Rose‹ Lina getötet. Die ›Rote Rose‹ hat die Frau getötet, die sie reingelegt hat, und die ›Weiße Rose‹ die Ehefrau, die sie verraten hat. Mr. Catt war sogar schon früher dahintergekommen. Deshalb hat er Eulalia rote und Lina weiße Rosen geschickt.«

»Und beide haben meine Uniform getragen«, sagte ich. »Damit haben sie mich gleich zwei Mal für ihre Zwecke benutzt. Sie haben Leutnant Duluth am Tatort beider Verbrechen auftauchen lassen, damit es so aussah, als gäbe es nur einen Täter. So hat sich jeder von ihnen ein Alibi für einen der Morde verschaffen können.« Ich zuckte die Achseln. »Die sind schon verdammt gerissen.«

»Gerissen. Sie sind mehr als gerissen.« Iris schauderte. »Wenn ich gewußt hätte, mit wem wir uns da angelegt hatten, hätte ich von vornherein aufgegeben.« Ihr Mund verzog sich zu einem leicht überheblichen Lächeln. »Aber denen haben wir es gezeigt, nicht wahr, Darling?«

Auch ich fühlte mich ein wenig überheblich. »Ja, Schatz«, antwortete ich. »Wir haben es ihnen gezeigt.«

»Und wird Hatch nicht stolz auf uns sein?«

»Und ob«, sagte ich und erinnerte mich mit einiger Genugtuung daran, wie wenig Hatch von meiner Intelligenz gehalten hatte.

Ein Schlüssel quietschte im Schloß, und die Tür öffnete sich. Unser Polizist kam herein. Der Ich-hab'-einen-Mörder-gefangen-Ausdruck war aus seinem Gesicht verschwunden. Er blickte verwirrt und gereizt. Dies, so glaubte ich, war ein gutes Omen.

»Der Inspektor möchte Sie sehen«, sagte er.

Wir standen auf. »Haben Sie Williams und Dagget angerufen?« fragte ich.

»Ja. Man hat sie erreicht. Sie sind auf dem Weg hierher.«

Diese Neuigkeit war genau das, was ich brauchte. Ich fühlte mich recht beschwingt, als Iris und ich dem Polizisten durch das zugige Hauptbüro und durch eine Tür mit der Aufschrift INSPEKTOR ROBERT WEBB folgten.

Wir betraten ein großes Einmannbüro. Da saß ein Polizeiinspektor, vermutlich Inspektor Webb, hinter einem Schreibtisch. Er war ein schmächtiger Mann mit weißem Haar und dunklen, weltverdrossenen Augen. An seiner Seite stand, eine Ausgabe von *Verbrechen unserer Zeit* schwingend und eindringlich redend, Mr. Emmanuel Catt. Zelide saß auf einem Stuhl beim Fenster neben der kräftigen, liebenswerten Gestalt von Mr. Annapoppaulos. Auch Cecil Grey war da, wichtigtuerisch inmitten einer

Gruppe von Polizisten. Sie alle schenkten Mr. Catt respektvoll ihre Aufmerksamkeit und bemerkten nicht, daß wir hereinkamen.

»... und daher muß ich Sie eindringlich bitten ...«

»Schon gut, schon gut, Mr. Catt.« Die sanfte Stimme des Inspektors unterbrach den Monolog des ›Bartes‹. »Sie haben mich überzeugt, und wir haben uns bereits mit Philadelphia in Verbindung gesetzt. Bald werden wir die vollständigen Akten der Rose-Brüder erhalten, und dann können wir eine eindeutige Identifizierung vornehmen.«

In diesem Augenblick nahm uns Cecil Grey wahr. Er fuhr herum und zeigte auf uns, wobei er seinen großen Auftritt weidlich auskostete.

»Da sind sie. Und er trug einen Zivilanzug, als ich ihn gestern abend zum Sloat Boulevard fahren sollte. Er ist der Mann, der ...«

Mr. Catt wandte sich vom Schreibtisch ab und fixierte den Schauspieler mit einem eindringlichen Blick. »Sie sind ein törichter junger Mann, und hätten Sie wohl die Freundlichkeit, Ihre Meinung für sich zu behalten«, donnerte er. Während Grey in sich zusammensank, schritt er mit ausgestreckten Armen und einem Lächeln auf uns zu, das durch seinen Bart hindurch strahlte. »Leutnant Duluth und Mrs. Duluth, lassen Sie mich Ihnen als erster gratulieren. Wie ich dem Inspektor bereits erläutert habe, haben Sie beide, während ich aufgrund meiner – äh – Unpäßlichkeit den Damen nicht helfen konnte, offenbar mit großem Mut und großer Kühnheit gehandelt. Ich bin überaus gespannt, aus Ihrem Munde zu erfahren, was geschehen ist.«

»Ja, ja.« Madame Zelide kam mit wehendem Gefieder und Umhang zu uns herüber. »Der Geschäftsführer, er ruft gerade vom Ziirkus an. Meine Seile sind wiirklich fast durchgeschniitten. Ich wäre fast gestürzt in den Tod wie der arme Giino, wenn Sie niicht gewesen. Ich danke, ich danke. So viel Mut, so viel Können.«

Mit italienischer Inbrunst warf sie sich auf Iris und küßte sie ab, bevor sie dasselbe auch mit mir tat. Auf einen solchen Enthusiasmus war ich nicht gefaßt. Verlegen befreite ich mich von der weltberühmten Trapezkünstlerin und murmelte: »Wir haben bestimmt nichts Großartiges getan…«

Ein diskretes Hüsteln von Inspektor Webb bereitete den Umarmungen ein Ende.

Er sagte: »Leutnant und Mrs. Duluth, würden Sie bitte herkommen? Die Rose-Brüder werden gleich hereingebracht. Sie ziehen sich noch schnell die Clownskostüme aus und machen sich sauber. Bis dahin möchte ich mir Ihre Geschichte anhören.«

Er winkte Zelide und Mr. Catt beiseite. Sie nahmen auf Stühlen neben Mr. Annapoppaulos Platz. Ein Polizeistenotypist setzte sich mit Notizblock und schreibfertigem Stift neben den Inspektor.

»Zuerst«, sagte der Inspektor in strenger Befolgung der Vorschriften, »nennen Sie bitte Ihre vollständigen Namen.«

Ich nannte ihm unsere Namen. Dann, während seine wachen Augen mein Gesicht musterten und der Stenotypist kritzelte, gab ich unsere Geschichte zu Protokoll. Ich erzählte, wie Mrs. Rose uns ihr Zimmer im Hotel St.

Anton überlassen hatte, von dem lispelnden Mann, der uns angerufen hatte, um zu fragen, ob Iris Eulalia sei, vom Diebstahl meiner Uniform im türkischen Bad und von unserer ersten, dramatischen Begegnung mit Mr. Catt im Ballsaal des Hotels. Es war nicht ganz leicht, das Ausmaß von Mr. Catts bedauernswerter ›Unpäßlichkeit‹ zu verheimlichen, aber ich tat mein Bestes. Anschließend schilderte ich, was wir bis zu jenem Zeitpunkt, als wir Eulalia Crawford tot in ihrer Wohnung fanden, unternommen hatten.

An dieser Stelle unterbrach mich Inspektor Webb zum erstenmal und brummte: »Es ist Ihnen doch klar, daß Sie gegen das Gesetz verstoßen haben, als Sie den Mord nicht meldeten?«

»Ja«, antwortete ich kleinlaut.

Doch Iris mischte sich mit frischem Elan ein: »Was hätte er denn sonst tun sollen? Man hatte ihn reingelegt. Wenn er in diesem Augenblick die Polizei gerufen hätte, wäre er verhaftet worden. Es hätte keine Möglichkeit mehr gegeben, Lina zu retten ...«

»Mag sein, aber ...« Der Inspektor gestikulierte mit seinen Händen. »Fahren Sie fort, Leutnant.«

Ich nahm die Geschichte wieder auf. Ich lobte Hatch für seine Hilfe über den grünen Klee, berichtete von unserer Suche nach dem ›Bart‹, von meiner unheilvollen Fahrt zur Wawona Avenue, dem mysteriösen Wiederauftauchen meiner gestohlenen Uniform und dem erneuten Verschwinden des ›Bartes‹ aus unserem Hotelzimmer.

Mir war klar, daß meine Erzählung weder mich noch Amerikas berühmtesten Kriminologen in ein besonders schmeichelhaftes Licht rückte. Ich warf ihm einen verstohlenen Blick zu. Er starrte würdevoll zum Fenster hinaus. Falls er meine Anspielungen auf seine ›Krankheit‹ gehört hatte, so ignorierte er sie großartig.

Die Schilderung unserer Flucht zu Hatchs Wohnung und der anschließenden abenteuerlichen Fahrt zum Zirkus nahm nicht viel Zeit in Anspruch.

»Das ist alles«, sagte ich zum Schluß. »Wir haben nie erfahren, worum es eigentlich ging. Wir sind einfach blind drauflos getappt, denke ich, und haben versucht, unser Bestes zu geben. Hatch Williams und Bill Dagget können das alles bestätigen, wenn sie hier sind. Ich nehme an, sie sind vertrauenswürdig?«

»Eine äußerst angesehene Firma«, murmelte Inspektor Webb. »Stets auf der Seite des Gesetzes.« Er warf dem Stenotypisten einen Blick zu, und der hörte auf zu kritzeln und starrte zu uns hoch. »Tja, als Polizeibeamter kann ich Ihr Verhalten nicht gerade gutheißen, doch ich muß zugeben, daß Sie in einer äußerst schwierigen Situation beherzt und einfallsreich gehandelt haben. Außerdem ist es Ihnen zu verdanken, daß Madame Zelide noch am Leben ist.« Er hielt inne. »Sind Sie noch eine Weile in San Francisco?«

»Nein«, antwortete ich. »Ich muß heute abend zurück zum Stützpunkt.«

Obwohl ich es die ganze Zeit gewußt hatte, traf es mich wie ein Schock, als ich dies aussprach. Mir blieben nur noch ein paar Stunden mit Iris. Wir hatten meinen ganzen kostbaren Urlaub mit diesen entsetzlichen Rose-Brüdern vertan.

Inspektor Webb blickte ernst. »Ich fürchte, ich brauche

Sie für die Anhörung und die Formalitäten. Wenn Sie mir den Namen Ihres vorgesetzten Offiziers nennen, werde ich sehen, ob wir nicht eine Urlaubsverlängerung veranlassen können.«

Er sagte das mit einem völlig ausdruckslosen Gesicht. Es dauerte einen Augenblick, bis ich verstand. Dann grinste ich. Dann grinste auch Iris.

»Das wäre phantastisch«, setzte ich an. »Ich – das heißt, ich glaube, es sollte sich machen lassen.«

Der Inspektor zuckte mit den Schultern. »Ich werde mein Bestes tun. Wir brauchen dann natürlich auch Mrs. Duluth. Und wenn Sie nun vielleicht dort drüben Platz nehmen...«

Iris und ich suchten uns zwei Plätze nebeneinander im hinteren Teil des Raumes. Wir setzten uns. Ich nahm Iris' Hand. Ich dachte nicht mehr an die Rose-Brüder. Ich hing jetzt wieder ganz persönlichen Gedanken nach, in denen die Hintern der Putten eine wichtige Rolle spielten.

Inspektor Webb hatte Mr. Catt und Zelide an seinen Schreibtisch gebeten. Sie plapperten alle durcheinander. Ich hörte nicht zu. Dann öffnete sich eine Tür hinter dem Schreibtisch, und ein Polizist kam mit zwei Männern herein. Einer von ihnen war dünn und graumeliert und trug einen dunklen Anzug; der andere war groß und stämmig. Der eine trug eine grüne Krawatte; der andere trug eine rote Krawatte.

Iris stieß mich an. »Peter, da sind sie ja endlich. Die ›Rote Rose‹ und die ›Weiße Rose‹.«

Nach allem, was sie uns angetan hatten, war ich auf zwei richtig bedrohliche Monster gefaßt gewesen, die neben

Boris Karloff eine Hauptrolle hätten spielen können. Doch auf den ersten Blick sahen die beiden Männer wie zwei ganz normale, ehrbare Bürger aus, irgendwie enttäuschend.

Ich konnte sie jedoch nur flüchtig betrachten, denn im selben Moment öffnete sich die Tür zum Eingangsbüro, und Hatch und Bill kamen mit einem weiteren Polizisten herein. Ich winkte Hatch überschwenglich zu, und Iris und ich gingen rasch zu der Gruppe, die um den Schreibtisch des Inspektors versammelt war.

Hatch und Bill und ihr Polizist standen auf der rechten Seite, die beiden Neuankömmlinge und ihr Polizist auf der linken. Zelide und Mr. Catt waren in der Mitte.

Als wir dazutraten, fragte Inspektor Webb: »Leutnant Duluth, können Sie diese beiden Männer identifizieren?«

Ich starrte sie an. Der mit der grünen Krawatte senkte die Augen. Der mit der roten Krawatte starrte gleichmütig zurück.

»Nein«, antwortete ich. »Wir haben sie nur in Clownskostümen gesehen. Da war nichts zu erkennen. Man ...«

»Ich kann sie eindeutig identifizieren.« Es war Mr. Catt, der sprach. Er drehte sich mit majestätischer Würde um und hob den Arm. »Das ist Bruno Rose – und das ist Ludwig Rose.«

»Ja, ja«, fügte Zelide leidenschaftlich hinzu. »Das iist Bruno Rose, und das iist Ludwig Rose, der, der mein Mann war, der Giino tötet, der Eulalia tötet und Liina und versucht, zu töten miich. Das siind sie, die Schweine.«

Zelide zeigte in die gleiche Richtung wie Mr. Catt.

Als ich ihren ausgestreckten Fingern folgte, begann sich

in meinem Kopf plötzlich alles zu drehen – es ging drunter und drüber wie auf einem torpedierten Zerstörer. Ich hörte mich selber nach Luft schnappen. Ich sah, wie sich Iris' Mund entsetzt öffnete.

Undeutlich hörte ich eine Stimme. Es war die Stimme des Neuankömmlings mit der grünen Krawatte. »Ja, das sind die Männer, die am Mittwoch in unser Büro gekommen sind, um sich nach Mrs. Lina Brown zu erkundigen. Der linke hat gesagt, er sei ihr Bruder und wolle sie ausfindig machen. Mein Partner Mr. Dagget wird das bestätigen.«

»Ja«, sagte der Mann mit der roten Krawatte. »Williams hat recht. Das sind die beiden Männer.«

Beide deuteten jetzt mit dem Arm. Auch Mr. Catt und Zelide hatten noch immer den Arm gehoben. Und sie alle zeigten in dieselbe Richtung.

Sie zeigten auf die Männer, die ich als Hatch Williams und Bill Dagget kennengelernt hatte.

Einen Augenblick lang verschlug es mir die Sprache. Dann sprudelte ich los: »Aber das ist unmöglich. Das sind Hatch und Bill. Sie waren die ganze Zeit dabei.«

»Sie haben uns geholfen«, piepste Iris.

»Sie – sie haben mir sogar ihre Karte gezeigt«, sagte ich. »Sie müssen Dagget und Williams sein.«

Die ›rote Krawatte‹ sagte förmlich: »Ich bin Mr. Dagget, und das hier« – er deutete auf die grüne Krawatte – »ist Mr. Williams. Wenn diese beiden Herren Ihnen eine unserer Karten gezeigt haben, haben sie sie letzten Mittwoch bei ihrem Besuch in unserem Büro erhalten.«

»Aber...«

Der ›Bart‹ fiel mir ins Wort: »Und was Ihren Einwand betrifft, daß sie ständig bei Ihnen waren, Leutnant – so habe ich das ganze Bild jetzt klar vor Augen. Sie haben sich als Privatdetektive ausgegeben und Sie dadurch von Anfang an praktisch zu ihren Gefangenen gemacht. Als ihr – äh – Sündenbock konnten sie es sich nicht leisten, Sie aus den Augen zu lassen. Das ist überaus interessant, überaus raffiniert. Ich fürchte, Sie und Ihre Frau sind gründlich hinters Licht geführt worden.«

Hinters Licht geführt!

Mit offensichtlichem Vergnügen ob meiner Verwirrung machte der ›Bart‹ eine ausladende Geste Richtung ›Hatch‹. »Darf ich vorstellen, Bruno Rose.« Er wies mit einem Nicken auf ›Bill‹. »Und gestatten Sie mir, Ihnen Ludwig Rose vorzustellen.«

Ich starrte glasig auf unsere alten ›Freunde‹. Sie starrten zurück. ›Hatchs‹ melancholische Augen, deren pessimistischer Ausdruck mir solchen Respekt eingeflößt hatte, waren jetzt aus verschlagener Verachtung zu schmalen Schlitzen verengt. Aus ›Bills‹ markantem Ochsengesicht sprach dumpfe, hilflose Wut.

Die Erkenntnis meiner eigenen Torheit durchflutete mich wie Meereswasser ein offenes Bullauge. Puppen! Iris und ich hatten uns selbst als Puppen bezeichnet. Doch uns war nicht annähernd bewußt gewesen, wie recht wir damit hatten. Die Rose-Brüder hatten sich mit überwältigender Dreistigkeit unser Vertrauen erschlichen, und noch während sie mordeten, hatten sie jeden unserer Schritte überwacht und uns immer tiefer in die Grube gelenkt, die sie für uns gruben.

Bruno und Ludwig Rose waren nicht bloß Puppenspieler gewesen. Damit wurde man ihnen nicht gerecht.

Sie waren zwei superkolossale Puppenspieler erster Güte.

19

Mr. Catts großes – äh – Hinterteil ruhte gewichtig zwischen meinem und Iris' auf der Wohnzimmercouch seiner Suite im Hotel St. Francis. Er hatte gerade die fünfte Flasche Champagner geöffnet, und er hatte Schaum im Bart. Er war sehr heiter.

Auch wir hätten eigentlich heiter sein müssen. Alles hatte wunderbar geklappt. Inspektor Webb hatte sich telefonisch mit meinem vorgesetzten Offizier in Verbindung gesetzt, und sein überschwengliches Lob hatte mir nicht nur eine fünftägige Urlaubsverlängerung eingebracht, sondern auch einen Wink mit dem Zaunpfahl, daß die Beförderung durchkäme. Iris' Filmstudio, das ihren Publicity-Wert als Kinostar witterte, hatte ihr erlaubt, bei mir zu bleiben, während man die Szenen drehte, in denen sie nicht mitspielte. Und als Krönung des Ganzen hatte Mr. Catt, der um Mitternacht nach Hollywood abreisen mußte, wo er als technischer Berater bei den Aufnahmen zu einer Filmbiographie über *Lucrezia Borgia* mitwirkte, zuvorkommenderweise seine Suite an uns abgetreten. Alle mochten uns; wir hatten fünf ganze Tage vor uns; wir hatten die nobelste Suite von allen verheirateten Paaren in San Francisco; wir waren voll mit Champagner.

Eigentlich hätten wir im achten oder neunten Himmel sein müssen, aber wir waren es nicht.

Der Wermutstropfen war Mr. Catt selbst. Wir bewunderten ihn; wir waren ihm dankbar; wir würden wahrscheinlich ein schlichtes Ehrenmal für ihn errichten, falls er starb. Aber es war halb elf, und er machte keinerlei Anstalten zu gehen und noch weniger Anstalten, seinen Monolog zu beenden.

Da er in Gedanken unaufhörlich mit seinem geplanten Essay über das Wiederauftauchen der Rose-Brüder beschäftigt war, hatte er jeden Schritt und jede Empfindung unsererseits peinlich genau rekonstruiert. Je mehr Champagner er konsumierte, desto gründlicher tauchte er in die komplizierten Tiefen der Psychologie. Jetzt war er bei den Rose-Brüdern.

»Äußerst einfallsreich, äußerst findig.« Er stürzte seinen Champagner hinunter und zwinkerte Iris andeutungsweise zu. »Ich habe mit einem der Polizisten gesprochen, die ihr Auto durchsuchten. Sie hatten ihre Flucht minutiös geplant, sogar bis hin zu den Kontobüchern mit Geldbeträgen, die sie in Mexico City unter falschem Namen eingezahlt hatten. Falls ihr Plan, Sie vorübergehend als – äh – Köder zu benutzen, funktioniert hätte, Leutnant, befänden sie sich jetzt höchstwahrscheinlich jenseits der Grenze, und ihre krankhafte Rachsucht wäre befriedigt.«

»Ja«, antwortete ich automatisch. Ich blickte Iris an. Sie trug wieder ihr schwarzes Abendkleid, das sich oberhalb der Taille praktisch in nichts auflöste. Wir hatten es zusammen mit unseren übrigen Sachen aus der Wohnung der Rose-Brüder an der Fillmore Street geholt. Ich dachte gerade an etwas, das nur in trauter Zweisamkeit geschehen konnte.

»Ich habe selten von Mördern gehört, die mit soviel Geschick und mit so genialer Improvisationsgabe vorgegangen sind.« Amerikas berühmtester Kriminologe goß sich ein weiteres Glas Champagner ein. Er sprach noch immer in den endlosen Sätzen seines literarischen Stils, doch hin und wieder schlich sich eine leichte sprachliche Unbeholfenheit ein. »Repitieren wir noch einmal insgesamt, auf welch ausgeklügelte Weise sie Sie beide aufs äußerste ausgenutzt haben.«

Iris bemühte sich, strahlend zu lächeln. Ich versuchte, intelligent auszusehen. Damit hätten wir dann zum vierten Mal dieselbe Leier gehört, und obgleich mir mittlerweile jede Einzelheit vertraut war, erfüllte mich die Saga von unserer Leichtgläubigkeit noch immer mit Scham.

»Fangen wir damit an«, sagte Mr. Catt, »daß sich die beiden Rose-Brüder in der Eingangshalle des St. Anton befinden. Sie haben in Erfahrung gebracht, daß Madame Zelide dort ein Zimmer hat, und sie inspizieren die Örtlichkeiten, um zu sehen, wie sie am besten an sie herankommen. Wir können davon ausgehen, daß Madame Zelides Ankunft in der Stadt für die beiden das Signal war, mit ihren Verbrechen anzufangen. Schließlich war es von entscheidender Wichtigkeit, daß sie, falls sie ihr Vorhaben ausführen und die Flucht ergreifen wollten, bevor die Todesfälle mit dem Forelli-Fall in Zusammenhang gebracht würden, alle drei Frauen in derselben Nacht töteten. Nun gut. Durch einen äußerst interessanten Zufall beobachten sie Ihre Begegnung mit Madame Zelide – für Sie zu jener Zeit noch Mrs. Rose – an der Rezeption, und natürlich glauben sie, Mrs. Duluth sei Eulalia, die sie seit acht Jahren nicht gesehen hatten. Sie spüren, daß dies eine äußerst günstige Gelegenheit wäre, Eulalia zu töten, da sie sich zuvor zweifellos in ihrer Wohnung umgesehen haben und feststellen konnten, daß dort unmöglich an sie heranzukommen war. Daher ruft Bruno sie übers Haustelefon an und erfährt, daß sie sich getäuscht haben und daß die junge Frau, die sie in der Empfangshalle sahen, lediglich Eulalias Cousine war.«

Iris gähnte. Darin war sie sehr gut. Niemand außer mir hätte die leichte Anspannung ihrer Kiefermuskeln bemerkt.

»Sehr gut.« Mr. Catt fuhr sich mit der Hand über den mit Champagner bespritzten Bart. »Zwei kleinere Verbrecher hätten an diesem Punkt das Interesse verloren, doch nicht die Rose-Brüder. Mit einer Geistesgegenwart, die wir meiner Ansicht nach Bruno, dem clevereren der beiden, zuschreiben müssen, erkennen sie sofort, wie wertvoll Leutnant Duluth für sie sein könnte, um Einlaß in Eulalias – äh – Festung zu bekommen. Ludwig wird ins türkische Bad vorausgeschickt. Bruno kommt nach. Es ist für Bruno ein leichtes, den Spindschlüssel seines Bruders an sich zu nehmen, ihn gegen den von Leutnant Duluth zu vertauschen und Leutnant Duluths Schlüssel Ludwig zuzustecken. Während Bruno jeden Schritt von Leutnant Duluth im Bad beobachtet, kann Ludwig unbemerkt zu den Spinden zurückgehen, Leutnant Duluths Uniform anziehen und sich davonmachen. Hätten sie ihrer grimmigen

Schmierenkomödie an dieser Stelle ein Ende bereitet, hätte Leutnant Duluth jetzt womöglich für Unruhe gesorgt und den Diebstahl seiner Uniform bei der Polizei gemeldet, was ihre Pläne, Eulalia zu ermorden, ernstlich gefährdet hätte. Wieder einmal improvisiert Bruno eine Vorsichtsmaßnahme dagegen. Unter Benutzung der Karte, die er im Büro von Williams und Dagget hat mitgehen lassen, ergreift er die vermeintlich harmlose Gelegenheit, sich mit Leutnant Duluth bekannt zu machen, und gewinnt sein Vertrauen, so daß er sicher sein kann, daß Leutnant Duluth sich wegen der gestohlenen Uniform nicht an die Polizei wenden wird. Auf diese Weise sichert sich Ludwig seinen Weg zu Eulalia.«

Iris sah auf ihre Armbanduhr und wechselte einen recht hemmungslosen Blick mit mir. Ich rutschte unruhig hin und her, doch ich hielt es noch immer für unhöflich, Mr. Catt an die Uhrzeit zu erinnern. Schließlich war es seine Suite. Es wäre äußerst undankbar gewesen, ihn gewaltsam zu vertreiben.

»Auch jetzt wieder hätte ein unbedeunara... Entschuldigun', ein unbedeutenderer Verbrecher seine Aufgabe als erledigt betrachtet, doch nicht Bruno. Es bestand noch immer das Risiko, in geringem Maß natürlich, aber immerhin, daß Leutnant Duluth und Mrs. Duluth sich eines Besseren besinnen und Mrs. Duluths Cousine doch einen Besuch abstatten würden. Das mußte um jeden Preis verhindert werden, da es durchaus möglich war, daß Ihr Besuch zeitlich mit Ludwigs Mordvorhaben zusammenfiel. Was also tut Bruno? In der Rolle von Hatch Williams, dem Privatdetektiv, schlendert er gegen neun Uhr zum St.

Anton, angeblich um den Stand der Dinge im Hinblick auf die gestohlene Uniform zu melden, doch in Wahrheit um Leutnant Duluth und Mrs. Duluth im Auge zu behalten.«

Er mußte einmal hicksen, legte seine große Hand an den Bart, verneigte sich würdevoll vor Iris und fuhr fort: »Hier nun wurde seine Improvisationsgabe wahrlich einer ernsten Bewährungsprobe unterzogen, denn ich tauchte auf der Bildfläche auf. Natürlich kannte er mich vom Sehen, wenngleich ich mir zugute halte, daß es mir bis zu diesem Zeitpunkt gelungen war, ihm den Umstand zu verbergen, daß ich mich in San Francisco aufhielt. In jenem Augenblick jedoch, als Sie ihm von der Warnung erzählten, die ich irrtümlicherweise Mrs. Duluth in der Annahme hatte zukommen lassen, sie sei Eulalia, erkannte er, daß meine Anwesenheit ihre Pläne ernsthaft gefährdete. Bruno Rose bedachte außerdem, daß Sie beide, falls Sie durch mich die ganze Geschichte von Gino Forelli erfahren sollten, nicht länger als Werkzeuge zu verwenden wären, sondern gleichfalls zu einer ernsthaften Bedrohung werden würden. Doch da er durch Sie von meiner – äh – Unpäßlichkeit erfahren hatte, kam er zu dem Schluß, daß diesbezüglich keine unmittelbare Gefahr bestand. Ich hatte natürlich Ihr Interesse und Ihre Besorgnis um Eulalia geweckt, und Bruno Rose konnte Sie nicht davon abbringen, sie anzurufen, ohne Ihr Mißtrauen zu erregen. Was tat er also?« Er blickte uns recht trübe über sein erneut gefülltes Glas Champagner an. »Was tat er?«

Iris und ich sagten, wir wüßten es nicht. Wir wußten es natürlich sehr wohl, doch so war es ihm lieber.

Mit einem breiten Lächeln der Genugtuung fuhr er fort:

»Wieder einmal machte er aus der Not eine Tugen'. Und an diesem Punkt steuerte Ludwig, der weniger scharfsinnige von den beiden, einen brillanten Beitrag zu dem Plan bei. Mrs. Duluth hatte genau in jenem Augenblick in Eulalias Wohnung angerufen, als Ludwig, nachdem er sie getötet hatte, sich davonmachen wollte. Er begriff sofort, zumal er sich bei seiner Ankunft in der Wohnung als Leutnant Duluth ausgegeben hatte, daß er Sie beide nur überreden mußte vorbeizukommen, und Sie würden unweigerlich dieses Mordes verdächtigt werden.« Er hielt inne. »Dieser Phase werde ich in meinem Essay ganz besondere Aufmerksamkeit widmen. Sie'scht…«

Er zögerte und blickte ein wenig verwirrt drein, als würde ihm der rote Faden seiner Argumentation entgleiten. Er trank noch etwas Champagner, und sein Gesicht hellte sich auf.

»Ach, ja, kommen wir noch einmal auf Bruno zurück. Während Sie unterwegs zu Eulalias Wohnung waren und Ludwig von dort auf dem schnellsten Weg zu ihrem gemeinsamen Versteck eilte, blieb Bruno im St. Anton, um mich im Auge zu behalten. Wie ich bereits gesagt habe, war ich, solange meine – äh – Unpäßlichkeit andauerte, keine Gefahr für sie. Doch sobald ich mein Wohlbefinden wiedererlangt hätte, stellte ich natürlich die größte Bedrohung dar, da ich die Damen entweder selbst warnen oder zur Polizei gehen würde. Doch zu diesem Zeitpunkt war es sischer genug, mich einfach zu beobachten. Einige Zeit später begab ich mich, da ich des St. Antons überdrüssig wurde, in den ›Grünen Kinomo‹ – äh – ›Kimono‹, wohin Bruno mir folgte. Zu diesem Zeitpunkt, so nahm er an, war Ludwig bereits in ihre gemeinsame Wohnung zurückgekehrt. Folglich rief er ihn an, teilte ihm mit, daß ich in San Francisco war und riet ihm, die Uniform auszuziehen und in Zivilkleidung schnellstens in den ›Grünen Kim-‹, in die Bar zu kommen und mich im Auge zu behalten. Bruno selbst kehrte mittlerweile ins St. Anton zurück, um abzuwarten, ob Sie wiederkommen würden oder nicht.«

Iris warf erneut einen sehnsuchtsvollen Blick auf ihre Armbanduhr und murmelte: »Es wird ein wenig spät, Mr. Catt. Ich denke, vielleicht sollten Sie ...«

»Und jetsch« – Mr. Emmanuel Catt hob seine große Hand, wobei er fast eine leere Champagnerflasche umstieß – »und jetsch kommt das Schönste. Bruno war schlau, sehr schlau. Er wußte, Sie würden eins von zwei Dingen tun müssen. Sie würden möglicherweise von Eulalias Wohnung aus die Polizei verständigen und dadurch ernsthaft unter Mordverdacht geraten, wodurch die Brüder ausreichend Zeit hätten, Lina und Zelide zu töten und zu fliehen. Oder Sie würden, falls Sie begriffen, wie gefährlich dieser Schritt wäre, zum St. Anton zurückkehren, um nach mir zu suchen. Bruno war auf beide Fälle vorbereitet. Sie entschieden sich für den zweiten Weg und kehrten ins St. Anton zurück, wo Bruno Sie erwartete.«

Ich warf einen Blick über die Schulter. Die Schlafzimmertür stand offen. Ich konnte das Bett sehen. Es war fast mehr, als ich ertragen konnte.

»Mit welchem Gesch-schick«, rief Mr. Catt, »er diesen Drahtscheilakt – Drahtseilakt vollssog. Da Sie sich mit allen Mitteln von dem Verdacht, Eulalia ermordet zu haben, befreien wollten, waren Sie natürlich entschlossen, mich zu verfolgen und mehr über die ›Rosen‹ zu erfahren. Als Ihr angeblicher Freund konnte Bruno Ihnen das nicht ausreden. Ihm war sogar jeder Schritt lieb, durch den sich Ihr Besuch bei der Polizei verzögern würde, und er hatte keine Angst vor mir, aufgrund meiner Unpäschlichkeit. Daher ging er mit Ihnen zum ›Grünen Nikomo‹ und machte Sie dort mit Ludwig als seinem Partner Dagget bekannt. Im Rückblick werden Sie sich zweifellos erinnern, daß Ludwig, nachdem er Ihnen als Dagget vorgestellt worden war, sehr wenig sprach und dann auch nur Wörter ohne Schischlaute benutzte, damit ihnen nicht auffiel, daß er lispelte.«

Mr. Catt lächelte ziemlich dümmlich. »Also, sowohl Bruno als auch Ludwig hüteten sich davor, von mir gesehen zu werden, aus Angst, daß ich sie erkennen würde. Deshalb blieben sie an der Bar, während Sie beide in den hinteren Raum kamen, um mit mir zu sprechen. Dort gelang es Mrs. Duluth, Linas Adresse von mir in Erfahrung zu bringen. Mrs. Duluth ging zurück an die Bar, um Ihnen die Neuigkeit mitzuteilen, und augenblicklich war Brunos Plan, Lina zu ermorden, perfekt. Er war ebenso simpel wie riskant, und falls er gelang, würde er Leutnant Duluth auf verhängnisvolle Weise belasten.«

Mr. Catt goß den letzten Rest Champagner in sein Glas. »Als Bruno sah, daß der Leutnant fest entschlossen war, Lina aufzusuchen und sie vor der Gefahr zu warnen, in der sie schwebte, tat er so, als würde er ihn zu diesem Schritt ermutigen, überredete ihn jedoch, zuerst ins St. Anton zu gehen und sich Zivilkleidung anzuziehen. Dadurch wollte er natürlich Zeit für sich selbst gewinnen.

Denn gemäß seinem eigenen Plan sollte sich Ludwig weiter um Mrs. Duluth und mich kümmern, während er schnellstens in die Wohnung der Brüder fuhr, die Uniform anzog, in dem Drugstore anrief, der sich gemäß seinen eigenen Nachforschungen gegenüber Linas Wohnung befand, mit dem Auto zur Wawona Avenue gelangte und Lina ermordete, bevor Leutnant Duluth, der die Straßenbahn nahm, eintreffen konnte. Es war sein Plan, daß Leutnant Duluth erst eintreffen sollte, wenn Lina bereits tot war, so wie auch Eulalia bereits tot gewesen war. Doch dank seiner zufälligen Begegnung mit Mr. Grey war Leutnant Duluth vor Bruno dort. Bruno hatte es nur einem für ihn glücklichen Zufall zu verdanken, daß Leutnant Duluth Lina dann doch nicht retten konnte und diese raffinierte – äh – Lischt nicht durchschaute.«

Mir drehte sich der Kopf. Ich hätte sehr viel für die Möglichkeit gegeben, einen lauten, durchdringenden Schrei auszustoßen.

»Nach dem Mord an Lina«, fuhr Mr. Catt eindringlich fort, »läuft allesch nach Plan. Er fährt zurück su seiner – äh – Operationsbaschisch, ssieht die Uniform aus, und dann, bevor Sie Zeit haben, mit der Bahn zurückzukommen, schleicht er sich in Ihr Zimmer im St. Anton und hängt Ihre Uniform zurück in den Schrank. Schlüssel in die Tasche. Kein Problem. Also, warum hat er das getan? Fragen Sie misch warum?«

Iris sah mich an. Ich sah Iris an.

Mit einer gräßlichen, krächzenden Stimme fragte ich: »Warum?«

Amerikas berühmtester Kriminologe kicherte. »Ich

werde Ihnen verraten, warum. Weil dasch sein Plan war. Sein Plan war, Leutnant Duluth in eine so unwahrscheinliche Situaschion su bring'n, dasch kein Polisischt der Welt ihm die Geschichte glaub'n würde. Ein unbekannter Gentleman mit Bart, der vor Rosen warnte; swei Privatdetektive, die's nich' gab; und schließlich eine Uniform, die gestohlen wurde und doch nicht gestohlen wurde. Junger Mann, dasch war sein Plan. Und er gelang. So unwahrscheinlich – dasch niemand esch geglaubt hätte.«

Es kam mir vor, als wäre Mr. Catt zum erstenmal ein leiser Verdacht gekommen, daß seine – äh – Unpäßlichkeit zurückkehren könnte. Er richtete sich mit imposanter Feierlichkeit auf, warf mir aus den Augenwinkeln einen verstohlenen Blick zu und fuhr dann fort:

»Danach – kein Problem. Mrs. Duluth brachte mich su Ihrem Zimmer. Sie waren da. Mrs. Duluth war da. Wasch sein Plan? Unss alle dalaschen! Sagt, er kommt am Morgen surück, holt unsch ab und geht sur Polisei. In Wirklisskeit will er nich' su Plisei gehen. Sein Plan is', am Morg'n su kommen, unsch su sein' Wagen su bringen, so su tun, als brächte er unsch zu Plisei, unsch unter einem Vorw'nd su – äh – Op'rasionschbasis su bringen, unsch einsuschließen, vielleich' sogar su töten, dann sum Schirkus un' Zelide töten. Aber wasch is' paschiert? Ich – frag' – Sie. Wasch is' paschiert?«

Er schwankte jetzt ganz langsam vor und zurück. Irgend etwas an ihm erinnerte mich an Edwina.

»Folg'ndesch is' paschiert!« Er lehnte sich gegen Iris. »Iss wachte midd'n in der Nach' auf. Verliesch Ihr Simme', Badewanne, ging surück in mein Simme'. En'wischt. Änderte die Sache vollschtändig. Bruno wütend, alsch er sieht, ich bin weg. Ich war frei. Allsch könn'e paschieren. Muschte mich finden, bevor meine Unpäschlichkeit vorbei war… Wasch tut er? Bring' Sie und Mrs. Duluth in seine Wohnung, überredet Sie, da auf ihn su wa'ten, versucht, mich su finden, klappt nich', geht sum Schirkus, denkt, Sie in der Wohnung komm'n ihm nich' insch Gehege. Geht sum Schirkus, hofft, Zelide su töten, klappt nich'… Sie… isch… Schtadjon-Keller… El'fant… Edwina… der El'fan'…«

Er lehnte sich jetzt noch stärker gegen Iris. Seine Augen schlossen sich. Sein Bart wippte auf und ab.

Iris schüttelte ihn heftig und sagte: »Mr. Catt, es ist elf Uhr. Sie müssen sich beeilen, sonst verpassen Sie Ihren Zug.«

Mr. Catt kuschelte sich an sie. Er öffnete halb ein Auge und schloß es dann wieder.

Ich warf einen verzweifelten Blick ins Schlafzimmer. Ich ging zu ihm und fing ebenfalls an, ihn zu schütteln.

»Mr. Catt. Wachen Sie auf. Man erwartet Sie in Hollywood. Sie müssen aufwachen.«

Ganz langsam öffnete Emmanuel Catt die Augen. Er drehte den Kopf soweit herum, daß sein Gesicht zwanzig Zentimeter von Iris' Gesicht entfernt war. Sein Bart kitzelte sie an der Wange. Wie am Abend zuvor grinste er breit und lüstern.

»Ssönes Kind«, sagte er.

Iris blickte mich verzweifelt an. »Peter…« Und dann, ihn schüttelnd: »Mr. Catt… Mr. Catt, hören Sie…«

»Mr. Catt«, brüllte ich.

Langsam, ganz langsam bewegte Mr. Catt den Kopf, so daß er mich anstarrte. Er hob halb die Hand, versuchte, auf mich zu zeigen.

»Böser Mann«, sagte er. »Geh weg. Böser Mann. Buh!«

Seine Augen wanderten wieder nach oben, starrten auf Iris' Gesicht. Er lächelte verzückt.

»Ssönes Kind«, murmelte er. »Böser Mann. Ssönes Ki...«

Dann sackte er mit einem dumpfen Laut in Iris' Schoß. Sein Schnarchen schwoll zu einem sinfonischen Crescendo an.

Iris starrte mich über seinen Bart hinweg an. Ich starrte sie an.

Mit einem resignierenden Seufzer sagte sie: »Tja, Darling, was soll's denn sein – die Couch oder die Badewanne?«

»Gestern abend hat ihm die Badewanne gefallen«, sagte ich. »Doch diesmal – die Couch, denke ich.«

»Wieso?« fragte meine Frau.

Ich warf einen Blick ins Schlafzimmer.

»Sie ist weiter weg von unserer – äh – Operationsbasis.«

Bitte beachten Sie auch die folgenden Seiten

Patrick Quentin im Diogenes Verlag

»Quentin zeigt anschaulich, worauf Ernst Bloch einmal in einer Verteidigung des Kriminalromans aufmerksam gemacht hat: Der Kriminalroman auf einer gewissen Ebene kann, ohne die Spannung vernachlässigen zu müssen, private und gesellschaftliche Syndrome sichtbar machen, und zwar in einem Verfahren, das mit der Psychoanalyse auffallend parallel läuft... was Patrick Quentin eindrucksvoll bestätigt.«
Hessischer Rundfunk, Frankfurt

»Patrick Quentins Geschichten sind unübertrefflich.«
The New York Times

»Für mich ist Patrick Quentin die Nummer Eins der amerikanischen Kriminalautoren.« *Francis Iles*

Bächleins Rauschen tönt so bang...
Kriminalgeschichten
Aus dem Amerikanischen von Günter Eichel

Familienschande
Roman. Deutsch von Helmut Degner

Puzzle für Spinner
Roman. Deutsch von Alfred Dunkel

Puzzle für Spieler
Roman. Deutsch von Matthias Fienbork

Puzzle für Söhnchen
Deutsch von Uwe Anton

Puzzle für Sünder
Roman. Deutsch von Ulrike Wasel und Klaus Timmermann

Puzzle für Puppen
Roman. Deutsch von Ulrike Wasel und Klaus Timmermann

Raymond Chandler im Diogenes Verlag

»Mit Philip Marlowe schuf Chandler eine Gestalt, die noch heute weltweit als der Prototyp des Privatdetektivs gilt. Humphrey Bogart in der Rolle des Philip Marlowe hat diesen Typus auch optisch bis heute unverdrängbar festgeschrieben.«
Kindlers Literatur Lexikon

»Ich halte es für möglich, daß der Ruhm des Autors Raymond Chandler den des Autors Ernest Hemingway überdauert.« *Helmut Heißenbüttel*

Gefahr ist mein Geschäft
und andere Detektivstories
Aus dem Amerikanischen von Hans Wollschläger

Der große Schlaf
Roman. Deutsch von Gunar Ortlepp

Die kleine Schwester
Roman. Deutsch von Walter E. Richartz

Der lange Abschied
Roman. Deutsch von Hans Wollschläger

Das hohe Fenster
Roman. Deutsch von Urs Widmer

Die simple Kunst des Mordes
Briefe, Essays, Notizen, eine Geschichte und ein Romanfragment. Herausgegeben von Dorothy Gardiner und Kathrine Sorley Walker. Deutsch von Hans Wollschläger

Die Tote im See
Roman. Deutsch von Hellmuth Karasek

Lebwohl, mein Liebling
Roman. Deutsch von Wulf Teichmann

Playback
Roman. Deutsch von Wulf Teichmann

Mord im Regen
Frühe Stories. Deutsch von Hans Wollschläger. Vorwort von Philip Durham

Erpresser schießen nicht
und andere Detektivstories. Deutsch von Hans Wollschläger. Mit einem Vorwort des Verfassers

Der König in Gelb
und andere Detektivstories. Deutsch von Hans Wollschläger

Englischer Sommer
Drei Geschichten und Parodien, Aufsätze, Skizzen und Notizen aus dem Nachlaß. Mit Zeichnungen von Edward Gorey, einer Erinnerung von John Houseman und einem Vorwort von Patricia Highsmith. Deutsch von Wulf Teichmann, Hans Wollschläger u.a.

Meistererzählungen
Deutsch von Hans Wollschläger

Frank MacShane
Raymond Chandler
Eine Biographie. Deutsch von Christa Hotz, Alfred Probst und Wulf Teichmann. Zweite, ergänzte Auflage 1988

Dashiell Hammett im Diogenes Verlag

»Hammett brachte Menschen aufs Papier, wie sie waren, und ließ sie in der Sprache reden und denken, für die ihnen unter solchen Umständen der Schnabel gewachsen war.
Er brachte immer und immer wieder fertig, was überhaupt nur die allerbesten Schriftsteller schaffen. Er schrieb Szenen, bei denen man das Gefühl hat, sie seien noch niemals je beschrieben worden.«
Raymond Chandler

Fliegenpapier
und andere Detektivstories. Aus dem Amerikanischen von Harry Rowohlt, Helmut Kossodo, Helmut Degner, Peter Naujack und Elizabeth Gilbert. Mit einem Vorwort von Lillian Hellman

Der Malteser Falke
Roman. Deutsch von Peter Naujack

Das große Umlegen
und andere Detektivstories. Deutsch von Hellmuth Karasek, Walter E. Richartz und Wulf Teichmann

Rote Ernte
Roman. Deutsch von Gunar Ortlepp

Der Fluch des Hauses Dain
Roman. Deutsch von Wulf Teichmann

Der gläserne Schlüssel
Roman. Deutsch von Hans Wollschläger

Der dünne Mann
Roman. Deutsch von Tom Knoth

Fracht für China
und andere Detektivstories. Deutsch von Antje Friedrichs, Elizabeth Gilbert und Walter E. Richartz

Das Haus in der Turk Street
und andere Detektivstories. Deutsch von Wulf Teichmann

Das Dingsbums Küken
und andere Detektivstories. Deutsch von Wulf Teichmann. Mit einem Nachwort von Steven Marcus

Meistererzählungen
Ausgewählt von William Matheson. Deutsch von Wulf Teichmann, Walter E. Richartz Hellmuth Karasek und Elizabeth Gilbert

Diane Johnson
Dashiell Hammett
Eine Biographie. Deutsch von Nikolaus Stingl. Mit zahlreichen Abbildungen

Cornell Woolrich im Diogenes Verlag

Cornell Woolrich, zusammen mit Chandler und Hammett einer der größten der ›Schwarzen Ära‹, wurde 1903 in New York geboren, wohin er nach einem Aufenthalt in Hollywood, einer kurzen Ehe und ein paar homosexuellen Episoden wieder zurückkehrte, um fortan mit seiner Mutter in billigen Hotels zu wohnen. Sein erster Roman begründete den ›Roman Noir‹ und den ›Film Noir‹. 1984 erhielt er für eine Erzählung den Edgar-Allan-Poe-Preis. Viele seiner Romane und Erzählungen wurden von berühmten Regisseuren verfilmt, darunter Alfred Hitchcock, Sidney Pollack und Franç ois Truffaut. Trotz all dieser Erfolge starb er 1968 mittellos und einsam in einem heruntergekommenen New Yorker Hotel.

Der schwarze Vorhang
Roman. Aus dem Amerikanischen von Signe Rüttgers

Der schwarze Engel
Roman. Deutsch von Harald Beck und Claus Melchior

Der schwarze Pfad
Roman. Deutsch von Daisy Remus

Das Fenster zum Hof
und vier weitere Kriminalstories. Deutsch von Jürgen Bauer und Edith Nerke

Walzer in die Dunkelheit
Roman. Deutsch von Jobst-Christian Rojahn

Die Nacht hat tausend Augen
Roman. Deutsch von Irene Holicki

Ich heiratete einen Toten
Roman. Deutsch von Matthias Müller

Im Dunkel der Nacht
Kriminalstories. Deutsch von Signe Rüttgers

Rendezvous in Schwarz
Roman. Deutsch von Matthias Müller. Mit einem Nachwort von Wolfram Knorr

Die wilde Braut
Roman. Deutsch von Jürgen Bürger

Jonathan Latimer im Diogenes Verlag

»Auf die Frage, was er denn von Beruf sei, antwortet der Hallodri: ›Für die Welt bin ich ein einfacher Geschäftsmann. Tatsächlich aber bin ich ein großer Detektiv.‹ Stimmt, auch wenn er natürlich das schwarze Schaf aus der illustren Familie der Spürnasen ist. Aber sind sie nicht alle ein bißchen meschugge, diese Sherlock Holmes, Hercule Poirots, Miss Marples, Nero Wolfes, Perry Masons, bis hin zu Sam Spade und Philip Marlowe? Diese Eierköpfe und einsamen Wölfe, die die kranke bürgerliche Gesellschaft von ihren Geschwüren zu befreien versuchen?
Latimers Romane, die mit rasantem Tempo ablaufen und voll leichtfüßiger Pingpong-Dialoge sind, mehr mit Ben Hecht und Frank Capra zu tun haben, waren nie so recht akzeptiert im Krimi-Kanon. Hoffentlich werden bald alle ins Deutsche übersetzt. Sie haben es verdient, denn sie sind von zeitlosem Witz.«
Wolfram Knorr/Die Weltwoche, Zürich

Leiche auf Abwegen
Roman. Aus dem Amerikanischen von Ulrike Wasel und Klaus Timmermann

Wettlauf mit der Zeit
Roman. Deutsch von Nikolaus Stingl

Mord bei Vollmond
Roman. Deutsch von Kurt Bracharz

Rote Gardenien
Roman. Deutsch von Walter Kolbenhoff

Salomons Weinberg
Roman. Deutsch von Kurt Bracharz

Den Toten ist's egal
Deutsch von Helmut Gerstberger

Verbotener Dschungel
Roman. Deutsch von Ulrike Wasel und Klaus Timmermann

Jim Thompson im Diogenes Verlag

»Thompsons Romane sind so rabenschwarz wie die Seelen seiner Helden. Die Sprache ist dem Inhalt angepaßt: kurz, hart, lakonisch. Pflichtlektüre für Anhänger des Hard-boiled-Krimis.« *Kölner Stadtanzeiger*

»Thompson macht kein Hehl daraus, daß er mit der Weltsicht seiner Helden zutiefst übereinstimmt. Das Land der unendlichen Möglichkeiten: In seinen Romanen ist es ein einziges Nest von beschränkten, gefräßigen, geilen Provinzlern, die Zeit der Depression zur Ewigkeit geworden.« *Der Spiegel, Hamburg*

Der Mörder in mir
Kriminalroman
Aus dem Amerikanischen von Ute Tanner und Ulrike Wasel

Getaway
Kriminalroman
Deutsch von Günther Panske und Klaus Timmermann

Gefährliche Stadt
Kriminalroman
Deutsch von Ute Tanner und Werner Rehbein

Zwölfhundertachtzig schwarze Seelen
Kriminalroman
Deutsch von E. R. von Schwarze und Andre Simonoviescz. Mit einem Nachwort von Wolfram Knorr

After Dark, My Sweet
Roman
Deutsch von Andre Simonoviescz

Eine klasse Frau
Roman
Deutsch von Andre Simonoviescz

Revanche
Roman
Deutsch von Andre Simonoviescz

Muttersöhnchen
Roman
Deutsch von Andre Simonoviescz

Kill-off
Roman
Deutsch von Andre Simonoviescz

Celia Fremlin im Diogenes Verlag

»Celia Fremlin ist neben Margaret Millar und Patricia Highsmith als wichtigste Vertreterin des modernen Psychothrillers hierzulande noch zu entdecken.«
Frankfurter Rundschau

Klimax
oder Außerordentliches Beispiel von Mutterliebe. Roman. Aus dem Englischen von Dietrich Stössel

Wer hat Angst vorm schwarzen Mann?
Roman. Deutsch von Otto Bayer

Die Stunden vor Morgengrauen
Roman. Deutsch von Isabella Nadolny

Rendezvous mit Gestern
Roman. Deutsch von Karin Polz

Die Spinnen-Orchidee
Roman. Deutsch von Isabella Nadolny

Onkel Paul
Roman. Deutsch von Isabella Nadolny

Ein schöner Tag zum Sterben
Erzählungen. Deutsch von Ursula Kösters-Roth

Gibt's ein Baby, das nicht schreit?
Roman. Deutsch von Isabella Nadolny

Parasiten-Person
Roman. Deutsch von Monika Elwenspoek

Zwielicht
Roman. Deutsch von Ursula Kösters-Roth

Die Eifersüchtige
Roman. Deutsch von Barbara Rojahn-Deyk

Unruhestifter
Roman. Deutsch von Monika Elwenspoek

Der lange Schatten
Roman. Deutsch von Peter Naujack

Wetterumschwung
Geschichten. Deutsch von Barbara Rojahn-Deyk, Ursula Kösters-Roth und Isabella Nadolny

Gefährliche Gedanken
Roman. Deutsch von Irene Holicki

Sieben magere Jahre
Roman. Deutsch von Monika Elwenspoek

Ross Macdonald im Diogenes Verlag

»Ross Macdonald gilt schon heute als ein Klassiker des Kriminalromans. Kein anderer lebender Thriller-Autor ist in den USA und in Großbritannien so gefeiert worden wie er: die ›New York Times Book Review‹ und ›Newsweek‹ widmeten ihm mehrere Titelgeschichten – kein anderer ist so erfolgreich.
Lew Archer, Macdonalds grauhaariger und keineswegs heldenhafter Privatdetektiv, gehört zu der Spezies, wie sie vor ihm etwa Hammetts Sam Spade und, vor allem, Chandlers Philip Marlowe verkörperten.«
Luzerner Neueste Nachrichten

Durchgebrannt
Roman. Aus dem Amerikanischen von Helmut Degner

Geld kostet zuviel
Roman. Deutsch von Günter Eichel

Die Kehrseite des Dollars
Roman. Deutsch von Günter Eichel

Der Untergrundmann
Roman. Deutsch von Hubert Deymann

Dornröschen war ein schönes Kind...
Roman. Deutsch von Wulf Teichmann

Unter Wasser stirbt man nicht!
Roman. Deutsch von Hubert Deymann

Ein Grinsen aus Elfenbein
Roman. Deutsch von Charlotte Hamberger

Die Küste der Barbaren
Roman. Deutsch von Marianne Lipcowitz

Der Fall Galton
Roman. Deutsch von Egon Lothar Wensk

Gänsehaut
Roman. Deutsch von Gretel Friedmann

Der blaue Hammer
Roman. Deutsch von Peter Naujack

Der Drahtzieher
Sämtliche Detektivstories um Lew Archer I. Mit einem Vorwort des Autors. Deutsch von Hubert Deymann und Peter Naujack

Einer lügt immer
Detektivstories um Lew Archer II. Deutsch von Hubert Deymann

Sanftes Unheil
Roman. Deutsch von Monika Schoenenberger

Der Mörder im Spiegel
Roman. Deutsch von Dietlind Bindheim

Blue City
Roman. Deutsch von Christina Sieg-Welti und Christa Hotz

Dick Francis im Diogenes Verlag

»Die Bücher von Dick Francis haben die Grenzen des Krimis längst überschritten. Ihr Autor veranschaulicht Menschen, wie er sie kennt, in Verhältnissen, wie er sie noch besser kennt. Das ergibt auch hier tatsächlich den guten alten Roman.« *Süddeutsche Zeitung, München*

Dick Francis geboren 1920, war viele Jahre Englands erfolgreichster Jockey, bis ein mysteriöser Sturz seine Karriere beendete. Seit über 25 Jahren schreibt er Thriller, die alle das Pferderennen- und Wettmilieu als Hintergrund haben. Heute ist Dick Francis der unbestrittene Champion unter den Thriller-Autoren.

Todsicher
Roman. Aus dem Englischen von Tony Westermayr

Nervensache
Roman. Deutsch von Tony Westermayr

Blindflug
Roman. Deutsch von Tony Westermayr

Hilflos
Roman. Deutsch von Nikolaus Stingl

Peitsche
Roman. Deutsch von Nikolaus Stingl

Gefilmt
Roman. Deutsch von Malte Krutzsch

Galopp
Roman. Deutsch von Ursula Goldschmidt und Nikolaus Stingl

Handicap
Roman. Deutsch von Jobst-Christian Rojahn

Reflex
Roman. Deutsch von Monika Kamper

Fehlstart
Roman. Deutsch von Malte Krutzsch

Banker
Roman. Deutsch von Malte Krutzsch

Gefahr
Roman. Deutsch von Malte Krutzsch

Weinprobe
Roman. Deutsch von Malte Krutzsch

Gegenzug
Roman. Deutsch von Malte Krutzsch

Unbestechlich
Roman. Deutsch von Jobst-Christian Rojahn

Außenseiter
Roman. Deutsch von Gerald Jung

Comeback
Roman. Deutsch von Malte Krutzsch

Sporen
Roman. Deutsch von Malte Krutzsch

Jack Ritchie
im Diogenes Verlag

»Eine Lektüre für Leser, die auch an sehr schwarzem Humor und überraschenden Effekten Genuß finden – beispielsweise Freunde der ARD-Krimistunde.«
Das Neue Buch, München

»Jack Ritchie ist einer der originellsten Kriminalschriftsteller und gleichzeitig der am knappsten schreibende.« *Anthony Boucher/The New York Times*

»An seinen Erzählungen fasziniert die Raffinesse des Vorgehens. Das Blut fließt relativ sparsam, die Fäuste fliegen nicht, es gibt keine Auto-Verfolgungsjagden. Ritchies Täter arbeiten mit dem Kopf, sie denken leise, ihnen ist kein Winkelzug unbekannt; aber auch jene, die sie zu Fall bringen, sind mit allen Wassern gewaschen. So entsteht eine Spannung, die der beim Schach ähnlich ist. Schwarzer Humor, Ironie und Intellekt sind die Substanzen, aus denen der Autor seine süffigen Geschichten braut.«
Walter Gallasch/Nürnberger Nachrichten

Der Mitternachtswürger
Geschichten. Aus dem Amerikanischen
von Alfred Probst

Für alle ungezogenen Leute
Geschichten. Deutsch von
Dorothee Asendorf

Gedächtnis ade
Geschichten. Deutsch von Elfriede Riegler
und Dorothee Asendorf

Bei Anruf Alibi
Geschichten. Deutsch von Jobst-
Christian Rojahn

Vor Redaktionsschluß Mord
Geschichten. Deutsch von
Monika Elwenspoek